マクシム・レオ Maxim Leo　木畑和子 訳

東ドイツ ある家族の物語

激動のドイツを生きた、四代のファミリーヒストリー

Haltet euer Herz bereit:
Eine ostdeutsche Familiengeschichte

αβ BOOKS アルファベータブックス

本書の翻訳出版にあたっては、ゲーテ・インスティトゥートより助成をいただいた。
The translation of this work was supported by a grant from the Goethe-Institut.

Haltet euer Herz bereit: Eine ostdeutsche Familiengeschichte
by Maxim Leo

Published by arrangement through Meike Marx, Literary Agency, Japan

First published in Japan in 2022
by Alphabeta Books Co., Ltd.
2-14-5 Iidabashi Chiyoda-ku, Tokyo, Japan 102-0072

東ドイツ　ある家族の物語　激動のドイツを生きた、四代のファミリーヒストリー／目次

プロローグ　僕の祖父ゲアハルト……9
第1章　店舗の家　僕の家族……15
第2章　秘密　母アンネの子ども時代……29
第3章　確信　新聞社でのインターンシップ……43
第4章　告発　体制とのせめぎあい……55
第5章　ストリートチルドレン　父ヴォルフの子ども時代……69
第6章　不良少年　ヴォルフの青春……79
第7章　ルーツ　二人の祖父……95
第8章　ベルリン国立オペラ劇場　ゲアハルト一家フランスへ亡命……109
第9章　警告　キッチンボーイからレジスタンスへ……123
第10章　拷問　ゲアハルトの逮捕……139
第11章　敵　パルチザンへ、そして共産党員に……151
第12章　勝利者　ドイツ軍の降伏……163

第13章　玩具　ナチ党員になった父方の祖父ヴェルナー……171
第14章　日記　ヴェルナーの捕虜生活……185
第15章　痛み　ヴェルナーの帰還、そして社会主義者に……197
第16章　疎外　ゲアハルトとDDR国家……213
第17章　衝突事故　僕とDDR……229
第18章　小さな事　シュタージからの働きかけ……245
第19章　異議申し立て　順応か抵抗か……255
第20章　同行者　アウシュヴィッツで死んだ母方の曾祖父……261
第21章　信仰告白　西ドイツへの憧れ……275
第22章　春の兆し　DDR体制終焉の気配……297
第23章　シュプレヒコール　壁崩壊前夜……311
エピローグ……325
訳者あとがき……335

凡例

一、本書はMaxim Leo, *Haltet euer Herz bereit: Eine ostdeutsche Familiengeschichte*, München, Karl Blessing Verlag, 2009の全訳である。

一、本文中の（　）は原文中の（　）を示し、〔　〕は訳注であることを示す。

一、書籍、新聞、映画、芸術作品等のタイトルは『　』で示した。

一、明らかな誤りと思われる箇所は、著者などに確認の上、修正して翻訳した。

一、読みやすさを考え、適宜改行を加えている。

一、ジプシーは差別用語であるが、原文を生かす形でそのまま用いた。

一、わかりやすさを考慮し、各章のタイトルにサブタイトルをつけた。

【家族構成・人物名】（＊ユダヤ系）

僕……マクシム・レオ＊

父……ヴォルフ・レオ

祖父（父方）……ヴェルナー・シュヴィーガー

祖母（父方）……ジークリート・シュヴィーガー

母……アネッテ（アンネ）・レオ＊

祖父（母方）……ゲアハルト・レオ＊

祖母（母方）……ノーラ・レオ＊

曾祖父（祖父方）……ヴィルヘルム・レオ＊

曾祖母（祖父方）……フリーダ・レオ

曾祖父（祖母方）……ダーゴベルト・ルビンスキー＊

曾祖母（祖母方）……シャルロッテ・ルビンスキー＊

マクシム・レオ　家系図（訳者作成）

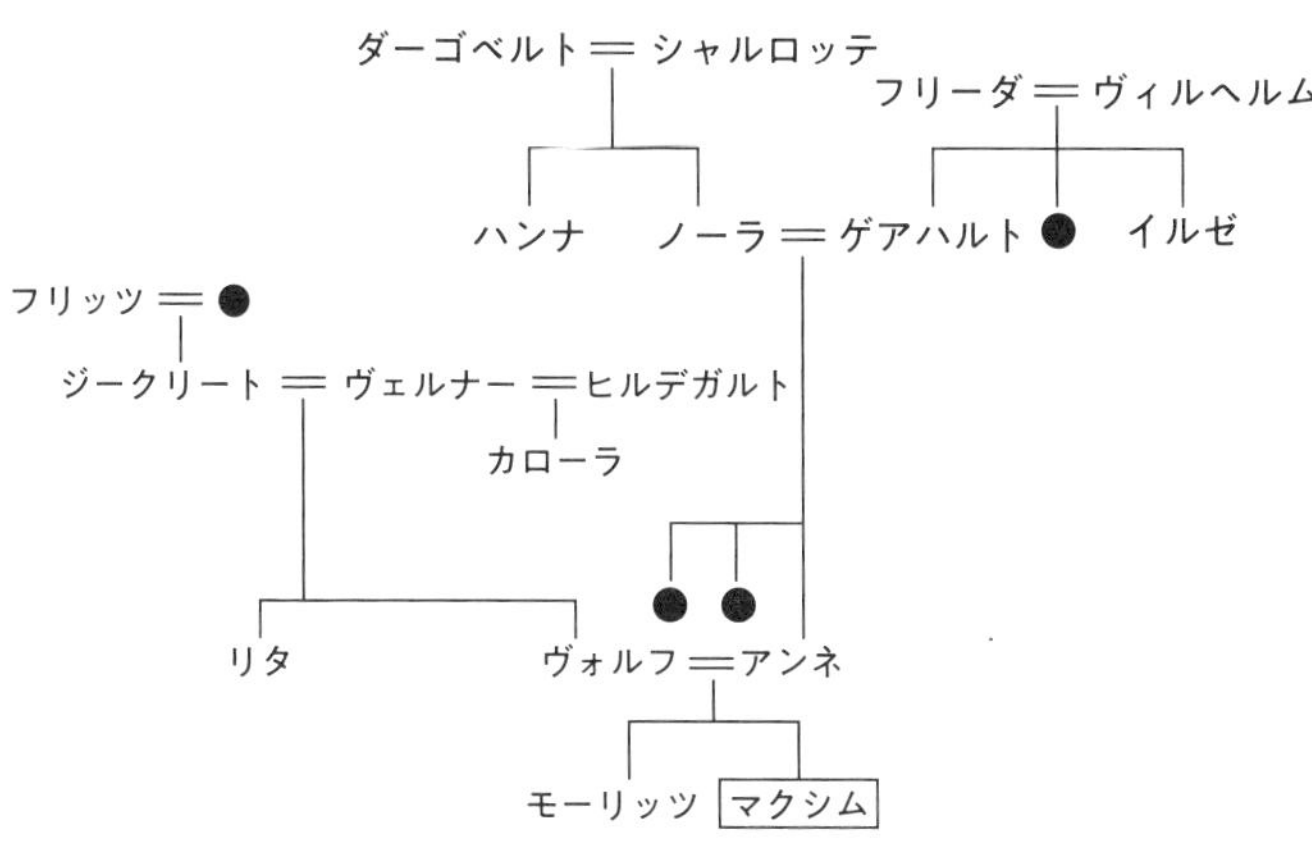

【略語について】

ＡＤＮ……全ドイツ通信社
ＤＤＲ……ドイツ民主共和国（東ドイツ）
ＦＤＪ……自由ドイツ青年同盟
ＳＡ……突撃隊
ＳＤ……親衛隊保安本部
ＳＥＤ……ドイツ社会主義統一党
ＳＳ……親衛隊

プロローグ　僕の祖父ゲアハルト

僕が病室に入ると、ゲアハルトは声を立てて笑った。彼は何か言ったようだ。彼の口から、奇妙な、喉の奥でくぐもった言葉が発せられていた。そしてまた声を立てて笑った。それまで祖父が僕を見て、あんなに喜んでくれたことがあっただろうか。医師は脳卒中がゲアハルトの脳内の言語中枢に損傷を与えたと説明してくれた。もう彼は感情を示すことしかできないということだった。理性というものが遮断されたということになる。これまでとは全く違う状態になったと思った。

ゲアハルトは何か僕に話しかけてきた。僕は少しわかったふりを続けた。あるとき、残念ながら全くわからないと彼に伝えた。ゲアハルトは悲しそうにうなずいた。彼は、言葉を失ってしまった状況から僕がどうにか救い出してくれると期待していたのかもしれない。僕がときどき、冗談や彼の権威をゆるがすような生意気な発言で、感情の硬直状態から彼を救い出してあげたように。僕は家族の中で悪意のない道化役だった。僕は家族の英雄、だれも反論できない男と親しくすることができたのだ。

病室の窓には澄んだ春の陽光が輝いていた。ゲアハルトの顔はしなび、表情はうつろだった。僕たちは黙ったままだった。僕はとても話がしたかった。彼と対話をするという意味でだ。ゲアハルトとの会話はほとんどの場合、ものの一〇分もすると彼の最近の業績についてのひとりごとになった。最近書き上げた本、講演、自分のことを報じた新聞記事。僕は何度か彼の口から聞き出そうとしたことがある。みんなが知っている話以上のことを。しかし彼は語ろうとしなかった。彼は僕が近づいてくることに不安を感じたのかもしれない。彼は「記念碑」的な存在であることに慣れすぎていたのだろう。

今はもうどうあろうと話を聞けなくなった。言葉が常に最も重要だったこの男は言葉を失っていた。僕は彼を問いつめることができなくなった。それはもう誰にもできないのだ。そして彼は自分の秘密を守りぬくのだろう。

ゲアハルトは成人する前からすでに英雄だった。一七歳でフランス・レジスタンスに加わって闘い、SS〔親衛隊〕の拷問を受け、パルチザンに解放された。戦後、彼は勝利者としてドイツに帰国し、すべてが良くなるはずのDDR〔ドイツ民主共和国:東ドイツ〕建国にかかわった。彼は新たな権力の一翼をなす有力なジャーナリストになった。当時DDRでは彼のような人物が必要とされていたのだ。彼のように戦争中すべてにおいて正しくふるまった人物が必要だった。なぜこのDDRという反ファシズム国家がなければならないかを説明するとき、引き合いに出せる人物である。祖父は学校や大学で話をさせられた。祖父は何度も何度も自分とヒトラーとの闘い、拷問、そして勝利について語った。

彼のこの物語とともに僕は大きくなった。僕はこの家族の一員であることを、またこのような祖父を誇らしく思っていた。僕は祖父がピストルを持っていたこと、爆薬を扱えたことを知っている。フリードリヒスハーゲンの祖父母を訪ねると、いつもアップルパイとフルーツサラダが出された。僕は何度も何度も昔の話をせがんだ。ゲアハルトはおぞましいナチと勇敢なパルチザンの話をしてくれた。ときに彼は立ち上がって、それぞれの役割でその場面を再現してみせた。ナチになってみせてくれたとき、彼はしかめっ面をして、喉を鳴らすような低い声を出した。これをやってみせてくれた後、僕にミルカ・チョコレート〔スイス発祥の西ドイツ製チョコレート〕をくれた。今でもミルカ・チョコレートを食べると、あのモンスター・ナチのことを思い出す。

誰かほかの大人がいるときは、ゲアハルトはそれほど愉快で楽しい人ではなくなった。家族のなかの誰にも、彼の言うところの「うすっぺらな政治談議」のようなことを許さなかった。そもそもゲアハルトが信じている程DDRのことを信じていない人は、すべてがうすっぺらな政治談議をしているとされた。一番ひどいのが僕の父ヴォルフで、彼はゲアハルトの愛娘であり、僕の母であるアンネと結婚していたが、入党さえしていなかった。喧嘩がしょっちゅうで、その喧嘩の種は国家であれ、社会であれ、そのほかもろもろの重要問題であれ、そのほとんどは、後になってようやく十分理解できるようになった問題をめぐってだった。僕の家族はまさに小さなDDRだった。ここではほかの家では起こりえないような喧嘩が起こっていた。ここではイデオロギーが生活とぶつかっていた。喧嘩は年中だった。父が家で怒鳴り散らしたのも、母が台所で隠れて泣いていたのも、ゲアハルトが僕にとって遠い人になってしまったのも、すべてはゲアハルトが原因だった。

この春の日に、ゲアハルトと僕は食堂の食べ物や消毒薬の臭いがする病室で、しばらく一緒に座っていた。外では次第に夕闇がひろがっていった。ゲアハルトは自分の殻に閉じこもってしまった。彼の身体はそこにあるけれど、彼はどこか別なところにいるように思えた。奇妙に聞こえるかもしれないが、僕はこのときはじめてＤＤＲが本当に終焉を迎えたような気持ちがした。壁の崩壊から一八年後に、厳格なる英雄が消えたのだ。僕の前には、非力で、愛すべき男が座っていた。おじいちゃんがそこにいた。これまでしたことがなかったと思うが、帰りぎわ僕たちは抱き合った。僕は長い廊下を歩きながら、悲しいけれど、同時にどこかすっきりした気持ちになった。

この日、僕は初めて「ＤＤＲ時代に立ち戻れたら」、と思った。僕の祖父と両親、そして僕に、当時何が起こったのかを理解するために。何が僕たちを引き離したのだろう。これまでお互いを疎遠にさせてきた決定的なことは何だったのか。ＤＤＲはとっくの昔に消滅したが、僕の家族の中では、なお強く生きていた。休むことを知らぬ亡霊のようだった。いつかすべてが過ぎ去ったとき、かつての諍いについて語られることはなくなるだろう。もしかすると僕たちは物事が自ずとかたづいていくことを、新しい時代が古い傷をいやしてくれることを、望んでいたのかもしれない。

しかしこのとき以来、僕の頭からＤＤＲと僕たち家族のことが離れなくなってしまった。文書館に行ったり、また戸棚やトランクをひっかきまわしたりして、昔の写真や手紙、とっくに忘れられていた日記や秘密の書類を見つけた。僕は家族に何日も何週間も次から次へと質問をあびせた。普通ならとても聞く勇気がないような質問までした。今、僕は家族史研究家なのだから、それは許されることだった。すると突然、僕たちの小さなＤＤＲ世界が立ち現われてきた。それは再び姿をみせてあらゆる側面を示し、いろいろ修正を加えつつ、いまだに続いている怒りや悲しみを消し去ろうと待ち構えていたかのようだった。

この過去への旅で僕はゲアハルト、アンネ、ヴォルフをあらためて知ることになった。さらに僕はその旅の途中で、ほとんど知らなかったもう一人の祖父、ヴェルナーという父方の祖父に出会うことになった。病院にゲアハルトを訪ねたあの日の後、何かが動き出したのだと思う。もはや語らなくなった人間が、僕たちに語らせることになったのだ。

第1章

店舗の家

僕の家族

僕は家族の中では小市民的な俗物だ。そういえるのは両親が俗物というものからほど遠い人たちだったからだ。僕が一〇歳のときには、父は髪を緑や青に染め、自分でペイントした革のジャケットを着て歩き回っていた。彼は通りで小さな子どもやすてきな女性を見かけると、ワンワンと犬のように吠えてみせた。母が一番好んだのは、ソ連のパイロット帽と父が黒インクをスプレーしたコートを身に着けることだった。いつも二人は、まるで舞台から降りて普通の生活にほんの少しの間戻っただけというふうに見えた。僕の仲間は、親たちがうるさいことを言わなくて、お前はいいよなとうらやんだ。でも僕にとっては、両親は恥ずかしい人たちで、僕の知っているほかの普通の親たちのようになってくれたらこれ以上の幸せはないと思っていた。僕の親友、スヴェンの両親のようになってくれれば、一番よかった。スヴェンのお父さんの頭は禿げて、おなかが少しでていたけれど、スヴェンはお父さんのことをパパと呼んでよかったし、週末はお父さんと一緒に洗車をしていた。父は僕にパパと呼ぶことを許さず、ヴォルフと呼ばせた。母はアネッテという名前なのに、アンネと言わなくてはならなかった。僕たちの車はグレーのトラバントで、ヴォルフがグレーの車を洗うのは意味がないと思っていたから、ほとんど洗わなかった。それればかりでなく、彼は遠くからでも自分たちに気づくからといって、車の泥除けに黄色い丸を書き、その外側を囲むように黒い丸い線まで描いた。これは視覚障がい者用〔視覚障がい者のシンボルマークは黄色い丸い地に小さな黒い丸が三角の形に置かれている〕の車だと思った人もいた。

スヴェンの両親はカラーテレビや布張りでクッション性のある家具セット、ユニット家具をもっていた。僕の家の居間には、ヴォルフが書架とバロック式の寝室用家具セットの一部をつなぎ合わせて作ったコーナーベンチがあっただけだ。かなり固い座面だったが、ヴォルフによれば、何か言うことがあるときには心地よい椅子ではダメだということだった。あるとき、僕は理想とする居間の設計図を描いた。クッションの入った布張り家具セット、カラーテレビ、システム家具がある居間だった。ヴォルフはそれを見て、僕を嘲笑い、前に住んでいた警察官の家族は僕の設計図と全く同じように家具を配置していたと言った。「ほかのみんながやっていることをまねするのは、愚かでときには危険だ。それなら自分が生きている意味がない」と、父は僕に説明した。当時、彼が言おうとした意味を理解できたかどうか、僕にはわからない。

いずれにせよ、僕には最初からもっと道理をわきまえたまともな人間になるしか選択肢はなかった。一四歳で自分のワイシャツにアイロンをかけ、一七歳でジャケットを着、標準語を話そうとした。これが両親に対してできる唯一つの反抗の形だった。僕が行儀のよい、身なりに気をつかう「革命家」になったのは、両親のせいだ。二四歳で働き始め、二八歳で結婚し、三〇歳で父親になり、三二歳で自分の家をもった。僕は早く大人にならなくてはいけない男だった。

バルコニーに立ち、手すりを支えに身を乗り出すと、僕が生まれた店が見える。その店は今の家から二軒しか離れていないところの、右下の角にあった。僕の人生はたいして移動していない、といえるかもしれない。三八年間で三〇メートルだ。僕が一歳のときに引っ越したので、その店についての記憶はない。ヴォルフによれば、その店は湿気がひどかったので、よく赤ん坊の僕を乳母車に乗せ、通りに置いておいたそうだ。その店がヴォルフの最初の家だった。ベルリン、プレンツラウアーベルク、リッペーナ通り〔現在のケーテ・ニーダーキルヒナ通り〕二六番地。通りに面した部屋が彼のアトリエで、その後ろの中庭に面した暗い「ベルリン部屋〔通りに面した部屋と後ろの部屋をつなぐ角部屋。窓が小さく風通しも悪い〕」と小さな台所があった。両親が知り合った一九六九年の冬は、寒さがかなり厳しかったのではないかと思う。通りには雪が一メートルも積もり、朝には歯磨き用のコップの中の水がいつも凍っていた。アンネが初めて彼を訪ねたとき、ヴォルフはストーブで寝室を暖めていた。ベッドカバーの上にはホテルのようにモカボーネン〔コーヒー豆をチョコレートでくるんだ小さなお菓子〕が置かれていた。ほかの部屋が寒かったので、彼らはかなり早くベッドに着地することになった。二か月後、アンネは妊娠した。いつも母は、僕は事故だったと話した。彼女の説明では、僕が生まれたのは幸運というより、むしろチェルノブイリの事故のように聞こえた。二人の時間がもう少し必要だったのかもしれない。

今、その店はエンジニアの事務所になっている。その前を通るといつも白髪の男が身動きもせずに机に座っている。大きなショーウィンドーの中央部分が大きな曇りガラスとなっているため、彼の頭と足しか見えない。ときおり男はダミー人形ではないかと思ってしまう。下腹部のないエンジニア。たぶんそのせいで、僕は「事務所の中をのぞいてもいいですか」と、思い切って尋ねることができないのだろう。

以前、隣は肉屋だった。肉屋の女主人は、父にそんなにお金がないことを知っていて、ローストポークの外側のカリっとした部分を袋に入れて渡してくれた。南ドイツ出身で貴族の称号をもつ法律

アンネ、ヴォルフ、マクシム（バースドルフにて、1971 年）

家が数年前にこの家を買い、当時のタイル張りのままの何もない部屋で、ときどきサクソフォンを吹いている。

はすむかいには石鹸屋があった。女主人はヴォルフのところにどんな女性が出入りしているか、しっかり把握し、ときに彼に釈明を求めた。その店は今、前髪をアシンメトリーにし、ボリュームを上げてオペラを聴くアメリカ人女性のデザイン事務所になっている。

当時ヴォルフが通りから撮った写真には、うす暗い、崩れかけた外壁と、駐車中の車がなかったため歩道の縁石が見える。店の前にはヴォルフのスクーターが止まっている。すべてががらんとして、おきざりにされた感じだ。しかし今ではパステルカラーに彩られ、まるで夢に出てくるような通りになっている。ファサードの外壁は漆喰装飾が施され、金箔が輝き、駐車スペースもなかなか見つからない。家には三〇代の終わりぐらいの夫婦が住んでいるが、気持ちは二〇代の終わり頃のようだ。男たちは高価なサングラスをかけ、女たちは短いスカートの上にトレーニングジャケットをはおっている。彼らは、スポーツタイヤの乳母車を押し、有機栽培の飼料で育てた肉を求め、そうしたことを軽々とこなしているように見せるため、頑張っている様子が容易にみてとれる。ここに住んでいることが正直僕にはとても合っている。

ヴォルフもそう思い、ときに僕を笑いものにする。ここで幸福になるために僕が非常に多くのものを必要としているからだ。僕がほかの人たちの仲間になっているからだ。西ドイツ人（ヴェストラー）だ。ヴォルフは、息子と通りの様子が変わってしまったことに驚いている。

僕自身も不思議に思う。どのようにすべてが変わったか、どのように僕から東ドイツ人（オストラー）気質が消えてしまったのかわからない。僕はどのように西ドイツ人になったのだろうか。それは、何年も症状がないまま体中にひろがり、ある時点で肉体を征服してしまう程強い伝染性をもつ熱帯病のように、緩慢に進行していった。新たな時代は通りと僕を変貌させた。僕が動くまでもなく、西が僕の方にやってきたのだ。西は僕を家の中で、ごくなじんだ環境の中で征服したのだ。そのおかげで僕はなんなく新しい生活をはじめられた。僕の妻はフランスからきたし、僕たちの二人の子どもは、昔ベルリンには壁があったなんて知りもしない。僕は新聞社でよい給料で働き、僕の目下の最大の関心事は台所の床を板張りにするか石のタイルにするかという問題だ。僕は態度を示す必要もなく、社会参加する必要もなく、意見をもつ必要もない。政治は何かほかに思いつくことがないときの話題でしかない。社会ではなく僕自身が僕の人生の主要テーマになった。僕の幸せ、僕の仕事、僕の計画、僕の夢。

これはとても普通の話のように聞こえるし、ひょっとしたら実際そうなのかもしれない。それでもときには気がとがめ、自分を変節漢のように感じる。自分の過去を裏切った人間のように、僕の第一の人生に何か借りがあるかのように、また当時のことをそのままにしておくことが禁じられているように。ＤＤＲでの人生は、今になってみると現実だったとは思えない、変わったものだった。まるで自分とはほとんどかかわりのない遠い時代のことを話しているかのようだ。淡紅色のスタジオの壁の前でギド・クノップ〔一九四八年～。ドイツの歴史家・ジャーナリスト。証言を多用し、歴史をテレビや本で平易に紹介。日本ではグイドとも表記〕のまわりに座り、スターリングラード包囲戦について語っている老人たちのように自分のことを感じた。僕はかつて何かを体験した歴史の証人になったのだ。僕の祖父のように。青年時代とはすっかり変わってしまったすべての人のように。

でも本当は、東が遠く離れてしまったわけではない。東は僕から離れず、僕につきまとっている。東は消息を尋ねたり、何度も連絡をとったりしてくる、振り切ることのできない大家族のようなものだ。僕の小さな家族にも東は常に存在している。いくつか通りを隔てた、かつてアトリエだった屋根裏部屋に住んでいるヴォルフを訪ねると、東を感じる。五年前、ヴォルフは市民的な夫婦関係にしばられたくないとアンネと別れた後、そこに引っ越してきた。彼の作業スペース以外はベッド、食事用丸テーブル、二脚の椅子、自分で作ったシャワーとカーテンでさえぎられているだけのトイレがある。ヴォルフはこれで十分だと言う。彼はあらゆる贅沢、消費、お金や地位に依存することに否定的だった。彼は小さな店舗で暮らしていたときのように、つましく生き、自由でいようとする。東西両ドイツ統一（ヴェンデ）の後、彼は特にお金を稼ぐこともなく、六〇〇ユーロの年金を得ているだけだったから、別の生き方というのも難しかったのだろう。ヴォルフは、ＤＤＲでは住居や食糧が無料に近く、お金がかかったのはぜいたく品だけだったことから、ＤＤＲの方が経済的には今よりずっときちんとしていたと言う。僕たちはヴォルフに歳をとったときのために備えをしておくように繰り返し勧めてきた。しかしヴォルフは老後に備えることを拒絶した。「望むらくは六〇歳で死ぬ、老人ホームで腐っていくことなんぞしたくない」と言っていた。今、彼は六六歳で、ものすごく元気だ。

　ヴォルフのアトリエで彼に会うのは気が重いので、ほとんどは彼を僕たちのところへ招く。彼の貧しさに比べると、僕たちは非常に豊かだ。それで僕はいつも言い訳がましい気持ちになる。しかしそんなことを問題にしているのは、ごくささやかなもので満足しているヴォルフではなくて、きっと僕の方なのだ。彼にはとても若い彼女がいて、時間はたくさんある。彼は長い間こんなにうまくいっていたことはないと言う。

　ヴォルフはＤＤＲでもたっぷり時間があった。少なくとも僕にはそのように見えた。彼の収入はよく、年にわずか数か月お金のために働くだけですんだ。残りの時間は芸術に費やした。そして休暇。僕たちはベルリンの北のバースドルフに広い庭つきの小さな家をもっていた。僕たちは二か月の夏休みと一か月の冬休みとをたいていそこで過ごした。弟モーリッツ、ヴォルフ、アンネと僕。僕たちは自転車旅行に出かけたり、カヌーやスキーをしたりした。今の僕からすると、僕の子ども時代はずっと

アンネとマクシム（1970年）

休暇だったように思える。ヴォルフはサッカーや木登り、洞穴を掘ったりすることや水に長く潜ることが上手だった。僕は彼のように自由で強くなれたらと、ちょっと思った。

アンネはヴォルフよりずっともの静かで、理性的だった。彼女が自分のことをたいした人間だと思っていなかったことは、おそらく、自分を世界の中心だと思っている男性と一緒に暮らしていくための前提だった。幼いころの母の思い出は、部屋の隅に座り、お茶を飲みながら静かに読書している姿だ。深い静けさと満足感に満ちていたので、彼女をそこからあえて引っ張り出すためには何か余程のことが必要だった。アンネは、最初僕のことをどうやって扱ってよいかわからなかったと言う。彼女は僕を生んだときは二二歳で、当時の写真を見ると、実生活などで煩わせてはならないか弱い王女様のように見える。僕を抱いている写真がある。彼女の美しく、青白い顔は、僕から少しそれ、濃い茶色の瞳は何かを求めるかのように虚空をみつめている。僕が本を読むようになって初めて、彼女は本気で僕に関心をもつようになった。彼女は子ども時代に自分が感激して読んだ本を僕に与え、僕が同じように感動すると、とても喜んだ。

ヴォルフと知り合ったとき、母は彼の粗野で反抗的な態度に魅了された。今まで会ったことのないような人間だった。彼は無遠慮で、芸術家で、彼女がいつも大切にしているきまりを破った。彼は陽気なまなざしをして、あごひげをはやした格好のよい男性だった。あごひげは彼を少し精悍にみせた。二人が初めて一緒に出かけたとき、僕が今住んでいる通りにつながる公園を通った。そこは雪に覆われ、通りは滑りやすかったが、アンネはいつものように雪道に合わない靴を履いていた。ヴォルフが彼女の手を引いて公園を通ったそのとき、彼女は保護者を見つけたと確信した。もう彼女のことを離さない人間を。

二人は政治や自分たちの国について話し合った。ヴォルフはDDRがいかにひどいか、どんなに不快に感じているか、老人たちによって指図を受けることがどんなに嫌なことかを話した。アンネは自分は党員だと言った。するとヴォルフは立ち止まり、彼女の手を離して黙ってしまった。後になって、彼は「すべていいことずくめなんてことはありえなかった」と言った。長い愛と長い諍いの始まりだった。いつもこの二つは僕の両親についてまわった。

アンネはフランスでナチと闘った共産党員の父、ゲアハルトのことを話した。彼女は党と娘を愛する心優しい英雄の姿を語ってみせた。ヴォルフは父ヴェルナーが小ナチで、おまけに小スターリン主義者になったことについて話した。彼は、絶縁していたこの父親をあまりよく知らず、当時新しい父親がほしかったのだと言う。彼はアンネが説明した心優しい英雄に惹かれていった。

ヴォルフが初めてアンネの両親のもとに招かれる前に、両親はこの新顔が党員かどうか尋ねた。アンネが否定すると、父親の顔は曇り、母親は恋愛をいちいち深刻に考えることはないと助言した。ヴォルフは今になって、結局のところ彼女の両親に会う前から、すべてがはっきりしていたのだと言う。アンネは、それは言い過ぎだとする。

いずれにせよ二人は、彼女の誕生日にベルリン・フリードリヒスハーゲンの彼女の両親の家で、夕食をとることになっていた。その前の晩、アンネはほかの学生とともに、党の指導で帝国鉄道（ライヒスバーン）〔東ドイツ国鉄。終戦までの国鉄の名称を東ドイツが継承〕に対する社会主義的救援活動に動員されたため、ほとんど眠っていなかった。凍った転轍機から雪を取り除く仕事だった。ところがスコップが十分になかったため、結局彼らはただまわりに立っていただけだった。アンネは女子学生もそのような活動をしなくてはならないことをひどいと思った。ゲアハルトはイライラした反応を示した。彼は「社会主義では問題があるならば、全員で助けなくてはいけないんだ」と言った。普段と違う厳しい声だった。アンネはなぜ彼がそんな反応を示すのかわからなかった。彼女の口から、次から次へと弁解の言葉が出た。ヴォルフはその様子を黙って見つめ、アンネが非常によいことばかり話していた人がこのゲアハルトなのだろうかと思った。あるとき、ゲアハルトはアンネにむかって「さしせまった状況になったとき、君が本当に立っているのはバリケードの反対側だな」と言ったことがある。

僕は後にこの言葉をよく聞くことになったが、たいていヴォルフからだった。ヴォルフは家族が一度も一つになることができなかったのは、ゲアハルトのせいだとして、その証拠にこの言葉を何度も何度も引きあいに出したからだ。学校でフランス革命を学んだとき、僕の歴史の教科書にはパリの通りのバリケードの絵が載っていた。僕は僕の両親がバリケードの一方に、そして僕の祖父母が反対側にいるという想像をめぐらせた。僕自身はどちら側なのかわからなかった。僕はただ本当の家族として、みんなでうまく折り合ってほしかっただけだった。もちろんバリケードなしで。

アンネは着るものをまとめ、分厚いかけ布団をもって、ヴォルフの店舗の家に移った。しばらくの間、アンネの母親は彼女に新しい愛を捨てさせようとした。母親は、ヴォルフは遊び人の芸術家で頼りにならないと言った。それにアンネにとって彼はそれほど賢くないとも言った。しかしアンネが妊娠していることを知って、彼らは闘いをあきらめた。結婚式はプレンツラウアーベルクの登記所で行われた。結婚式の写真では、アンネは短い花柄の衣装をまとい、少しおなかが目立っている。彼女はピンで髪を上にあげ、まるで少女のようだ。ヴォルフはダークスーツ姿で、カメラにむかって笑っており、彼の隣には真剣なまなざしのゲアハルトが立っている。

結婚パーティーはアンネの両親の夏の別荘で行われた。一家のフランス人の友人はマリネした肉を焼き、ローストしたエスカルゴ、フランスパン、オリーヴ、赤のボルドーワインも出された。客たちはフランス語や英語を話し、高価な衣服を身に着け、ＤＤＲについて冗談を交わしていた。ヴォルフはこんな人たちの集まりにすっかり感心してしまった。彼はこのようなグリルパーティーは初めてだった。彼はカタツムリが食べられることを知らなかった。またペッパーミルを見たのも初めてで、そこから胡椒粒をとり出すことはできたが、その後どうすればよいかわからなかった。ほかの人に笑われ、彼は赤くなった。アンネは父の友人たちに夫を紹介した。ナチ時代にフランスやアメリカ、メキシコ、上海に亡命していた作家やジャーナリストたちだった。ヴォルフはその人たちから戦闘や逃亡、苦難の話を聞いた。彼らはこれまで会ったことのないような人たちだった。大きな広い世界から、小さなＤＤＲに新たな故郷を見つけた、英雄、生還者たちだった。ここではもう迫害されないし、安全だった。その人たちの話はヴォルフの家庭と全く異なっていた。すべてがまるでなじみのないものだった。ヴォルフはこの人たち、この家族、たった今結婚したばかりのこの妻とやっていけるのか、自問した。ゲアハルトは彼の顔を見ずに乾杯した。みな幸せな結婚と長寿を祈って飲んだ。

第2章

秘密

母アンネの子ども時代

僕はアンネが西側から来たことをいつも格好よく思っていた。それは彼女に、そして僕にも、何かしら特別なものを与えていた。子どもの頃、僕はときどき彼女のハンドバックの中のものを全部出して、何が入っているか見てみた。彼女の身分証明書には、一九四八年二月二五日デュッセルドルフ生まれと書いてあった。アンネは、それはラインラントにある都市で、とても豊かなところだと説明してくれた。僕はデュッセルドルフにハンナ叔母さんとパウル叔父さんが住んでいることは知っていた。叔父さんたちは白いフォードのステーションワゴンを走らせていたし、また以前、うちにカレラのスロットカー〔溝のついたコースを走る模型自動車〕をプレゼントしてくれたことがある。今でもそれはすごいことだったと思う。どうしてアンネが東に来るなどという馬鹿げた考えにいたったか、僕にはわからなかった。西に行く人たちがいることは知っていた。でも西から東に自分の意思で来る人のことは今だかつて聞いたことがなかった。アンネは、自分がもしデュッセルドルフにとどまっていたなら、僕は生まれていなかったのだから、僕は喜ぶべきだと言った。これには一言もなかった。

アンネがデュッセルドルフで暮らしていたとき、時おり彼女は曾祖母のベルタと一緒に、窓べで通りを行きかう人たちを眺めていた。ベルタはその人たちを、きちんとした人とそうではない人に区別した。腕をぶらぶらさせて歩く人はきちんとしていない人に分類された。

アンネ一家は、ゲアハルトがフランスから帰国後に割り当てられたユルゲンス広場の豪壮なお屋敷に住んでいた。そのお屋敷は、フランスのレジスタンスでの闘いが認められ、フランス軍少尉に昇進し、戦勝国の将校となったゲアハルトの地位にふさわしいドイツでの住居だった。以前はそこにナチ

ゲアハルトとノーラ（1948年）

の一家が住んでいたが、その一家はイギリス軍に抑留された。アンネの両親は何ももっていなかったので、家具調度品をそっくりそのまま受け継いだ。敵が使っていた家具で生活するのは、おかしな感じだったに違いないが、おそらく当時彼らには別の心配事があったのだろう。褐色の熊の毛皮の敷物に寝そべっているアンネの子ども時代の写真がある。ゲアハルトはその敷物を「われらアーリア人の熊」と呼んでいた。彼は共産党機関紙『自由（フライハイト）』の記者で、母ノーラは秘書として働いていた。週末にはアンネはゲアハルトとプールに行った。彼女が櫛を水に投げ入れると、彼は調教されたアザラシのようにそれを取ってきた。夜寝る前には、ゲアハルトは昔のパルチザンの歌を歌ってくれたり、アコーディオンを弾いてくれたりした。彼はお話を創ったり、同時にそのお話の絵を描いたりすることもできた。彼はアンネにとって、世界一の父親だった。

ある日ゲアハルトがいなくなった。母親は、彼はほかの町で働かなければならなくなったけれど、すぐに戻ってくると言った。母親はアコーディオンも弾けないし、お話をしてくれる気もなかったので、ゲアハルトのいない日々は退屈だった。数週間後の一九五二年二月、アンネは母親とテューリンゲンの森のオーバーホーフにスキー休暇に出かけた。「エルンスト・テールマン（一八八六〜一九四四年。ドイツ共産党党首。ナチに逮捕され、強制収容所で殺害された）」という名前の党の休暇施設に泊まって、数日後に合流することになっていたゲアハルトを待った。彼がやって来ると両親はアンネの四歳の誕生日を祝い、二人はその晩話し合った。逮捕される危険があるから一家がデュッセルドルフに戻ることはない、とゲアハルトは言った。SED（ドイツ社会主義統一党。一九四六年、ソ連占領地区でドイツ共産党とドイツ社会民主党が合併して創設された）党員の同志がすべて準備してくれていて、これからは東ベルリンに住むということだった。アンネの母親は何も尋ねなかった。彼女は知らない方がよいということに慣れていた。

運転手つきの黒塗りのヴォルガで一家はベルリンに行った。プレンツラウアーベルクのプレーゲル通りの家に着いた。調度品がすべてしつらえてある住居で、すでにデュッセルドルフから身の回りのものがいくつか運ばれていた。家族は新しい名字の身分証明書をもらい、名前はオスヴァルトとなった。同志が二人、それまでの名前を一刻も早く忘れることがきわめて重要だと説明してくれた。数か月後、アンネのお祖母(ばあ)さんがデュッセルドルフから訪ねてきた。お祖母さんはアンネに、新しい町に引っ越したら、名前を変えるなんて全く普通のことだと説明してくれた。アンネはその説明に納得した。

このあわただしいベルリンへの引越しの理由として家庭内でいつも説明されていたのは、共産主義者のゲアハルトが西側で迫害されていたため、反動どもにこれ以上悩まされるよりも、ＤＤＲ国家建設を助けたいと思ったからだ、ということだった。僕はＤＤＲ崩壊後はじめて、東に逃げた本当の理由を知った。もう祖父の秘密は秘密のままにとどめることはできなかった。

ベルリンでは午後になると、家の前の遊び場に子どもたちがたくさんやってきて、親がいなくてもあたりで遊びまわっていた。このようなことはアンネには物珍しく、興奮して、デュッセルドルフのことはすぐに忘れてしまった。地域にはピオニール団〔ＤＤＲの少年少女団〕があり、そこで工作をしたり、歌を歌ったりした。両親は、今自分たちはすべての人が自由で平等な国に住んでいて、この国はよい人たちが統治する国なので、お父さんも安心して暮らせると説明した。二年後、ベルリン・フリードリヒスハーゲンに引っ越したが、名前も突然レオに戻った。両親は彼女に、悪い人に見つかってしまうので、オスヴァルトという名前だったことは、絶対ほかの人に話してはいけないと言った。そのためアンネは好きだった童話『おサルのオスヴァルト』を読む気がしなくなった。フリードリヒスハーゲンでは、両親は近所の人にデュッセルドルフから直接来たと話していた。一度、アンネは階段で家主の女性からなぜベルリンなまりが強いのか聞かれたことがある。アンネはショックで体をこわばらせ、「デュッセルドルフでもこんな風に話している」と答えた。

二年後、アンネは母と二人の姉妹と一緒に汽車でデュッセルドルフに行った。これが西側家族への最後の訪問だった。ヘルムシュテットの国境でコンパートメントのドアが勢いよくあけられ、太った制服の男が身分証明書の提示を求めた。彼は黒い表紙の冊子をパラパラめくって、母親に夫の名前を尋ねた。とても驚いたことに、母親はどんなことにも答えなかった。男は怒って、何度も何度も尋ねた。いつの間にか、彼はアンネを見るようになった。彼女は落ち着きがなく、座席で体をずらし、唇をかんだ。もし口をほんの少しでも開けてしまうと、父親の秘密の名前を漏らしてしまうのではないかと不安だった。制服の男から試すようなまなざしを向けられたその数秒間は、彼女にとって長く耐えがたいもののように思えた。とうとう西ドイツの国境係官は腹を立てたままコンパートメントの扉を閉め、出て行った。

こうした秘密のすべてや、大好きなお父さんがいつ悪人に連れていかれてしまうのかという不安が、アンネの人格形成に深い影響を与えたに違いない。何が起こっているか理解できるようになるずっと前から、冷戦がアンネの子どもの世界に入り込み、彼女を「同志」にした。アンネにとって、世界は最初から二つの陣営に分かれて、彼女の父親が属していた善が一方にあり、もう一方は、人びとが恐れ、また闘う相手であった。彼女の父親やその友人たちのように、ほんのわずかでも分別をもつ人ならばすべて、善の側に属さなくてはならなかった。アンネは、自分と両親がわずかな人数しかいない少数派に属していると理解するまでの長い間ずっと、DDRはそのような勇気ある闘士たちで満ちていると信じていた。その少数派は、DDRにおいて権力を握ってはいるが、かつて自分たちを追い出したこのドイツでは疎外されていると感じている人びとだった。

フリードリヒスハーゲンの家の近所には、イギリスの猟犬を飼っている背の高い白髪の老人が住んでいて、子どもたちによくその犬をなでさせてくれた。アンネにはその犬の綱を引くことまでさせてくれた。老人は彼女と真剣に話し、一度はアンネを家まで招いてくれた。アンネはこのとき一〇歳か一一歳で、何か自尊心がくすぐられたように感じた。熱いココアとビスケットが出され、老人は突然ベルリンで多くの建物が燃えた夜について話し始めた。老人は非常に激昂し、「あんたたちのデパートが炎につつまれた」ことをどんなに気の毒に思ったかを語った。アンネは彼が何について話しているのかわからず、驚いてしまった。彼の両手は布地が燃えながら飛んでいくのをなぞるように宙を動いた。アンネは彼の眼の中に激しく燃えさかる炎が見えたように思った。彼女は、両親はデパートなんか絶対もっていなかったと反論した。ああと男は答え、もちろんデパートはみんなあんたたちのものだった、と言った。彼は同じ建物に住んでいた少女のことを話し、アンネにそっくりだったと語った。彼は、彼女が「行ってしまった」のがとてもかわいそうだったと言った。

アンネはすっかり混乱して家に戻って、この老人との奇妙な出会いのことを両親に話した。両親もとても興奮し、その老人が話したのは「水晶の夜（クリスタルナハト）」〔一九三八年一一月にドイツ全土で行われたナチによる組織的ユダヤ人迫害。ユダヤ人への襲撃・逮捕、ユダヤ人商店破壊・略奪、シナゴーグの放火が行われた〕のことだと説明してくれた。ゲアハルトは「私たちがユダヤ人だから、私たちもデパートをもっていたと思ったんだろう」と言った。アンネは、ユダヤ人であることが何を意味するか、わからなかった。彼女が知っていたのは、ゲアハルトが子ども時代にドイツを去らなくてはならなかったということだけだった。彼女は奇妙な不安と、どうすることもできない無力感と、疎外感におそわれた。

両親は一階下に住むホルツマン一家をユダヤ人だと言っていた。ホルツマンさんはアウシュヴィッツ強制収容所に入れられ、そこで家族を失った。その後再婚し、ベンヤミンというアンネと同い年の男の子が生まれた。ある日、ホルツマン一家がドアのベルを鳴らし、マッツァ(「過ぎ越しの祭り」に食べる種なしパン)をもってきた。一家はアンネたちに楽しい「過ぎ越しの祭り」と健康を祈ってくれた。ホルツマン一家がよい人たちで、また食べものまでもってきてくれたにもかかわらず、両親はこの訪問を明らかに不快に感じていたようだった。そのことがアンネには理解できなかった。アンネが過ぎ越しの祭りとは何かと聞くと、母親はユダヤ人はイースターにあたるお祭りをそう呼んでいると説明してくれた。両親が自分たち自身ユダヤ人であることを望んでいないことは明らかだった。

ゲアハルトは、自分は戦時中、共産主義者として戦ったのであり、ユダヤ人だったからではないと以前僕に説明してくれたことがある。僕が思うに、彼にとってユダヤ人であるということは、抵抗する術がなく、犠牲者であることを意味していた。彼は僕に、フランスで前進してくるドイツ軍から逃れて、一九四二年七月に一時リモージュ近くのお城にあるユダヤ人の孤児院に匿われたという話をしてくれたことがある。ある日、フランス警察が孤児院に来て、子どもたち全員を連れて行った(ヴェルディヴ事件。ユダヤ人大量検挙事件で、ヴィシー政権下のフランス警察も協力した)。ゲアハルトは塔の部屋に閉じこもり、そこから子どもたちが駆り出されているのを見ていた。何人かは逃げようとしたが、警官に捕えられてトラックに乗せられ、ドランシー収容所に連れられていった。ゲアハルトは激しく動揺しながら僕にその話をした。彼は当時、ただ捕まえられるがままになるのではなく、自分が確信することのために闘おうと決意していたのかもしれない。共産主義者として死ぬことは名誉だと思う反面、ユダヤ人として狩り立てられるのは恥だと考えたのだろう。

アンネは子どものとき、家族がナチ時代にユダヤ人であるがゆえにどのような苦しみを味わったかほとんど知らなかった。アンネは母親がラインラントで移送（「移送」とは強制収容所へのユダヤ人移送のこと）されそうになり、すんでのところで逃げたことを知らなかった。また祖父がアウシュヴィッツで亡くなったことは知っていたが、なぜかは知らなかった。父親の体験は後になって少しずつ知った。それを父はアンネに、いつも自分が勝者として登場する冒険談としてのみ語った。ドイツの補給物資が運ばれる線路を爆破したこと、夜にはたき火のまわりに座り野卑な歌を歌ったこと、森で彼を追ってきたSS隊員を撃ち殺したこと、といった話だ。彼女は自分の父親が陽気な英雄なのはすばらしいことだと思った。学校で聞いた英雄たちは真面目で、歳を取った人たちだった。ゲアハルトは、悲しくつらい話は心の中にしまい込んでいた。あるとき、彼女が洗面所に入ると、ゲアハルトがちょうど歯を磨いているところだった。彼女はゲアハルトには上の前歯がないことに気がついた。それを尋ねると、彼は急いで義歯はめてから、笑ってみせ、ほらきれいな歯がそろっているだろう、と言った。アンネは、自分が聞いてはならないことを質問したこと、彼には話したくないことがあることを、そのとき知った。

アンネにとっては、ほかの子どもたちと同じということが一番大切だった。しかしそれは簡単ではなく、いつもほかの子どもとは違うという問題に突き当たっていた。彼女はクラスでただ一人、宗教の授業に出なかった。また学校で政治について講演をするようなお父さんはほかにはいなかったし、彼女は最初からピオニール団のグループリーダーだった。アンネは正義を代表しているという気持ちで一杯だったので、何かの意見が党の立場に十分そっていないと思うと、先生たちの話を正すことまでした。何人かのクラスメートは、「アカ」で出世主義者だとして、彼女を避けた。

一三歳のとき、アンネは両親とともにジュネーヴに移り住んだ。ゲアハルトはＡＤＮ〔全ドイツ通信社〕の国連担当特派員になったが、ベルリンのＳＥＤ党員はＤＤＲの子どもがスイスの学校にいっても意味がないと考えたため、アンネは自宅で母親から勉強を教えてもらうことになった。彼女は町でフランス語を覚え、後にはソ連大使館に付属する学校に通って、ロシア語を学んだ。週末には、山へ自転車を走らせるか、レマン湖に泳ぎに行った。それはアンネにとって、スリルにとんだ、悩みのない時代だった。ただ、彼女が思っていたほどは西側の人たちが悪くないことが奇妙に感じられた。労働者階級は搾取されず、豊かだった。彼女たちの住居の修理に何回かやってきた管理人は、父親よりも大きな車を運転していた。

ソ連大使館付属の学校が七年生までしかなかったため、一年後、アンネだけがＤＤＲに戻らなくてはならなかった。両親と二人の妹はジュネーヴにとどまった。アンネはＤＤＲの外交官子弟用宿舎に入ることになっていたが、両親はフリードリヒスハーゲンの慣れた環境に彼女を置いた方がよいと考えた。そのため近所に住むシェンク夫人という老婦人がアンネの家に越してきて彼女の世話をしてくれた。以前のような張りのある生活ではなく、しばしば寂しさを感じたが、そうするほかなかったので、彼女はすべてを受け入れた。ＤＤＲの子どもは西側の学校に入ってはならないという党の決定だけで、どうして両親は子どもを二年間も一人にしておくことができたのかと、彼女は今になって疑問に思っている。

この時代に一番すばらしかったのは休暇で、一人で飛行機に乗ってジュネーヴに行けたことだ。機内では一番前の席に座り、スチュワーデスからスイス航空のチョコレートをたくさんもらった。一度、プラハで乗り換えなければならなかったことがある。チェコスロヴァキアのＤＤＲ大使が父の友人で、タラップまで迎えに来てくれて、トランジットルームで待っていられるようにしてくれた。またある飛行機で彼女は若いキューバ人の隣に座ったことがある。彼女はすぐさま恋に落ちた。

一九六一年八月に「壁」ができたとき、彼女はジュネーヴで夏休みを過ごしていて、なにがなんだかまるで分からなかった。両親はきちんとした境界ができたのは、よいことだと言った。悪者どもが国に入らないようにする壁だった。休みが終わり帰国して初めて、彼女は何が起こったかに気がついた。西側に行くことができなくなったクラスメートたちは、教室で彼女を取り囲んだ。よりによって彼女がなぜ旅行できるのか、説明しなくてはならなかった。それは裁判のようなものだった。彼女はほかの人たちの敵愾心や怒りを感じた。ある人は、ＤＤＲは監獄で赤い幹部のみがよい思いをするいやな独裁だ、と叫んだ。彼女は一人で憤激した群衆の前に立ち、自分でもほとんど理解できないことを弁護するはめになった。彼女は懸命に我が身を救おうとしている国家にとっての一四歳の大使のような存在だった。

彼女は広い誰もいない家に戻ってから食堂で、教室では思いつかなかった議論をぶつぶつ言いながら、テーブルのまわりを何度もぐるぐるまわった。どうすればよかったのか、自分の態度を確認しなくてはならないかのようだった。彼女には、何でも話せて、確信がもてないことや気持ちの混乱を分かちあえるような人は誰もいなかった。両親は遠く離れていた。ジュネーヴに少なくとも一週間に一度手紙を書いていたが、このことについては触れなかった。彼女は両親を心配させたくなかったのだろう。

僕は、祖父母の戸棚にしまってあったこの時期のアンネの手紙を見つけた。きちんとした女の子らしい字体で、彼女はベルリンで起こった重要なことをすべてメモしていた。あるときは、友だちのモニカ・シャルフのところに行き、反ナチ抵抗運動家のヴェルナー・ゼーレンビンダー（一九〇四～四四年。レスラー。ドイツ共産党員で抵抗運動に加わり逮捕、処刑された）についての映画をテレビで観た。その手紙でアンネはこう書いている「午後、『われわれのうちの一人』という映画（ゼーレンビンダーを主人公とした映画。一九五九年製作）がテレビで放映されました。シャルフさんのおじさんはおそらく自分の子どもが真実を観たことを怒ったのかもしれません。たとえば、共産党員たちがナチに棍棒で殴り倒されるシーンがありました。そのとき、おじさんは「ああ、ものすごく誇張されているよ。この映画は全く馬鹿げている、本当は全く違うんだから」と言い、シャルフさんのおばさんは「この映画ではすべて事実が変えられてしまっているのに、それをまた人は信じるのよね」と言いました。映画のシーンがヒトラーユーゲントの少年たちの行進になると、おじさんは「ピオニール団と全く同じだ」と言いました。そのとき私は「昔は、子どもはヒトラーユーゲントに入らなくてはならなかったけれど、ピオニール団は自由意志よ。それに、ピオニール団は平和のためだけれど、ヒトラーユーゲントの少年たちはそうではないわ」と言いました。水曜日、モニカのもっている本を何冊か見ました。『少女同盟読本』というのもありました。その中の「少女同盟はナチ運動の一つである」という文が私の目にとまりました。モニカに「ナチという言葉の上に紙を貼って、誰もその言葉を見ないようにしましょうよ」と言いました。それから私たちはそれを実行しました」。

一四歳のときからすでに彼女は国家と歴史の真実に対して、責任を感じていたようだ。ほかの手紙には「私はモニカと政治問題で喧嘩ばかりするようになりました。煽動目的のため、国境でアメリカ軍の中隊が越境しすぐまた退くという挑発行動をとったことを、お父さんたちはきっと聞いたと思います。そのとき、東側の警察官が車両に轢かれました。学校でこの話をし、モニカにどう思うかと聞きました。すると彼女はテレビでそのニュースを観たけれど、アメリカ軍は国境までしかこなかったし、警官も車に轢かれたなんていうことはなかったと言いました。彼女が西側のテレビを観たことがはっきりわかりました。そんなこと禁止されているのに」と書かれていた。

二週間後、彼女は同じ建物に住むユダヤ人のホルツマン一家が西に逃げたことについて、こう書いている。「今朝、ちょうど学校に行こうとしていたとき、ドアがノックされました。ドアを開けると、運送団体の男の人たち二人が立っていて、ホルツマンさんのところから、何か受けとりにきたということでした。その人たちが私たちにホルツマンさんがいるかどうか尋ねると、シェンクおばさんが

「坊っちゃんは、もう学校に行きましたよ、誰も出なかったら、もう誰もいないということではないでしょうか」と答えました。男の人たちが去ったあと、彼女は私に「ホルツマンの奥さんはきっとまだいるわ。彼女は着替えていなければ、ドアを開けないのよ」と言いました。学校から帰ってきたら、ホルツマン一家は西に行ってしまっていて、ドアは封印されていました」。

運送団体の二人はシュタージの人間で、シェンクおばさんは小さな嘘をついて、おそらくホルツマン一家が逃げるのを助けたのだろうけれど、そのことは当時の母にはわからなかった。しかし、西側への逃亡というテーマは彼女の強い関心をひいた。クリスマス直前の手紙では、一家全員で逃げたクラスメートについて書いているが、その最後には、「なぜそんなことをするのか、わかりません」とある。

第3章

確信

新聞社でのインターンシップ

一七歳のとき、アンネは学校からＳＥＤ地区指導部主催の行事に派遣された。大きなホールに全員集まり、ハムをのせたオープンサンドとコーヒーが出され、有力な同志の話を聞いた。ベルリンのＳＥＤの党委員長も出席していた。彼によると、この日いくつかの深刻かつ重要な問題を話し合うために、ホールにはベルリンの最も優秀で、思想のしっかりした生徒たちが集められたということだった。厳粛で、非常に高度な党の秘密事項が伝えられるような雰囲気だった。彼女は、最も優秀な生徒の一人としてそこにいることを、いやおうなく誇りに思い、胸が熱くなった。彼女は、ＤＤＲには重要で大きな課題があり、それは若者たちの精力的な協力によってのみ乗り越えることができるということを聞かされた。傍観者の時代は終わった、今は国と平和のために何かするときだ、と党責任者が言った。彼は言葉をとめ、左右を見渡してからおもむろに静かな声で、その前提は「ＳＥＤの党員になることだ」と話した。これを聞いたアンネは思わず大きな声を出して笑ってしまった。数人の生徒があっけにとられて彼女を見、また彼女も自分で自分の反応に驚いた。彼女には入党を勧めるやり方が、あまりにその場にそぐわないと思えて、先に感じた誇りはその瞬間に消え去った。平和と国に対してどんなことでもする心の準備はできていたが、一七歳になったばかりの彼女は、成人でなければ党員になれないということでひとまず安心した。

講演の後、全員「私は決意する」というテーマで詩を書くように言われた。それから個人面接があった。五人の党員が面接官で、彼女は「ＳＥＤの党員候補になる考えはないか」と尋ねられた。彼女は「そのことは考えてはいますが、私は一七歳になったばかりで、決めるまであと一年あります」と答えた。党員の一人は彼女をじっと見て、「君の場合は例外にできる」と言った。特別な許可を党中央委員会に申請するという道もあると言うのだ。彼女の心臓は早鐘のように打ち、このような機会が与えられたことに感激した。中央委員会の特別許可！　父親が驚き、みんなも驚く様子を思い浮かべた。彼女はすぐに署名し、喜び勇んで面接室を後にし、何か大きなことを経験したような気持ちになった。最後にベルリンの党委員長がもう一度話をした。彼はアンネが書いた詩の一節を引用した。夢のようで、彼女は髪のつけ根まで顔を真っ赤にして座っていた。帰り道にショーウィンドーに映る自分の姿を見た。彼女は今までの自分とは全く違うように感じ、ほかの人もそういう風に自分を見るに違いないと思った。彼女はもう恋煩いや、つまらぬ問題にはかかわらないと、自らに言い聞かせた。自分はすぐに党員になるのだから。

アンネにとって党は組織以上のものであり、人間の集合体以上のものだった。党は超自然的な存在のように、とてつもなく大きく、日常生活とはかけ離れたものだった。両親が党について話しているのを聞くとき、彼女は尊敬、信頼、忠誠を感じた。父親が党のことを話すとき、その声には特別な響きがあった。いつもより静かな声で、注意深く、一言一言区切るように話したが、まさに党がそれを聞き、誤った考えや言い間違えをしないように注意を喚起するかのようだった。党は絶対的な真理、絶対的な知であり、党を批判したり、党よりも賢いように思い込んだりするのは、党の敵だけだった。失敗したり、誤ったりするのは個々の党員のほうなのだ。党は決して過ちを犯すことはない。彼女の家で語られていた偉大な「全体」すなわち「大義」への信念は、後になって彼女がＤＤＲの陳腐な日常に時おり疑念を抱くようになったときの慰めになった。アンネは、その当時、「自分の人生を党に捧げ、すべてを党に託するつもりだった」と語る。

アンネは僕にこのような説明をしながら、ときに泣きだすことがあった。かつての自分のナイーヴさに対する怒りと、すべてが意味をもたなかったことへの失望からだろう。彼女が懸命に力を注いだ国家と党は、あっけなく消滅してしまった。母と国家の関係は、実らずに終わった十代の恋のようなものではないかと思う。彼女は少女時代、DDRに気持ちを燃えたたせたが、そのDDRから自由になるために全人生を必要としたのだった。賢く冷静な母親が、DDRの終焉から二〇年もたって、最初の大きな愛について嘆くのを理解するのも、その様子を見るのも気が重かった。世界が悪から解放されるときその場にいたいという絶対的な意志や希望が、彼女の内面にどれほど深く入り込んでいたことか。僕自身は彼女が信じたものを理解することはとてもできなかった。僕が政治にかかわり始める年齢になったときには、彼女が信じたものが力を失いかけていたためかもしれない。あるいは彼女自身、両親の信念に逆らうことが非常に難しいとわかっていたので、そのようなことから意識的に僕を遠ざけたのかもしれない。

自分の母親にインタヴューをすること、また彼女が涙をこらえようとする姿を見るのは妙な気持ちだった。アンネは彼女の書斎で安楽椅子に座っていた。昔その椅子のカバーは茶色と黄色の模様だったが、今はグレーのウール地のカバーがかけられている。何か言おうとしても、記憶にはりついた感情にかき消され、彼女の声は消え入りそうだった。普通ならば、それ以上聞かずにそっとしておいただろう。子どもならば、いたわることや好奇心をおさえることに慣れているし、母親が泣く姿は見たくないものだ。しかし僕は今、自分が子どもではなく、主要人物の一人に質問する家族史研究家なのだと自分に言い聞かせなければならなかった。彼女のことを抱きしめてあげたいと思っても、そうしてはならなかった。アンネは息を深く吸い、涙をふいた。僕は彼女の口の周りの小じわと、四〇年間ずっと真っ黒な髪にしていた彼女の母親と同じように見られたくないので、ほんの軽くしか染めていないグレーの髪を見た。その日の午後、アンネはいつもより歳取ったように思えた。彼女の少女時代について話していたためかもしれない。僕は大きな濃い茶色の瞳のういういしい表情の彼女の写真が頭にあった。僕には、アンネはいつまでも歳を取らないように思えた。時を超えた女性。「もう大丈夫、続けましょう」とアンネは言い、また語り始めた。

彼女はジャーナリストになりたかった。その仕事のことは父親から知り、好奇心をもやすとお金がもらえるなんてなんとすばらしいと思った。彼女にとってジャーナリストとは、とてつもなく多くのことを知っていて、それについてうっとりするような文章が書ける人たちだった。彼女の理想は、常に真実を追及し、そして、たいていはその真実を見つけ出した著名なジャーナリスト、エーゴン・エアヴィーン・キッシュ（一八八五〜一九四八年。プラハ生まれの共産主義者のユダヤ人ジャーナリスト。フランスに亡命し、オーストラリアに出国するも反ファシズム活動のために、フランスに戻る。その後、アメリカ合衆国、メキシコへ亡命。戦後プラハに帰国〕だった。

一九六六年、彼女は一九歳で『ベルリーナー・ツァイトゥング』紙の記者見習いになった。彼女の父親が抵抗運動の闘士としてだけでなく、ジャーナリストとしても尊敬され、みんなに知られていたため、ここでも彼女は特別扱いされた。しかし誰も彼女を真剣に相手にしようとしなかったので、居心地はあまりよくなかった。彼女はいつも娘にすぎなかった。もっと悪いのは、この新聞が機能していないことに失望させられたことだった。

働き始めて二日目、彼女は会議に出席したが、そこで編集長は何を書いてはならないかを説明した。編集長が最新の禁止用語および検閲措置を中央委員会で伝達されると、いつも「討論集会」と称して会議が開かれた。ある事象を党の立場からいかに整理し、把握することだけが問題だったわけではない。敵に利用されてしまうから、どの用語を即時使用禁止対象とするか、不足していることを敵に知られないように、どの物品について書いてはならないか、といったことも伝達された。不足物資、たとえば「洗濯機」や「自動車のタイヤ」などの単語も、何か月かの間使えなかった。「社会民主主義」は二年間使えなかったが、「議会」と「アンゴラ人民戦線」が使えなかったのはたった六週間だけだった。

何を書いて良いのか悪いのかについてのリストは毎日更新され、つけ加えられた。それにもかかわらず、誰かが誤った文章や疑念をもたらす表現、通常ではない用語を使ってしまうと、問題となった同僚は集会で釈明しなければならなかった。そして、その場での反省が求められた。以前、地方版担当の年配の記者が、褐炭が燃えると、煤が出ると書いてしまった。それ自体無害なこの表現に対して、編集長は「ＤＤＲでの褐炭ストーブによる空気汚染に対する批判のように読める」と、しかりつけた。敵は眠っていないし、中央委員会の検閲部も全く眠っていないことを、記者たちは繰り返し叩き込まれた。

最初アンネは政治部で働いた。ここで印刷される多くの記事は、ＡＤＮという通信社から渡される党の発表で、それをただ貼りつけるだけだった。発表は何一つ短縮されてはならず、絶対に変えてはならなかった。正字法の間違いでさえ、そのままにされた。そのようなことで中央委員会に電話をかける勇気など誰にもなかった。アンネは、各部の責任者たちのほとんどはちゃんとしたジャーナリストではなく、自分の職務を遂行する党の兵隊にすぎないことに気がついた。エリート集団であるはずの党に、立派なジャーナリストがいないということは、彼女にとって奇異に思われた。独自の記事のスペースがないため、ほとんど何もすることがなかった。昼間から酒を飲み、一番飲んでいたのはボスたちだった。同僚たちはお互いに足の引っ張り合いをしていた。陰謀や密告、中傷キャンペーンの傍ら新聞が作られていたのだ。

アンネはこのような状況にショックを受けた。彼女は党中央機関紙『ノイエス・ドイチュラント』で外交部長だった父親に話した。彼女は、父親のところでもこのようなことが起こっているのかと尋ねた。ゲアハルトは、いつものように不快なことについては返事をしなかった。そして彼女も、いつも通りそれ以上聞かなかった。父親の友人の一人が、彼女に、このようなことはＤＤＲの新聞ではほとんど常に起こっていることだと説明してくれた。彼は「嘘ばかりついていると、酔っぱらわないではいられない」と言い、悲しげに微笑んだ。

一九六八年五月八日の夕方、アンネは初めて新聞に嘘を載せた。彼女は遅番で、報道部のデスクにいた。隣ではテレックスがカタカタなっていた。報道部長は政府からの通知用にいつも使用される水色の用紙を彼女に渡した。この用紙には送付者名がなく、どこから情報が来たかはっきりしなかった。部長は彼女に、急いでこの紙を原稿用紙に貼り、組版部にもっていくように言った。アンネはニュースを貼りつけ、ざっと記事に目を通したが、驚いて立ちすくんでしまった。「プラハにアメリカ軍の戦車」という見出しだった。短い記事には、プラハの大通りでアメリカ軍戦車が目撃されたといった趣旨のことが書いてあった。アンネは、そのときまさにチェコスロヴァキアで改革運動が起こっていたことを知っていた。後に「プラハの春」と呼ばれることになる運動である。彼女はそれについての報道方針もわかっていた。DDRの新聞は、革新という見せかけのもとで、人民の権力を一掃しようとする社会主義の反対勢力がプラハでうごめいていると書いていた。彼女自身、プラハで起こっていることをどうとらえるべきか、言われているように本当に危険なのか、それ程よく知っていたわけではない。しかし、このニュースがそもそもおかしいことはわかった。アメリカ軍が本当にプラハに進駐したならば大ニュースなので、二面に載せる短報ではないだろう。彼女は部長のところに行って、この記事は一体何なのかと尋ねた。彼は「聞くな。書いて、そのまま渡すんだ」と言ったが、アンネはこの話は何かおかしいと主張し続けた。しかし、部長は手を振りはらって彼女を黙らせた。「組版部に渡しなさい、それ以上のことは君には関係ない」。彼女は嫌な気持ちで一杯になり、また落ちつかなかったが、結局言われた通りにした。

翌日、新聞社には抗議の手紙や怒りの電話が殺到した。チェコスロヴァキア大使館からも苦情がきた。編集部は電話をアンネに回した。記者見習いの彼女が、怒った読者に、説明のしようがないことをどうにか説明しなくてはならなかった。彼女は記事の内容を否定するわけにはいかなかった。一段落すると、彼女はすっかりみじめな気持ちになった。何が起こったのか、一体どういうことなのか、まだ理解できなかった。二日後、新たな情報が届いた。プラハでファシストの占領者から町が解放されるという劇映画の撮影が行われているというものだった。目撃されたアメリカ軍戦車は歴史セットの一部だったというのだ。ずっと後になって、アンネはなぜこの奇妙な情報が流されたのか、その目的を理解した。不安を広め、危機を示唆し、挑発することが大事だったのだ。彼女はあの日の夕方、自分が巨大なプロパガンダ・マシーンの歯車の一つであることを理解した。今になって彼女は、「そもそもあのとき自分の夢の仕事とさよならすべきだった」と語る。DDRには嘘をつかないジャーナリズムはありえないことがはっきりしたからである。しかし当時の彼女はまだそこまでの考えには至らなかった。

僕には母のこの説明がとても本当の話のようには思えなかった。彼女が善に対する信頼を失わぬまま、その新聞社に二年間どうやって勤められたか理解できない。その三〇年後、僕自身が『ベルリーナー・ツァイトゥング』紙の編集部員になった。本当のジャーナリストとしての最初の仕事だ。新聞社はすでにハンブルクの大手出版社の傘下にあり、あらゆる点でアンネが憧れたような新聞社になっていた。今は誰でもその人が望んだことを書くことができる。今は何かを知ること、最も興奮するような話を紙面に載せることが重要とされている。母ぐらいの年齢で、三〇年間新聞社で働いてきて、母のような経験をしなくてはならなかった同僚たちがいた。僕はその人たちがいかに嘘とうまく折り合ったか、突然自由なジャーナリストになったことにどう対処できたか、とても知りたかった。しかし僕はあえて聞かなかった。ひょっとしたら答えがないかもしれない質問をする裁判官に、自分で自分を任命するような感じがしたからだ。

一九六八年八月、ソ連の戦車がプラハを蹂躙したが、これは映画の撮影ではなく、現実であった。アンネはちょうど『ベルリーナー・ツァイトゥング』紙の保養施設で子どもの世話係として働いていた。キャンプの責任者は集会を呼びかけ、「ソ連軍がチェコスロヴァキア政府から救援を要請されたためだ」という、公式声明を伝えた。アンネはこの説明を信じたが、数日後になって西側のラジオで、実際には何が起こったのかを知った。チェコスロヴァキア政府はソ連の軍事攻撃により解体された。政府首班、アレクサンデル・ドゥプチェク〔一九二一〜九二年。チェコスロヴァキア共産党最高指導者として「プラハの春」を指導〕と大臣たちが逮捕された。改革運動が失敗したのだ。アンネは西側のテレビ報道で、プラハで戦車に勇敢に立ち向かった血まみれのデモ参加者の映像を見た。彼女は死者や重傷者、逮捕者のことを聞いた。その数日間で、まだどう表現してよいかわからない何かが彼女の中で死んだ。彼女は騙され、裏切られたように感じた。ＤＤＲのプロパガンダだけでなく、もっと悪いことに、平和を愛し、正義の同盟者であると思っていたモスクワの偉大な兄弟にも裏切られたのだ。彼女はベルリンの編集部でフランス共産党機関紙『ユマニテ』を読んだ。フランスでは共産党がソ連の侵攻に抗議したことを知り、共産党員であってもこの侵攻をはっきり批判できることがわかって、彼女は少し気持ちが楽になった。

アンネは、ベルリンで友人たちがプラハ進駐を批判するビラを撒いて逮捕されたことを知った。その中には、彼女と一緒に学校に通ったトーマス・ブラッシュ〔一九四五～二〇〇一年。作家、劇作家、演出家、詩人。統一後、過度の薬物服用と飲酒で死亡〕や、長い知り合いのベティーナ・ヴェーグナー〔一九四七年～。歌手〕がいた。二人ともアンネと同じような家庭環境で、よく一緒に食事をしたり、共産主義やＤＤＲについて議論したりした。彼女には、二人とも敵ではないということがわかっていた。そして、はたして自分は一緒にビラ撒きをしただろうかと、彼女は自問した。もし、自分がベルリンにいて、二人から声をかけられたらどうしただろうか。彼女は自分も一緒に行動したのではないかと強く思った。特別に勇気があったからというわけではなく、そのようなことで投獄されることがあるとは考えられなかったからである。彼女は、投獄されるようなことは悪に属している人たちのみに起こると思っていた。しかし彼女は、自分のような人間にそういったことは起こりえないという確信が、もはや以前のようにもてなくなった。いざとなると国家は手当たり次第になんでもやると、わかったのだ。

トーマス・ブラッシュとベティーナ・ヴェーグナーは、その後西に行った。ブラッシュは有名な詩人となり、ベティーナ・ヴェーグナーは歌手として人気を得た。しかし、西に移る前に(短期間ではあるが)二人ともDDRの刑務所に収監された。なぜならば、彼らは数枚のビラをマジックインキで書いたからだ。トーマス・ブラッシュは、「赤いプラハから手を引け」、「DDRにドゥプチェクを」と書いたビラを、プレンツラウアーベルクの住宅の郵便受けに夜中に投函したのだ。ついにはほかでもない彼の実の父親が息子を警察に告発して終わった。彼の父ホルスト・ブラッシュ(一九二二〜一九八九年。少年時代、親と別れてキンダートランスポート(子どもの輸送)でイギリスに渡り、当地で共産党青年組織に加わり、指導的立場に立った。西側亡命経験者としてはDDRで文部省大臣代理になるなど異例の出世をした)はアンネの父親と同様にユダヤ系の家庭に生まれ、ナチ時代の西側亡命者だった。二人は同じ話、同じ諍いを経験したが、違うのはただドラマティックな結末だけだった。アンネは、トーマスの逮捕について両親と話した。ゲアハルトは、大義のためにソ連の進駐は必要なことだったとして、このことを理解しない者は、自分たちの側ではないとも言った。アンネは、自分も一緒にビラを配る気持ちがあったから、そうならば自分も体制側ではないと言った。両親はがく然とした様子で、彼女のことを迷える子どもであるかのように見つめた。この話が家族の中で再び出されることはなかった。

第4章

告発

体制とのせめぎあい

アンネは歴史の勉強をしようと思った。ジャーナリストになるためによいことだと思ったからである。専門的能力を身につけてある分野で専門家になれば、その分野の新聞記事が書け、また専門的知識に裏づけられた能力が一番重要だから、誰も彼女に口を挟むことはできないと考えたのだ。彼女は『ベルリーナー・ツァイトゥング』紙での体験をあまり考えないようにし、あのような経験を決して一般化してはならない、と自分に言い聞かせた。

一九六八年九月、彼女はベルリン・フンボルト大学で勉強を始めた。最初の週に彼女のゼミ・メンバーが集められ、ソ連の進駐を歓迎する声明に全員で署名しようということになった。これは踏み絵のようなものだった。アンネはほかの学生と小さな教室に座っていた。お互いのことをろくに知らないし、どこまで踏み込んでよいのか、みんながどういう態度をとるか、誰にもわからなかった。ほとんどの人はどうしたらよいかわからないようだった。数週間にわたってどこでもこのテーマが議論されており、この国で進駐に反対する者は多かったものの、反対意見を公然と語る勇気をもったのはごくわずかだった。アンネの頭の中でさまざまな考えが交錯した。進駐反対のビラを配るつもりだったと主張したばかりだったのに、今はこの声明に署名しなくてはならないなんて。彼女の中のすべてが抗った。彼女はそんなにあっけなく降参して、自らを裏切るようなことはしたくなかった。しかし、もし署名を拒否するとすれば、大きな問題が待ち構えていた。彼女は大学から追い出されるだろうし、ひょっとすると二度と学籍を得ることはできないかもしれない。学生生活はまだ始まってもいないのに、もう終わってしまうのか。この日、彼女は自分の人生が決定されてしまうように感じた。一度折れるとまた折れるだろうし、一度処罰されるとその汚点から解放されることはないだろう。

アンネは声明文の表現をかえることを提案した。新聞が伝えるところによると、逮捕されたチェコスロヴァキアの改革者は、改革を社会主義路線で行うことに同意するという声明を、ソ連政府とともに出したばかりだった。そのとき、アンネはこの合意が改革者にとっては敗北と同じことであるということを知らなかった。アンネは、ゼミ生一同はモスクワ声明を全面的に支持する、と書いた。過去を問題にするのではなく、将来が重要であるという理由から、進駐への同意の箇所は削除した。ゼミ生はみな安堵して署名した。進駐に同意しなかったし、そしてさからうこともしなかった。キャリアと良心を守るための、小さな外交的芸当が成功した。しかしこれは勇気がなく、単にずる賢かっただけで、アンネは敗北感のただ中にあった。

大学での最初の党集会で、アンネは一年次生の党書記にならないかと教師たちに聞かれた。その人たちは彼女のことを知っていたわけではないが、彼女の人事記録を読んでいた。その書類では、彼女の出身は「進歩的知識階級」となっていた。これは特典つきのカテゴリーで、一種の共産党の貴族の称号だった。いわば政治上の代父にあたる党の保証人として、次のような人の名前が書かれていた。著名で、深く尊敬されている同志で『沼地の兵士たち』の作曲家である父の親友ルーディ・ゴゲル、かつてのレジスタンス闘士で有名な作家ハーラルト・ハウザー、ユダヤ人としてロンドンに亡命し、後に検事になったウルゼル・ヘルツベルク。この一流の人たちの推薦は、若き党エリートへの入場切符を意味していた。『ベルリーナー・ツァイトゥング』紙での最終評価は、「全体として、アネッテはよき指導があれば我われの社会の有用な幹部に成長する聡明さを備え、将来性ある幹部であると考えることができる」。これは平たく言うと、非常に才能にめぐまれた人間だが、厳しい監視のもとで教育されなくてはならない、ということだった。

大学での最初の党集会の光景はぞっとするものだった。二人の講師が黒板の前に立つことを要求された。一人の同志が、二人はSED党員であるに値しない、なぜならば二人は敵対的な演説を行って党と労働者階級を背後から襲ったからだと説明した。そして彼らの反動的、修正主義的態度は大学全体の評判を落としたと言った。一人の同志がアンネに、何が問題にされているか、そっと教えてくれた。両講師はソ連による進駐の正当性に対する疑義を公然と表明したのだ。しかし、彼らはその進駐に対して抗議したのではなく、ただモスクワの行動は社会主義的国家共同体の平和的協力関係と相入れないのではないか、ということを問いかけただけであった。党員がかわるがわる立ち上って、この二人に批判と侮蔑の言葉を投げつけた。二人はうなだれて、石のように固まってそこに立ち、自分から何かを言うということもしなかった。二人は蛇にすぐさま飲み込まれてしまわないように死んだふりをしたウサギのようだった。

後になってもアンネはこのシーンをよく思い起こした。二人がとんがり帽子をかぶせられ、自己批判の札を首からぶら下げている姿（中国の文化大革命中に行われた政治的敵対者とされた人びとのつるしあげ）を想像した。この集会でアンネは強い不安をかきたてられ、それからはもっと注意深くすることにした。

彼女は自分が働いた新聞社の編集局と大学とでは事情が全く違うということがわかった。新聞社では人の行為に対する信念が強制されることはなかった。新聞が機能すれば、それで十分だった。大学では思考の純粋さもチェックされた。無条件に従おうとしない者は、全体から孤立させられた。処罰された二人をその後よく学生食堂で見かけた。二人は常に孤立し、誰も彼らに話しかけようとしなかったし、同席さえしなかった。いつもうつむき加減の姿勢の二人は、永遠の贖罪者であり、全員に対するみせしめだった。

僕は「アンネもそれに加わったと同じことなのに、罪悪感をもたなかったのか」と尋ねた。彼女は黙ってうなずき、僕から目をそらし、気をつけないと床に倒れこんでしまうかのように、椅子のひじかけをしっかりつかんでいた。彼女の仕事部屋は静まりかえり、長く感じられる数秒後「そのようなことはなんとかして遠ざけようとしていた」と彼女は答えた。それは今もまとわりつき、彼女の心を締めつけていたが、彼女は同時に多くの事から自分を守らなくてはならないと感じていた。そうでもしなければ、耐え抜くことはできなかったのだ。彼女は当時二一歳で、勉強もしたかったし、楽しい時間ももちたかった。そして内心では疑念を抱いても、まだなお偉大な「全体」を信じていた。

アンネは何人かの三年次生の学生と親しくなった。彼らは頭がよく話し上手な男子で、彼女よりずっと勇気があるように思えた。この若者たちは、ＦＤＪ〔自由ドイツ青年同盟。ＳＥＤ傘下の青年組織〕の仕事を改革しようとしていた。イデオロギー色を減らし、もっとわかりやすく、風通しのよいものにしたかったのだ。彼らはアンネを誘った。定期的にある家で会合がもたれるということだった。アンネはこの申し出に何か違和感を抱き、危険を感じた。一か月後、三年次学生からなるＦＤＪグループは解体され、彼らは退学処分を受けた。一人は二年間電力会社で働かされ、それから学業に戻ることが許された。もう一人はもっと運が良かった。彼の父親が科学アカデミー（ＤＤＲの学問研究において最も重要な研究機関）の部長だったので、一年で復学することができた。アンネは退学処分を受けた一人と話した。彼は「あのようなたわいもない会話であれほど厳しい処分を受けるというようなことは思ってもみなかった」と語った。彼は「このようなことは二度としない、あれは誤りだった」と言った。愉快な青年だったのに、敗残者となってしまった。

彼女のゼミの教授は学生たちに除籍者を非難するように促した。ＦＤＪの精神をゆがめようとする敵対的なやからなどと書かれた声明文が用意されていた。アンネはその非難が事実に反していることがよくわかっていたので、これには黙っていなかった。彼女は立ち上がり、「自分はこの学生たちを知っているが、その人たちは敵ではなく、だから非難するのは誤りだ」と発言した。教授はそのような言葉を党書記の口から聞いて、大変驚いた。彼女は教授を狼狽させた。たちまちほかの学生たちも手を挙げて次々に非難に反対した。一人が、「あらゆる批判を敵対的だとしてはならない、そうすると誰ももうあえて何も発言しようとしなくなる」と言った。教授は「除籍された学生たちはポツダム衛戍教会取り壊し反対の署名を集めていた」と説明した。「歴史を学ぶ学生なら、もちろんこの教会でヒトラーが聖職者と協定を結んだことを知っているはずだ。この教会の取り壊しに反対するものは、ファシズムと結びついている」と。

何と言ったらよいか誰も言葉が見つからなかった。アンネも同様だった。処罰された学生はおそらく誰一人としてそんなつもりではなかったのだろうから、この教授の使った論法は不誠実だと、彼女は感じた。他方、もちろんファシストと組むなどという疑いをかけられるのは、最悪だった。後になってようやく彼女は、党のイデオロギーにとって、ファシズムとはほかに有効な手立てがないときに使う切り札のような論拠であることを理解した。彼女の父親も、あまりにも馬鹿げていることを弁明しようとしても、どうにも説明がつけようがなかったときに、それを使った。「そのために自分は命をかけたんだ」というのが、家でアンネを黙らせるときの言葉だった。それは彼女が一線を越えることを押しとどめる決定的な論拠だった。

僕は、公民の授業で女性教師が、ウード・リンデンベルク〔一九四六年〜。ドイツの歌手・作曲家〕の『パンコー行きの特別列車』という歌はファシズム的であるからＤＤＲでは禁止されていると説明したことを思い出す。その教師は、私たちのＳＥＤ書記長エーリヒ・ホーネッカー〔一九一二〜九四年。在任一九七一〜八九年〕がときどき皮のジャンパーを着て、トイレでこっそり西のラジオ放送を聴いていると、ウード・リンデンベルクがあてこすっている歌詞の一部を引用した。「皮のジャンパーとは明らかにゲシュタポのことを指し、リンデンベルクはナチ時代に長い間刑務所に入れられた人間の名誉を傷つけています。私たちはこのようなナチの歌は聴きたくはありません」。僕は、これは全く馬鹿げた言い分だということがわかっていた。でも僕は何かいう勇気はなかった。「ナチの歌」というのはとても危険なものに響いたからだ。

大学での経験はアンネを慎重にさせたが、彼女が沈黙することはなかった。一九六八年一二月一一日、彼女は『ユンゲ・ヴェルト』紙〔FDJ機関紙〕で腹が立つ記事を読んだ。西側でのコンサートでDDRについて否定的な発言したために、当時DDRメディアで激しく批判されていたシンガーソングライターのヴォルフ・ビーアマン〔一九三六年〜。詩人。一九六〇年より体制批判的な詩を発表し、その詩にメロディーをつけ、弾き語りをしていた。その後活動禁止となり、一九七六年、西ドイツ演奏旅行中に国籍を剥奪される〕が、問題になっていた。記事ではビーアマンがDDRに対していかに敵対的であるかを示すために、その詞からいくつかの節が引用されていた。アンネは編集部に手紙を出した。彼女は次のように書いている。「あなたがたが批判している歌詞は誰も知りません。あなたたちは彼の歌詞の断片だけで批判しています。次のフレーズでは全く反対のことが述べられる場合もあるのですから、これは認められません。若者たちが自分で考えることなしに（彼らはあなたがたが攻撃した歌詞を自分で読むことができないのですから）、あなたがたの意見をおとなしく受けいれることを望んでいる、ということになるではありませんか。これは私たちのやり方ではありません。私は、彼に対する批判は正しいと思います。でもあなたがたの空疎で事実にもとづかない表現にあふれた記事では、全く逆の結果となってしまいます。青少年の多くは決まり文句には反感を抱きますし、あなたたちのことを信じようとしないので、かえって一部の青少年をビーアマン側に追いやってしまいます」。

この手紙はこの時代の彼女の態度を良く示していると思う。彼女は、ＤＤＲにおいてはシンガーソングライターたる者が自身の意見を語ってはならない、ということに対しては批判をしていない。彼女もビーアマンの考えは危険だと思っていたからである。耐えがたかったのは、ビーアマンのような人間への批判のやり方であった。彼女は次のように書いた。「あなたがたはビーアマン批判に集中しすぎです。それはあなたがたの卓越し、ゆるがぬ立場にふさわしくないと思います。あなたがたは「大ぼらふきのビーアマン」って書いていますが、これは必要ですか？　このような表現で一人の人間を攻撃するのは、よくないことだと思います」。結局、彼女は根本的には大義に忠実であり、そのやり方に異議があったのだ。敵も人間であったからだ。数十年後、アンネはこの手紙を「シュタージ文書」〔「シュタージ」とはＤＤＲの秘密警察〕で再び見ることになった。彼女は、当時彼女に対する処分がなされようとしていたことを知った。しかし、その手続きはすぐに中止された。「当該人物の父親はＳＥＤ中央委員会に勤務している」と文書ファイルにあった。たいていの場合、党の重要人物やその家族が調べられることはなかったので、この事件は終わりになった。もし彼女を保護してくれる父親がいなかったら、彼女の人生はどのようなものになっていただろうか。

僕は、シュタージがそれほど賢くなくて彼女の忠誠心を見ぬけなかったことに、ふしぎな気がした。ほかの人たちも彼女には幾度も思い違いをさせられた。彼女はまさに通常ではないケースであったためである。彼女は異端の言葉を語るが、社会主義の燃えるような女性闘士であった。著名人の娘として信じるものに対する確信から自分の意見をもっていた。アンネにとっては大義も真実も大事だった。

彼女は大義と真実はそもそも両立しなくてはならないのだと考えていた。アンネは、このような自分の政治的態度のため、いつもかなり孤立していたと言う。彼女について、体制信奉者は信奉の度合が足りないと思い、批判者たちは批判がなさすぎると思った。彼女はどこかに属したいと思っていたが、それはかなわなかった。

ヴォルフは、彼女のナイーヴさやゆるぎのない信念に、ときに絶望しかけたと言う。彼は、彼女がどれほどその信念のために苦しみ、自分の心と闘っていたかを見てきた。一九七〇年三月、西ドイツ首相のヴィリ・ブラント〔一九一三〜九二年。在任一九六九〜七四年〕がエルフルトに来たとき、両親はテレビの前に座っていた。東ドイツのテレビ画像は、ＤＤＲ首相のヴィリ・シュトーフ〔一九一四〜九九年。在任一九六四〜七三年、一九七六〜八九年〕を映して、それから「ヴィリ、ヴィリ」とエルフルトの人びとが叫んでいる姿を映した。西側のテレビでは、ブラントが窓辺に近づいた時に、人びとが「ヴィリ」とはじめて叫ぶのを映していた。このようなＤＤＲプロパガンダのあからさまな嘘に、アンネは憂鬱になった。彼女はそこに座ったまま、泣くことしかできなかった。ヴォルフは明らかに東が嘘をついていると言った。彼女は黙ったまま頭を横に振った。

ヴォルフとアンネが、初めてまさに正面切って喧嘩をしたのは、ＤＤＲの国境を越えて逃げた人びとは裏切り者であり、罰せられなくてはならないかどうか、という問題についてだった。アンネは、国境は守られなくてはならず、もし国境を侵す者が処罰されないのなら、壁なんかすぐ撤去してしまえばいいと考えていた。ヴォルフは、彼女が言っていることが全然わからなかったにもかかわらず、この会話では彼にしてはかなり冷静に気持ちを抑えた。これは彼にとっては驚愕するようなことだったかもしれない。彼はこんな女性と一緒に暮らすのは無理だと考えたが、同時に別れるのも全く同様に不可能だとも思ったのだろう。壁建設の二週間後一九六一年八月末、ヴォルフは一九歳のとき、友人のマンフレートと一緒にテルトーの境界線のそばに立ち、西に行ってしまおうかと、考えあぐねていた。鉄条網の柵の高さは二メートル半だが、まだ一時的なもので、厳密にいうと縦五〇センチの間隔で、たった五本の有刺鉄線が張られているだけだった。鉄条網の真ん中を少し上にもち上げるだけで、通り抜けることができたのだ。囲いの向こうは背の高い雑草が生い茂り、一番近い国境警備兵のいるところまで、かなりの距離があった。そもそも危険はなかったが、心配なの

アンネ（1970年）

は、何か間違ったことをしているのではないかということや、母親が一人になってしまうこと、修整工になる訓練が中断してしまうということだけだった。それは単に自分が何をしたいのかわからなかったことに対する言い訳にすぎなかったのかもしれない。彼には勇気が欠けていた。しかしすべてははっきりしていた。彼はDDRを知っており、残れば、何が待ち受けているかわかっていたはずだった。友人たちのほとんどは出て行ってしまった。なぜ、彼はためらったのだろうか。西に行かなかったことは、彼の人生最大の失敗だったかどうか、後になってしばしば考えた。彼は今だにその答えがわかっていない。

彼は友だちのマンフレートと一緒に三〇分ほど柵の前で立ち続け、考えあぐねているうちに、やってきた二人の国境警備兵に逮捕されてしまった。彼らは尋問され、兵営の檻房で一晩とめおかれ、翌日釈放された。彼らは逃げようとしていたのではなく、ただぼんやりと夢を見ていただけだ、ということを信じてもらえたのかもしれない。ヴォルフによれば、当時本当に国境が存在し続けるなど、信じられなかったという。一か月後、彼は国家人民軍の徴兵検査命令を受け取った。DDRでの義務として兵役に就かなくてはならない最初の年の最初の兵隊の一人だった。彼はDDRの一部となり、もう出国できなかった。

壁建設のときヴォルフは一九歳で、それはちょうど壁が崩壊したときの僕の歳と同じだった。僕が一九八九年一一月九日、ベルリンのチェックポイント・チャーリーに立っていたときと同じように、おそらく彼はあのときの歴史的意味をあまり理解していなかったのかもしれない。僕が西ベルリンの地に入ってまず思ったことは、タバコを家に忘れてきたことだった。僕は興奮するといつもタバコを吸っていたので、忘れてきたことがとても腹立たしかった。僕はタバコを買うための西側の通貨をもっておらず、誰かにタバコを分けてもらう勇気もなかった。僕が自由な世界に三歩踏み出した途端に物乞いを始めたら、僕のことを西ドイツ人たちはどう思うだろうと思った。急いで東に戻り、タバコをとってから、戻ってくるべきか、考えた。でも僕は、西側が僕をもう一度出してくれるかどうか確信がもてなかった。そのとき、彼らがまた入れてくれるかどうか、それもわからないということにも気がついた。もしそのとき、西側の新聞記者が僕にどんな気持ちか尋ねたら、壁の崩壊は純粋にストレスだと答えたかもしれない。翌日、早朝から仕事に行かなくてはならなかったから、僕はそれほど長い間西側にとどまってはいなかった。思い出しても今なお恥ずかしいが、一九八九年一一月一〇日、朝七時に科学アカデミーの実験室に定刻通りにやってきたのは、僕のほかはニュースを観ていなかった同僚一人だけだった。

第5章

ストリートチルドレン
父ヴォルフの子ども時代

僕は屋根裏部屋で、ヴォルフと丸い食卓テーブルに座っていた。窓があいていて、外の騒音がほんの時たま聞こえてきたが、それ以外は静かだった。ヴォルフは落ち着かない様子だった。彼は椅子の上で何度も座り直し、話のとっかかりを見つけようとしていた。彼が話さなくてはならない彼自身の人生の始まりだ。彼はゆっくり、集中して話し、ときどき目を軽く閉じて記憶を追い、フライエンヴァルダー通りで仲間と瓦礫の中を走り回っていた少年時代に立ち戻った。ヴォルフはアンネと同じように、西側占領地区で生まれた。ベルリン-ゲズントブルンネンだ。道には雑草がおい茂り、ラベージ〔薬草〕の匂いでいっぱいだった。アメリカ兵は鉄兜をかぶったままサッカーをし、荒れた家庭農園の土地にはジプシーのキャンプがあった。そこには二〇プフェニヒで手相を見るジプシーの老婆がいた。ヴォルフの母親ジークリートお祖母さんは一度、その老婆に手相を見てもらったことがある。何かしらの理由で、支払いの際にトラブルが起こり、その手相見はジークリートお祖母さんに呪いをかけ、彼女は夫に捨てられると予言した。気の毒なことに数年後には、ジプシーの老婆はお祖母さんの将来のことが見えていたことが、明らかになった。そのせいでジークリートお祖母さんは、今でもほんのわずかでもジプシーのように見える人を嫌っている。

子どもたちにとって、町は冒険に満ちた巨大な遊び場だった。ヴォルフは六歳の頃にはもう、朝から晩まで仲間たちと付近を遊びまわっていた。彼らは徒党を組んで、団結していた。瓦礫の山をよじ登り、放置された地下室に穴を掘り、廃屋にかかった鉄製の梁の上にのってバランスを取ったりした。コガネムシを捕まえて靴箱に入れ、エサにする緑の葉を見つけるために町中を走り回った。町はあわただしく、通りは人で一杯だった。歩道に座った傷痍軍人が音楽を演奏し、裏庭では錠前師、家具職人、乳搾りが働いていた。

ときどき、彼らは発見された不発弾が山と積まれたマルツァーンに行った。彼らは火を起こして機関銃の保弾帯を投げ込み、遮蔽物のかげに身を隠した。弾丸があたり一面に飛びまわる音がとてもすさまじく、恐ろしさで漏らしてしまう子どももいた。大きい子どもは高射砲弾の雷管を外し、黒い火薬の粉を袋に入れた。彼らはまだ煙突が立ったまま残っている廃墟に行った。火薬を炉の扉の下に入れ、除草剤にひたした靴ひもを導火線にした。火をつけて一目散に逃げ去った。火薬が爆発すると、巨人が崩れ落ちるように巨大な煙突が倒れ、子どもたちはその成功を喜んで、叫び、踊った。どこに行っていたのなどと、大人たちが子どもに聞くことはなかった。大人たちには大人たちの生活があったのだ。

家に戻るのはお腹がすいたときだけだったが、戦後数年間は飢餓から完全に解放されることはなかった。ヴォルフの母ジークリートはカブの葉の茎のスープを作ってくれたが、ヴォルフと妹のリタは、茎が喉にひっかかると吐き出してしまった。住まいは部屋がひとつと台所、トイレはトに降りる階段の踊り場にあった。ベルリンでは暖房のために燃やすものがずっと前からなくなっていたため、部屋は湿っていて、タイル張りの暖炉はたいてい冷たかった。ほとんどの樹木は切り倒され、太くて、誰にも切り倒す勇気がないような大きな木は、下枝がなくなっていた。強い風が吹いた日には、窓辺に座り、枝が落ちてこないか、見張るのがヴォルフの役目だった。本当に枝が落ちてきたときは、ほかの子どもたちもその枝に突進していった。

二週間ごとに、ジークリートはオラーニエンブルク近くのフェーレファンツに食べ物を漁りに出かけ、畑を懸命に掘り返してカブとジャガイモを探してきた。いつも薪の大きな束も持ち帰ってきたが、家に戻るまでに誰かに盗まれてしまうのではないかと、何時間も背中に担いだままだった。夫のヴェルナーは、この時期フランスで捕虜生活を送っていたので、彼女は一人で子どもを育てなくてはならなかった。彼女は玩具、木製のカッティングボードやコーヒーカップを売り、マーガリンとパンを買った。彼女は自分の人生があまりに辛く、それが理不尽に思え、ときどき夜中に声を押し殺して泣いていた。

一九四七年一〇月半ば、ヴェルナーから電報が届いた。捕虜生活から解放されたばかりで、たぶんすぐに、一八日頃には帰れるだろうと書いてあった。ジークリートは朝起きると突然口笛を吹き始めた。彼女は子どもたちにパパがすぐに戻ってくると話した。ヴォルフは嬉しかったが、パパがどんな顔をしているか、どんな声をしているか、全く知らないことに気がついた。ヴェルナーが一九四四年一一月に出征したとき、ヴォルフは二歳だった。彼は父親のことを全く何も覚えていなかった。ヴォルフがわかっていたのは、これからすべてが良くなるだろうということだけだった。これは母親が言ったことだ。

ジークリートは闇市で小麦粉と卵を数個買った。月々の生活費からすると大変な出費だったが、そんなことはどうでもよかった。帰還兵にどうしてもケーキを焼きたかったのだ。夫が戻る数日前には、彼女は部屋を磨き上げ、洗濯をした。よいテーブルクロスにアイロンをかけ、近所の人が子どもたちの散髪をしてくれた。帰る予定の前日には、花とケーキをテーブルクロスの上に置いた。ヴォルフはすっかり興奮して、眠れなかった。パパが帰ってきたら、これから辛いことなどもう起こらないだろうと考えた。

午前八時、ヴォルフは台所から声がするのを聞いた。そこには見たことがない背の高い男がいた。彼はヴォルフの頭をなで、チョコレートを一つもってきてくれた。すべてヴォルフが想像していた通りだった。しかししばらくすると、ヴェルナーに関してすべてがうまくいくわけではないということがわかった。彼は怒りっぽく、また非常に疲れていた。あらゆる乱雑さ、すべての雑音、ほんのささいなことに、気持ちがかき乱された。彼は怒鳴り立て、怒りに震え、それから再び何時間も無感情の状態で椅子に座っていた。ヴェルナーは国防軍（ナチ時代のドイツ軍の呼称）下士官として前線での死から免れ、捕虜になって、捕虜収容所で数百人の戦友が死んでいくのを見てきた。彼は一年以上西フランスの農家でこきつかわれていた。彼がベルリンに帰り着くまで、数週間かかった。そして、自分の家族のもとへ、捕虜だったとき夢に見、彼に生き延びる力を与えてくれた以前の生活へ戻ってきたのだ。今、彼はとうとうその家族のもとに帰ってきた。それ以上のことはありようもなかった。

ヴォルフにとってヴェルナーはずっと他人だった。ジークリートは彼のことを、スポーツマンで、美丈夫で陽気な人だと話していた。何でもできる人だと。しかしヴォルフがみたヴェルナーは、疲れ果て、落ち着きのない、神経質な人間だった。彼が戻った翌日、ヴェルナーはストーブにくべるために木の株を掘り返していた。一週間後、彼は職業安定所に登録した。正気を取り戻すことに不安を抱いているかのようだった。朝六時に起き、部屋を掃除した。秩序と清潔に対する彼のあくなき衝動は人を不安にさせる程のものだった。子どもたちは彼をいらだたせた。ある晩ヴォルフがベッドに行きたくないとぐずると、ヴェルナーは何かにとりつかれたようにヴォルフを殴り続けた。翌朝、ヴォルフはお尻が傷だらけになっていたので、座ることができなかった。そのうちヴェルナーはしょっちゅう殴るようになった。あまりに強く殴りすぎて、ヴォルフが部屋の端から端まで飛ばされたこともあった。ジークリートは夫にそれをやめさせることができなかった。彼女は、そういうものだ、ものごとは起こるがままにしておくほかないと考えた。ヴェルナーが出かけ、平穏な生活が戻ると、家族は喜んだ。ヴォルフは、ヴェルナーが家にいることが次第に少なくなったと言っている。朝食は家族で一緒にとった。帰還兵のヴェルナーにはバターや卵の特別配給があった。ゆで卵の殻を注意深くむいて、薄く切り、そして一人で平らげた。子どもたちは薄い牛乳スープを飲みながら、父親が食べる様子をじっと見ていた。

一度ヴォルフは仲間と工場のガラスを割って、捕まったことがある。工場主はガラスの代金を支払うよう要求してきた。ヴェルナーはヴォルフと台所のテーブルに座り、自分たちの家計にとってこの弁償が何を意味するのか、計算してみせた。最後にヴェルナーは、家族全員を食べさせていくことができなくなったから家を出て行くようにと、ヴォルフに言った。ジークリートは小さなリュックにヴォルフの荷物を詰め、別れを言った。ヴォルフはこれから一人でやっていかなければならないのだと思って家を出た。ドアのそばに立つ両親を見たが、一度も泣かなかった。彼は、物事はこういうものだと思った。次の通りの角で、ヴェルナーは息子に追いつき、これは、自分がやったことの深刻さをヴォルフにしっかりわからせて教訓を与えるためだったと言った。こうして彼はまた家に戻ることが許された。

ヴェルナーは、自分の教育がどれほど恐ろしい結果をもたらしたかわかっていたのだろうか。馬鹿げたいたずらのせいで父親から追い出されることがありうると六歳の子どもが考えるのは、衝撃的ではないだろうか。たぶんヴェルナーはヴォルフが泣き出し、謝ると考えていたのだろう。だがヴォルフは違った。数か月後、ヴェルナーはまた同じことをやった。彼はヴォルフが妹とけんかをしたことに我慢できなかったため、ヴォルフを地下室に押し込めた。ヴォルフは泣いて謝る代わりに、自転車カバーを体にかけ、地下室で寝た。これは二人の間の闘いだった。

ヴェルナーはソ連占領地区の職業学校の補助教員になった。それは偶然そのポストに空きが出たためだった。しかし、価値の低い東側マルクで給料が支払われたことが、西側に住んでいる彼らには問題だった。週に一度母親と子どもたちは、東に食糧の買い出しに行った。重い袋を抱えて、ボルンホルム橋を越え西側に戻った。ヴォルフはこの橋がとても長くて嫌だった。一人で牛乳を運ばなくてはならないとき、彼はいつも橋の真ん中で一息ついた。電車の走らないレールにつばをはき、自分が機関車の運転手になって黒い大きな蒸気機関車で町を走ることを夢想した。それはレールのない特別な汽車で、重い牛乳缶を載せて家の扉の前まで走ってくるというものだった。一九四九年一一月、東部占領地区のシェーンハウザー大通り（アレー）に引っ越した。それは政治的な理由からではなく、実際的な決定だった。当時誰も、東部占領地区が別の国になるなど、想像もできなかった。

学校が保養所に送る子どもを選ぶとき、ほとんどの場合ヴォルフはその対象となった。彼はクラスのほかの子どもよりもやせ、弱弱しかった。一度バルト海のグローヴェに行ったことがある。朝には点呼があり、ジャムつきパン五枚がだされた。昼は肝油が入ったスープだった。子どもたちの宿舎はかつての捕虜収容所だったところだ。巨大なバラックと収容所の柵には鉄条網が張ってあった。ヴォルフはこの収容所を不気味に感じた。彼はここに来なくてもすむように、できるだけ早く体重を増やそうとした。

家ではヴェルナーが、あらゆる貧困のすみやかな絶滅をめざすという社会主義について語り始めた。ヴェルナーは建国されてまもないＤＤＲの教育大学で学び、新たな社会の理念に感激していた。ヴェルナーはのどが渇ききった人間のように、再び信じられるものがすぐに必要な人間のように、すべてを呑み込んだ。ヴェルナーはある日、講習会から戻ると、社会主義的な家族には新たなきまりが必要だと語った。今後、子どもたちは自分たちのことをパパとママ（ムッティ）ではなく、ヴェルナーとジークリートと呼ぶように言った。それから水浴は裸で行うように、またピオニール団に入るように言った。

ジークリートは夜、ヴェルナーと一緒に共産主義の起源についての講義に通わなければならなくなった。彼女は話されていることが一言も理解できなかったが、ヴェルナーを不機嫌にさせないように、一緒に通った。五月一日には、家族でウンター・デン・リンデンに行き、メーデーのデモに参加した。

一人の女性がヴォルフの上着のボタン穴にカーネーションをつけてくれた。ヴェルナーはダークスーツを身に着け、ジークリートは花柄のドレスを着ていた。彼らは廃墟を通りすぎ、樹木のないティーアガルテン〔戦前はうっそうとした樹木に覆われた広大な公園だったが、ナチの都市計画、空襲や市街戦で破壊され、残った樹木も戦後、暖房用に市民たちに切り倒された〕を抜けていった。彼らは労働者階級の統一戦線について、今やついに鉄鎖がなくなったプロレタリアートが立ち上がったと歌を歌った。ヴォルフは、鉄の鎖はどこにいってしまったのだろうと思った。彼は、船を襲撃して舵漕ぎの奴隷を解放した海賊船船長のことを書いた本をもっていた。奴隷たちも鎖をつけていたが、ついに解放され、喜んだ。それで、鉄の鎖がなくなるのはよいことだと思った。

一九五一年夏、ベルリンで国際フェスティバル〔世界青年学生友好祭〕があった。世界の若者が砲弾で破壊されつくした戦後のドイツに招かれた。ヴォルフはほかの子どもたちと一緒にトラックに乗って、町を回った。子どもたちは歌い、夜はスタンドの上のサラミソーセージが入った食糧の包みをくすねた。ヴォルフはそれまで、サラミを食べたことがなかった。彼は家にもち帰り、薄く切って全部一人で食べてしまった。

ある週末、ＤＤＲの第一次五か年計画の展示にヴェルナーはヴォルフを連れて行った。入口で子どもに五という数字のついた青いプラスチックのバッジが配られた。ヴェルナーは、五年のうちに必要なものを店でもらえるシステムになるので、ＤＤＲではお金が必要なくなると教えた。ヴェルナーは展示場の壁にかけてある計画表を示した。それは社会主義の優越性を証明していた。ヴォルフはそれがすべてうまくいくのか想像できなかった。しかし、九歳の子どもにとって五年間は長い時間だった。それまでに社会主義がうまくいくようになるかもしれないが、それはわからない。とにかく、今ではもう飢えるということはない位食べ物はたくさんあった。

　ピオニール団はそれほど楽しくなかった。いつも何かしら演説や行進があった。宣伝活動家が来て、子どもたちが理解できないようなことを話した。ヴォルフたちが住んでいる通りの子どものうち、ヴォルフと妹だけが白いシャツと青いネッカチーフ姿だった。そのため、兄妹はほかの子どもたちにからかわれた。一九五一年一一月、ヴェルナーは家を出て行った。彼は子どもたちに、もう自分とジークリートは愛しあっていないから別々に暮らすことになったと言った。ジークリートはアイロン台の前で泣いていた。ヴォルフは再びママ（ムッティ）と呼べるようになり、裸で水浴しなくてすみ、ピオニール団に行かなくてもよくなった。ヴェルナーがソファーベッドをもって行ってしまったので、夜は居間に小さなマットを敷いた。ヴォルフは母親の隣に寝た。眠るとき、母親の温かさを感じ、息遣いを聞くことができた。それは心地よいことだった。

第6章

不良少年

ヴォルフの青春

学校が終わるとヴォルフは遊び仲間と西ベルリンに行き、占領地区の境界沿いにあった映画館にしのび込み、西部劇を観て、チョコレートやキャンディーをくすねた。西側はキラキラしていて刺激的だった。コーヒーやチューインガムの匂いがした。ときどきヴォルフたちにこっそり何かをくれるアメリカ兵たちは、映画にでてくるカウボーイのように格好が良かった。サイズのあっていない制服姿で占領地区境界線の警備にあたるDDRの警官とは、全く比べものにならなかった。ヴォルフは仲間たちと毎日二つの世界を行き来した。彼らはネオンサインと赤い横断幕を見比べ、ピカピカのダイムラー・クーペとロシアの軍用車両、薄いストッキングをはいた女性とエプロン姿の女性を見比べた。彼らはロックンロールと労働歌を聴いた。ヴォルフは、当時どんな子どもでもどちらの体制が優れているかわかっていたと言っている。彼には、東がますますひどくなり、みすぼらしくなっていったように思えた。一九五三年六月一七日〔ベルリンで建設労働者がノルマ引き下げを求めたデモを行い、それがすぐに爆発的に全国でのストライキやデモにひろがった〕、彼は市電でアレクサンダー広場を通りかかった。ソ連軍戦車が見え、大きな拘置所があるカイベル通りからは銃声が聞こえた。彼は家に戻り、たぶんこれですぐにDDRが終焉をむかえるのではないかと思った。しかし、数日のうちに蜂起は鎮圧され、すべては何事もなかったかのように進んでいった。

母親は隔週の日曜日にはいつもヴォルフと妹にきちんとした身なりをさせ、スターリン大通り(アレー)〔旧東ベルリン地区にある大通り。現在のカール・マルクス大通り(アレー)〕のヴェルナーのところに行かせるようにした。ヴェルナーは共和国最初の社会主義通り〔労働者も立派な住宅に住むべきだという理念に基づいてつくられた通り〕に住んでいたのだ。二人は芝生の上に立つ実物よりも大きなスターリン像の前を通った。スターリンは軍服をまとい、ヴェルナーが重要なことを話すときのように、険しい表情をしていた。ヴェルナーの住居へは大理石でおおわれた階段を通っていった。エレベーターとダストシュートがあった。それは宮殿のような建物だった。でも今は労働者と農民が住んでいる宮殿なのだとヴェルナーは説明した。自分は学校長だが、それは重要なことではなく、重要なのは労働者と同じ気持ちをもつことだと、ヴェルナーは言った。ヴォルフはこの日曜日の訪問が嫌いだった。公民の授業のようだったからだ。ヴェルナーは、ピオニール団の活動はどうしているかと聞いてきたが、もうずっと長い間行っていないなどとは言えなかった。彼は子どもたちに、建設が進んでいるとわかるような新聞記事を読み聞かせた。生産量や住宅建設の成功についての記事だった。なぜ、東にジーンズがないか、彼は説明できなかった。彼は大局的な政治状況のことを話し、できたばかりの共和国を可能な限り妨害しようとする西側のことを話した。ヴェルナーが労働者の楽園について話すとき、ヴォルフは、家の向かいにある石炭販売所の前に毎日立って、トラックから練炭がほんのわずかこぼれ落ちてくるのを待っている老女たちのことを考えた。彼は物があふれかえっている西ベルリンの商店のことを思った。彼が知っている現実は、ヴェルナーが説明することとほとんどかみ合わなかった。

　そのうちヴォルフはスターリン大通り（アレー）には行かなくなった。彼はこういうお説教に我慢できなくなったのだ。彼は友だちとシュトルコア通りのかつての防空壕にパーティー会場のようなものを作った。ロックンロールを踊り、石鹸水で髪の毛を後ろにまとめた。自宅のドアノブにつかまってダンスのステップを練習した。彼はここで、初めての女の子と知り合い、いちゃついたり、軽く愛撫したりした。ヴォルフは特別な機会には金色のボタンがついた赤いビロードの上着を着て、裾幅が15センチしかない黒いぴっちりしたズボンをはいた。いまや彼はロックンローラー、不良少年で、人の言うことを聞くような人間ではなかった。プレンターヴァルトのお祭りで踊っていると、警察が来た。DDRでは屋外でのダンスは禁じられていた。女子と男子が分けられ、トラックに乗せられ、オラーニエンブルク近くの森で降ろされた。夜、雨の中をベルリンまで歩いて戻ったが、屈辱感で、自分が小さくなったような気持ちだった。数か月後みんなで、ブランケンブルクの打ち捨てられた小屋に設備を整えた。〔アメリカのロック歌手〕エルヴィス〔・プレスリー、一九三五～七七年〕やビル・ヘイリー〔一九二五～八一年〕の歌を聴き、暗闇の中でもうこれ以上踊れなくなるまで踊った。しかしあるときここにも警察が来て、音楽テープを没収し、名前と身分証明書の番号をメモしていった。ただ楽しみたかっただけなのに、どうしようもないこの国家はすぐに政治的なことにしてしまうのだと、ヴォルフは言っている。ジーンズとサンダル姿は「階級の敵」とされた。街角で携帯ラジオをもって立っていると、人民警察の補助員から脅された。西側のラジオを聴くこととグループをつくることは禁じられていた。ダックテール〔エルヴィス・プレスリーなどがしていたアヒルの尻尾のように、髪を後ろに流し、跳ねあげさせた髪型〕にしていると、身分証の検査中、壁に向かって足を広げて立っていなくてはならなかった。ヴォルフは、いつからかそれは原則の問題になっていたと言う。つまり体制に同調するのか、あるいは反対するのかという原則問題だ。「あいつらは、相手が自分たちの側に立っていないということを、いつも相手に示すことで、その相手を体制の敵にしていったんだ」。

ヴォルフはとりあえずその役割に甘んじた。たぶん彼は自分のことを敵対的とは考えてはいなかっただろうが、少なくともすべてに同調するわけではない人間として考えていた。順応と反抗の間、勇気と裏切りの間のバランスを説明することは難しい。普通に問題にされるような小さな動きを述べるのには、こういう言葉は大げさすぎる。それは正しい道とか、誤った道かというものではなく、どちらの方向にも行くことができる可能性を持ったグレーゾーンともいうべきものであり、せいぜいのところ、まずまずの妥協点を見つけたという気持ちがする程度の動きだった。このようなグレーゾーンに生きる者は、常に新たに反応し、常に新たに見きわめなくてはならなかった。裏切り者でも英雄でもなく、できる限り自分らしくあろうとするだけだった。

なぜあることはやって、なぜほかのことはしないのか、ヴォルフ自身しばしば理由がわからなかったのだと思う。例えば、ＳＥＤ党書記長で、よく「とんがりひげ」と呼ばれていたヴァルター・ウルブリヒト〔一八九三～一九七三年。在任一九五〇～七一年〕にまつわる事件がある。六〇年代初め、ヴォルフは党中央機関紙『ノイエス・ドイチュラント』の印刷部門で修整技術の見習いをしていた。遅番でウルブリヒトの写真が渡されたが、最新版のために急いで仕上げなくてはならなかった。ウルブリヒトは、ヤギ髭が少しモダンにみえるように縁なし眼鏡をしていた。しかしヴォルフには何かコントラストが不足しているように思え、眼鏡に縁を描いた。そのため、べっこう縁の眼鏡姿のウルブリヒトになったが、誰もその変更に気がつかないまま印刷に回された。翌朝二人のシュタージが印刷所にやってきて、ヴォルフから事情を聴いた。誰に言われて党書記を醜く描いたのかと聞かれ、ヴォルフは、指示があったわけではなく全くのミスだと答えた。彼らの一人が、これは刑務所行きになるようなミスだと言った。しかし彼らはヴォルフの話を信じ、厳しい叱責だけですませた。

数週間後、Ｓバーン〔都市鉄道〕の路線がパンコーまで延長された。壁ができたため、この路線は父ヴォルフの故郷ゲズントブルネンを通らなくなっていた。新たな路線は社会主義国家の首都のシンボルだった。ヴォルフは花で飾られてホームに入ってきた一番列車の写真の一部を修整して、動力車両だけが見えるような形にした。それは奇妙な写真になってしまった。今回はシュタージの連中も優しくはなく、ヴォルフを何時間も厳しく尋問し、誰が背後にいるのか知ろうとした。ヴォルフは、どうしてこのような失敗をまたやってしまったのか、説明できなかった。そもそも何が自分にそうさせたかわからず、彼自身困惑していたのだ。それは事故と挑発の間の何かだった。シュタージの担当官は彼の困惑ぶりを見、彼が馬鹿ではないということも見てとった。彼らは首を振り、刑務所の扉は大きく開いているからな、と言った。敵対的なプロパガンダ、国家第一の代表者を貶めることより悪いことはない。しかし何かが彼を厳しく処罰することを押しとどめた。彼らはおそらく、ヴォルフはそもそも敵ではなく、どこまでが大丈夫なのかやってみたいというようなタイプの人間であるという結論に達したのだろう。あるいは彼らはヴォルフに対して興味をもち、彼をどうにかしようとしたのかもしれない。そう考えれば、その後にさまざまな誘いがあったことも説明がつくだろう。いずれにせよ、ヴォルフはどうにか難を逃れることができた。彼は「社会主義補助員」として、ライプツィヒに送られた。

田舎での流刑生活は非常に楽しく始まった。二〇歳になる直前の一九六二年秋に彼はライプツィヒに着いた。ファッシング〔カーニヴァル。仮装パーティーやパレードなどを楽しむ〕の季節だった。ほとんど毎晩のようにダンスに行ったし、滞在を心地よくするための知り合いをつくるのは、彼のようなハンサムなベルリン子には難しいことではなかった。ライプツィヒにはまだ由緒正しいブルジョワジーという人たちがいた。毎週土曜日は良家の子女が、ティーダンス〔お茶の時間に催されるダンスパーティー〕のためにリングカフェー〔DDR時代にライプツィヒに建てられた巨大なカフェー〕にやってきた。ヴォルフはつま先がとがり、かかとが七センチもあるような靴をはき、ストライプのズボン、ウエストを強調したシャツを身につけた。女の子たちは、彼のことを格好が良く、外国人みたいだと思った。そこで知り合った彼女は、彼を競馬場近くの邸宅に連れて行った。客間には黒いグランドピアノがあり、父親はヴォルフと話すために書斎へ招き入れてくれたが、その部屋では煙草も許された。ヴォルフはほとんどの週末をその家で過ごした。そこでは音楽が演奏されたり、カクテルパーティが催されたりした。オペラ劇場にはその家の桟敷席があり、ヴォルフも招かれた。いつしか彼は、自分がもうDDRに暮らしているとは思えないような気持ちになった。

『ライプツィガー・フォルクスツァイトゥング』紙の修整技師としての仕事はさほど大変なことはなく、「社会主義補助員」としての収入はベルリン時代よりも多かった。さらに個人的に依頼された仕事もあり、彼は突然経済的に豊かになった。市電よりもタクシーで出かけ、レストランで食事をした。

彼はダンス用の靴を自分の足に合わせて作らせたが、すぐにワイシャツもズボンも採寸してあつらえた。彼はいくらかエレガントで少し上品なこの町が気に入った。ブルジョワジーは逃げるか隠れるかしてしまい、その後を労働者やザクセンからやってきた党幹部が引き継いだベルリンのような町と、この町は全く違っていた。

ヴォルフは三週間の病欠をとって泳ぎに行った。ある日、警官が彼を連行しようとして彼の住居の前に立っていた。ちょうど同じ時期にベルリンの母親と妹が休暇をとっていたのだ。母娘が出ていったことに気がついた隣人の一人が、彼らが西に逃げたのではないかと考えた。そこで警察は、職場にまだヴォルフがいるかどうか調べようと電話してきたのである。ヴォルフもいなかったので、一家は捜査の対象となった。しかし彼はいなくなっていたわけではなかったし、母と妹もバルト海の太陽のもとにいたことが証明できたので、すぐさま捜査対象からはずされなくてはならなかったが、この出来事は彼を少し現実にひき戻した。おまけにこの少し後にまた警察がやってきて、即座に彼を逮捕したのである。ベルリンを出発する前、友人のマンフレートと一緒にポツダムのフラトウ塔から重い角材をほうり投げたためである。彼は器物損壊のかどで告発されたが、微罪であることから告発はすぐに取りさげられた。

一連の警察沙汰から、軍も彼に注意するようになった。彼は招集令状を受け取り、ただちにベルリンに出頭しなくてはならなかった。朝三時に彼はほかの二〇〇名の若者と一緒に、軍管区司令部前の空っぽの駐車場に立っていた。司令部は、ノルトマルク通りにできたばかりのバラックにおかれていた。駐車場は暗くて寒く、外灯がほの暗く照らしていた。何時間もの間、彼らはこの広場に立っていた。朝、少し明るくなってきたとき、中隊長が彼らを五列の隊列に組ませ、駅まで行進させた。ヴォルフは朝早く起きるのに慣れておらず、このような早い時間に起きたことは全くなかったので、すっかり疲れてしまった。またライプツィヒで暖かなベッドをともにした女友だちたちのことを思い起こした。彼は、そのような快適な生活が当面は終わってしまったことに初めて気がついた。国家は彼を引き入れ、社会主義的な人間にしようとしている。彼は胸苦しさと狭苦しさを感じた。これからはもうかくれんぼうのような遊びはできないのだ。彼は、制服を着た人びと、この全くくだらない軍隊ごっこを楽しんでいるようにさえ見える叫びまくっている愚か者たちに、引き渡されたのだ。ヴォルフはほかの人の後ろをぶらぶらと歩き、良く知っている通りや目覚めたばかりの町を見わたした。以前の人生で知り合った人たちの誰にも、この時間なら会うことがないのが嬉しかった。彼は家に送り返す衣服が入った箱をわきに抱えていた。その後、彼は大勢の制服組の一人となった。

ヴォルフはロストック近くのザーニッツの対空ミサイル連隊に配属された。兵舎は新築だった。国家人民軍は新しく、まさにこれから成長していくところだった。将校たちの何人かはナチ時代から軍人だったが、軍服も以前とそれほど変わっていないように思えた。ヴォルフは、まだそれほど昔のことではない戦争中のヴェルナーのことを考えた。軍医が、ヴォルフは膝に問題があり兵役任務が部分的にしか可能ではないと診断したため、屋内勤務となったが、それはそれほど悪いことではなかった。連隊は絵が描ける人間を探していた。ヴォルフは志願し、すぐに新しい映画ホールの壁画を描くことになった。司令官は、鉄兜をかぶり、銃を構え、勝利を確信し遠くを見つめている英雄的兵士の絵を望んだ。その絵の下には「我われは我われの故国を守る」という言葉が書かれることになっていた。ヴォルフは、要求された通りに書き、ほめられて本部員となった。そのほかに映写技師の訓練も受け、図書室の担当になった。

映写室の隣に鍵のかかる小部屋があった。そこでレコードを聴いたり本を読んだりして、ヴォルフはしばしの間兵営の世界を忘れ、一人でいることができた。ヴォルフは、軍隊がDDR全体と同じ動き方をしているということに気がついた。ここにも、自由に行動でき、身を隠すことができるささやかなニッチの場があった。またギブ・アンド・テイクの原則も機能していた。ヴォルフは師団内の大がかりな絵画コンクールで自分の連隊に勝利をもたらすために、疲れる演習に参加せずにすんだ。ある将軍が来たとき、彼は派手な看板で将軍を歓迎した。彼は限界をためすようにこうしたゲームを楽しんだ。あれこれ言われないですむなら、つまらないプロパガンダ絵画を描くことであっても、何も気にならなかった。彼は、同じく大義を信じてはいないくせに何にでも参加する人たちを目にしていた。ヴォルフは、そもそも問題だったのはただうわべだけであり、国家は決して本当の信念を求めていなかったと言う。社会主義という大舞台において跪いたり、自分を売ったりするまでもなく、ただ少し共演すればそれで十分だったと、彼は言う。

しかし、はたして実際そうだったのだろうか。自ら引いた境界線を超えてしまったとき、異なる信念が気がつかないうちに徐々に染み込んでしまったとき、本当にそれがわかるだろうか。最後にはほかの人たちがゲームの規則を決めるのではないだろうか。彼の言うような自由な空間や可能性は、ひょっとするとすべて、自分が体制に協調しているという事実から気持ちをそらす単なる幻想にすぎなかったのではないだろうか。僕も、自分に忠実でありたいという気持ちをもっていると同時に、問題を抱えこまないためには何をしなくてはならないかを知っていた。生意気な考えと利口な振る舞いとの組み合わせ、小さな嘘と大きな真実との組み合わせは実に早く身につき、それを脱ぎ捨てることは困難だった。それは生きのびるための戦略であり、決断できない人間の防御システムだったのだ。

ヴォルフは、ほかの人間が反応しなくてはならなくなる最終的地点をどうにかして探ろうとするかのように、何度も何度も規則を破った。彼にはよくあることだが、意識してやったわけではなく、気がついたときにはやってしまっていた。たいていの場合、自分がやった大胆な行為に彼自身が驚いてしまうのだった。彼は女友だちとモーペット〔原付バイク〕で走り、スピード違反で検問にひっかかったが、免許証もなく、休暇許可証ももっていなかった。憲兵隊員たちに手錠をかけられ、兵営に連れ戻され、脱営罪で起訴されることになったが、その際、彼が入隊にあたって軍旗への忠誠宣誓をしていなかったことが判明した。宣誓の日、対応策として前もってひりひり滲みる軟膏を片方の目に塗っておいたので、目が腫れあがり、ロストックの病院に運ばれていたのだ。宣誓をまぬがれていたため、誰も彼を宣誓違反で追及することができなかった。その後何回か宣誓させられそうになったが、その度に邪魔が入り、結局彼は共和国に忠誠を誓うことなく、一八か月後除隊となった。彼は公然と拒むことはせずに、巧みに逃れたのだ。

　ずっと後になって、ヴォルフは軍隊時代の話で僕たちを大いに楽しませてくれた。僕は彼の国家人民軍時代の冒険談が好きだった。彼は、中佐がヴォルフのベッドから女性用のパンティを見つけたときの顔を何度もまねしてみせた。彼が夜酔っぱらって兵舎の塀をよじ登った様子も何度も話してくれた。毎回、彼の説明には少しずつ脚色が加わった。これらの話がどこまで本当なのか、おそらくヴォルフ自身もいつの間にかわからなくなってしまっていたのだろう。ヴォルフの話す軍隊生活はなんだかとても楽しそうだった。ヴォルフはしつこい道化師のように、もともと愚かなまわりの人たちを、余計馬鹿にしてみせた。今になって僕は、ヴォルフは頭のよい魚だったが、海を夢みているうちに、自分は水族館の水槽で泳いでいるだけだということを忘れてしまったのではないかと考えている。

　ヴォルフは当時は特に政治的な人間ではなかったと思う。まだ彼は体制と対立するという信条はもっていなかった。むしろ彼自身の欲望、尊厳が重要だった。人に指図されることは嫌いだった。彼はなじみのない規則を感覚的に嫌ったし、自分の人生は自分で決めたかった。外からの圧力を感じると、彼は依怙地になった。誰かが彼をひどくいらだたせると、顔に一発喰らわせた。僕がよく知っているヴォルフは強い独立した人間、自分を主張する人間だった。むろん集団が支配し、自己は消滅させなければならないと考えられている国では、そういったことは、すぐに政治的な意味を帯びがちだった。おそらくSED党員ですら、ヴォルフがどのような人間なのか理解していたようだ。彼のシュタージ文書には、彼は批判的だが、敵対的ではない、と後に書かれることになる。彼がわがものにした自由は、いつしか僕にも普通のものと思われるようになった。この父親がいなければ、僕は決して西ドイツ人にはならなかっただろう。

除隊後、ヴォルフはグラフィックデザインの専門学校に入った。学生はほとんど女性ばかりだった。すぐに彼はかつてのような気楽な生活に戻った。彼には一緒に劇場に行く女性、料理をしてくれる女性、ベッドをともにする女性がいた。学校で教わることは彼がもうできることがほとんどで、それほど大変なことはなかった。家では母親と妹が大事にしてくれた。ヴォルフは、ジークリートにとっては夫の代わりであり、妹にとっては父親代わりだった。小部屋つき二部屋の住宅は彼にとってあまりに狭く、彼が二三歳になったとき、プレンツラウアーベルクの店舗の部屋に引っ越した。ジークリートは今でも、このことを根にもっている。

彼はフリーのグラフィックデザイナーとして働き始めたが、ＤＤＲではちょうど紙不足状態で、また注文がなかなか得られず、フリーで生きていくことは容易ではなかった。ヴォルフはわずかな所持金をズボンのポケットに丸めてつっこんでいた。月初めに彼の所持金が全くないということもあった。あまり食べることもできず、電車賃でさえままならなかった。このような不安定な状況は彼を消耗させ、神経質にし、血圧が異常な高さにはねあがった。感情がかき乱されると彼は倒れ、ストレスで眠ってしまうような状態だった。この新たな自由は非常にすばらしかったけれど、自由は不安ももたらしたと彼は言う。あるいはこの状況は、家族にお金がなく飢えに苦しんだ戦後の時代をあまりにも強く思い出させるものだったのかもしれない。彼には、根本的な安心感や、物事はどうにかなってい

ヴォルフとアンネ（1969年）

くものだという確信が欠けていた。僕は後に何度もこのことに気づかされた。彼はシュマルツフライシュ〔豚肉などをラードで煮込んで、ペースト状にして固めた缶詰や瓶詰。リエット〕を一〇個も買い、なぜそんなことをしたのか、自分で説明できなかった。何かが起こるかもしれないと大量に石炭を地下室に備蓄するといったこともした。壁が崩壊し、これからどうなるかわからなかったときには、彼は温かい下着を家族の人数分買った。彼自身これは馬鹿げたことだとわかっていたが、どうしようもなかった。

ある時女性関係がわずらわしくてたまらなくなった。そこで力を集中するために、女性関係を断ち切ることにした。最後の女性と別れたその日の晩、彼は友人のハンジを訪ねた。彼のところにはすでに先客が来ていた。長い黒みがかった髪をした美しい、青白い顔色の女性で、その女性は最初ヴォルフの存在に気がついていなかった。ういういしい、そして少しはにかむ、しかしどこか芯の通ったその女性の注意を引くために、彼は努力をしなければならなかった。彼女は魔法のように彼を魅了し、彼は自分の良き決意を忘れてしまった。二人は雪に覆われた公園を歩き、彼は彼女の手を取ったが、そうなるほかないという感じだった。

第7章

ルーツ

二人の祖父

子どもの頃、僕は車で人を識別していた。両親の友だちの名前は知らなくても、その人が白いヴァルトブルク・ツーリストに乗っているかラーダ1500に乗っているかは知っていた。たいていの人はトラバントに乗っていたので、その人たちの区別をつけるのは難しかった。ときには車体の色や特別な装備に注意したが、そもそもトラバントに乗る人にはあまり関心をもてなかった。それに比べてフォグランプをつけ、ハンドルが合成皮革の青いシュコダは目に強く焼きついた。バックミラーにアヒルのぬいぐるみがぶらさがった赤いモスコヴィッチも全く同様だった。僕の中で最高だったのは、水色のシトロエン・GSA・パラスだった。それはゲアハルトのものだった。この自動車はDDRのフェラーリのようなものだ。一番嬉しかったのは、祖父母が訪ねて来て、家族でコーヒーを飲んでいるあいだ、シトロエンに乗るのが許されたことだ。ハンドルを前に何時間も座って、エーリヒ・ホーネッカーの運転手になったような気分でいたものだ。どうしてそう思ったのかはわからないが、その自動車が信じられないぐらい豪華で、国家元首だけがこのような車に乗れると思ったのかもしれない。ときにゲアハルトが横に乗ってきて、パイロットごっこをしたものだ。機長の僕は、エンジンをスタートさせて操縦桿を引くことが許されていた。そうすると車は音も立てずに浮き上がったように思えた。資本主義の優越性の証明としてこれ以上のものはなく、共産主義者の祖父もそれに反論することはできなかっただろう。

プジョーが短期間流行したことがあるものの、シトロエンがずっと全盛だった。その時代に、僕の祖父母はパリに住んでいた。ゲアハルトは『ノイエス・ドイチュラント』紙の特派員として働いていた。僕が祖父に会ったのは、クリスマスと夏休みだけで、そのとき祖父はレゴやジーンズやベロアのトレーナーをもってきてくれた。実際ゲアハルトはあらゆる望みをかなえてくれる「西のおじいちゃん」だった。ヴォルフも毎回プレゼントをもらっていたにもかかわらず、なぜ彼がそんなにゲアハルトのことを不快に思うのかわからなかった。家ではよくゲアハルトをめぐって喧嘩が起こった。ヴォルフが、ゲアハルトはスターリン主義者だと言ったので、僕がスターリン主義者って何、と聞いたら、アンネはヴォルフに目配せして、話題を変えた。僕は何かおかしいと気づいたが、それが一体何なのかわからなかった。両親が台所で喧嘩しているのが時おり聞こえたが、僕が台所に入ると二人は黙った。僕がどうして喧嘩をするのかと聞くと、アンネは政治の話をしているからと答えた。あの頃僕は、みんなをこんなに険悪にするなんて、政治なんて馬鹿馬鹿しいものに違いないと考えていた。ある時点からヴォルフは、僕たちが祖父母のところを訪ねるとき、一緒に行かなくなった。僕がゲアハルトに会うこともますます少なくなった。会ったときは、祖父はぼんやりしていたり、無口になったりしていた。僕たちはもうパイロットやエーリヒ・ホーネッカーの運転手ごっこをしなくなった。プレゼントも少なくなった。それは祖父を失った時期だった。

もう一人の祖父についてはヴォルフの話を通して知っていただけだ。ヴォルフが二〇歳のとき、彼は父親との関係を絶った。手紙もなく、生きている証しもなく、何もない。ヴェルナーという名前で、ヴォルフのことをよく殴り、ほかの女性をジークリートお祖母さん以上に好きになったということは知っていた。

ヴォルフがヴェルナーのことを話すときは、悲しげで、また少しなげやりだったので、ほかの話題に変わるといつもほっとしたものだ。僕にとって、ヴェルナーは鬼ごっこでのこわい鬼のような人だった。見知らぬ悪人だった。だから僕は特に彼と知り合いになりたいとは思わなかった。ヴェルナーは僕たちの世界には属していなかったし、またそのことを変える理由もなかった。

壁崩壊後になってようやく、あらためてヴォルフはヴェルナーと話すときがきたと思った。当時何もかもがひっくり返った時代だったためかもしれない。新たな人生の始まりとなり、最終的に下した結論も終焉を迎え、のけものにされた父親も、もう一度チャンスが与えられた。冬の午後、僕たちがパンコーのヴェルナーの住居への階段を上がっていったとき、僕はとても緊張していた。ドアには不思議に親しみを感じる年老いた男が立っていた。ヴェルナーは父と同じ目をしていた。その目は、常にあちこちにむけられ、すべてを心にとめておこうとするような陽気ではしこい目だった。僕たちが居間に入っていくと、ヴェルナーはヴォルフに廊下の電気を消すように言った。思わず僕は笑ってしまった。このいまいましい言葉は僕の子ども時代にずっとつきまとっていたからだ。ヴォルフは何度も何度も僕たちが部屋を出るときには、電気を消しなさい、と言っていた。電気代は高く、お金を無駄遣いするのは一番悪いことだと言っていたからだ。このときは父が再び子どもとなり、従順に廊下の明かりを消した。ヴェルナーは僕たちに彼の仕事場をみせてくれた。すべてがヴォルフのアトリエと同じように見えた。道具はきちんと並べられ、紙は事務机の角度に合わせて置かれていた。どれほど父親を拒絶しようと、ヴォルフはたぶん父親から決して逃れられないのだと思った。僕はヴェルナーをずっと前から知っていたということに気づいた。彼は、僕の父親の中に入り込んでいた。ひょっとすると僕の中にもだ。家族というものは、縁を切るとかいう決断の問題ではないのだ。

僕の両方の祖父がお互いに会うことはなかった。もし二人が会ったとしても、お互い何か話すことがあっただろうか。なんといっても、二人は同じ国家を建設し、同じ党に所属し、たぶんあるときには同じことを信じていた。それでも、二人はおそらく他人同士のままだっただろう。彼らの人生は全く違い、運命が彼らを早くから全く別の方向に導いていたからだ。

ゲアハルトが一九二三年六月八日にベルリンで生まれたとき、家族は彼のイニシアルを金文字で手漉き紙に刻印したカードを配った。ゲアハルトには二人の姉がいて、誕生記念写真で姉たちは、家督相続者である弟を二人の天使のように囲んでいた。姉妹はフリルのドレスを着て、髪には大きな絹のリボンをつけ、ゲアハルトも白い産着にくるまれ、きゃしゃな顔をいっそうきゃしゃに見せていた。この時期、ゲアハルトの父ヴィルヘルムはクーアフュルステンダム〔ベルリンの繁華街〕でもう一人のパートナーと大手の国際法律事務所を率いていた。家には乳母、家政婦、運転手がいた。家事を取りしきったのは母フリーダだった。彼女はバーレンツというハンブルクの船長の家庭出身で、その家系は、一六世紀に北極への航路を発見し、後にその海〔バーレンツ海〕に名前がつけられることになったオランダの船乗りのウィレム・バーレンツにさかのぼる。今日まで僕の家族がそのことを誇りに思っているのは、家族のだれも方向感覚があまりよくないということと関係しているのかもしれない。僕は自分の住んでいるあたりでも、いつも道に迷ってしまうし、母は町の公園に置いていかれてしまったら、たぶん飢え死にしてしまうだろう。僕たちの方向感覚に対する才能は、五〇〇年前にこんなにひどくなるまで使いつくされてしまい、もう残っていないのかもしれない。

ヴィルヘルムは一八世紀にワルシャワからベルリンに移住したユダヤ系の家庭の出身で、その家の息子たちは医師になるか弁護士になるかどちらかだった。家族は遥か昔にプロテスタントに改宗し、またできる限りユダヤ系である痕跡を消そうとしてきた。レーヴィーンというもともとの名字さえ捨て、あまりプロイセン風でもないと僕は思うが、レオに改めた。ゲアハルトが三歳のとき、一家はラインスベルクの湖畔の邸宅に引っ越した。後にゲアハルトは父親になぜベルリンを去ったのか聞いたことがあるが、ヴィルヘルムの答えは「ちょうど潮時だったのだ。私には金持ちにな

ヴィルヘルム（1945 年）

る条件がすべてそろっていたのだけれど」というものだった。とりわけ次のようなことだったらしい。顧客——通常、大企業の総支配人——が嫌だし、彼が顧客の会社のためにしなければならなかった法律的な駆け引きが嫌だった。ヴィルヘルムは息子に、自分は普通の人たちとのつきあいがしたかったし、ピアノすら弾けないようなベルリンの喧噪から逃れたかったのだと話した。ヴィルヘルムのピアノの腕はすばらしく、彼は自分が音楽家にならなかったことをしばしば悔いていた。ラインスベルクでは毎晩大きなグランドピアノのまわりに家族が集まった。みんなでシューマンやシューベルト、フーゴー・ヴォルフ〔一八六〇〜一九〇三年。オーストリアの作曲家〕のリートを歌った。ゲアハルトは一度父親に、隣のキャンディー製造業者の人は大きなクローム装飾の車なのに、家の車はなぜあんなに普通なのか聞いたことがある。ヴィルヘルムは、「学問的、芸術的なことで得る

フリーダ（1943 年）

ものが大切で、お金は問題ではない」と言った。

ゲアハルトの記憶ではラインスベルクは天国だった。森と湖に囲まれたロココ様式の有名な城がある小さな町だった。夏は長距離ハイキングやボートを楽しんだ。ゲアハルトが学校から戻ると、父親の事務所に行き、時間があれば二人は真面目な会話をした。ゲアハルトは顧客用のどっしりとした革張りの肘掛け椅子に座ることが許されていた。二人は文学や音楽について話した。ときにヴィルヘルムは詩を朗読し、それをゲアハルトは暗記させられた。一九二七年一一月、ヴィルヘルムはフランスの退役将軍から、訴訟を起こすことを依頼された。それは特に大きな事件ではなかった。当時全く無名だったヨーゼフ・ゲッベルス〔一八九七～一九四五年。ナチ政権の宣伝相〕という極右のアジテーターが、一九二〇年に占領下のケルンにあったフランス軍司令部の地下室において、この将軍の面前で拷問を受けたと主張したことに対する訴訟であった。ゲッベルスは、この拷問によって自分の足が内反足になってしまったと演説で主張していた。当時、彼の足は物笑いの種にされていた。審理はベルリンの法廷で行われた。ヴィルヘルムにとって、ゲッベルスの内反足が生まれつきのものであるということを立証するのは容易なことだった。彼は熊の毛皮の上に裸で横たわった子ども時代のゲッベルスの写真を提出した。内反足だった。内反足で一番前に立っていた学校のクラス写真もあった。さらにヴィルヘルムは裁判官に被告の兵役調書の認証つきの写しを提出したが、それには第一次世界大戦でゲッベルスが内反足のために兵役免除にされていたことが記されていた。裁判の結果ゲッベルスは、フランス人将軍へ損害賠償金として象徴的な金額一フランを支払うという判決を受けた。判決言い渡し後、ゲッベルス側の弁護士はヴィルヘルムに近づいてきて、「弁護士さんよ、あんたはきっとこの日のことを何度もはっきりと思い返すだろうよ」と脅すような声で言った。

ヴィルヘルムはこの言葉を特に深刻には受け止めなかった。それから数年たった一九三二年秋、ナチが政権を獲得しそうになったとき、彼はこの裁判のことを思い出した。ゲアハルトは両親が客間で小さな声で話しているのを聞いたことがある。ヴィルヘルムは「彼らは時がくればすぐさま報復してくるだろう」と言っていた。それまで夕食時の会話は、ヴィルヘルムが愉快な逸話を話して家族を笑わせるのが好きだったので、たいてい軽くて明るいものだったが、この時期から深刻な話題に変わっていった。突然両親は政治の話しかしなくなった。問題はナチが政権を引き継ぐのかどうかということだった。ヴィルヘルムはナチのことを「チュートン人〔ユトランドの古代の一部族。ドイツ人という呼称が彼らに由来すると考えられたため、ゲルマン人のことを指す言葉としても使われる〕」、「野蛮人」、あるいは「無法者」とも呼んだが、法律は彼にとって何にもまさるものだったから、この最後の言葉は彼にとって最も厳しい非難だった。ヴィルヘルムはよくゲアハルトに、人間が動物と違うのは、人間は意識的に法律を用い、それによって公正な共存関係をつくるところにあることだと説明してきた。ヴィルヘルムには、憲法を守らないことを公言している人びとがドイツで政権につくなど想像できなかった。

一九三三年一月三〇日、ヒトラーが首相に任命された。数日後にはゲアハルトのクラスでもう何人かの少年が褐色のシャツを着てハーケンクロイツ〔かぎ十字。ナチのシンボルマーク〕の腕章を巻いていた。帰り道、一人のクラスメートがゲアハルトに、ゲアハルトは人種的に純粋ではないのでもう遊べない、と少しきまり悪そうに言った。「君のお母さんはアーリア人だけれど、お父さんはユダヤ人だ」。ゲアハルトは友だちが何を言っているのか理解できなかった。ユダヤ人については聞いたことがあるけれど、アーリア人とは何だろう。ゲアハルトはその少年が何かを取り違えているのだろうと考えた。彼はアラブ人と間違えたのだろうか。ゲアハルトはアラブの戦士たちが砂漠で馬を全速力で走らせ、彼らに立ち向かったすべての人を打ち負かすという冒険小説を読んだばかりだった。彼は家に帰って、父親の事務所に飛び込み、僕はママ(ムッティ)みたいにアラブ人になりたいと言った。

ヴィルヘルムは仕事を中断し、ゲアハルトを重厚な革張りの椅子に座らせた。話を聞いた父親は息子に、ナチは人間を出自や信念のために火刑にしてしまうようなずっと昔の時代に戻したいんだと、説明した。「もうこれまでとは全く違うんだよ」とヴィルヘルムは言い、ゲアハルトは、初めて父親の顔に不安のような表情が浮かぶのを見た。ゲアハルトは何かおかしいと思ったら父親に報告するように約束させられた。先生やほかの子どもたちと話す時には特に用心するように言われた。そのとき彼は九歳だった。

一九三三年二月二八日の国会議事堂炎上事件翌日の夜、ラインスベルクの家の前に武装したSA〔ナチの突撃隊〕隊員がトラックでやってきた。複数の声や叫び声でゲアハルトは目が覚めた。彼が子ども部屋の窓を開けると、ヴィルヘルムが制服の突撃隊員に殴られ、前庭からトラックへひきずられていくのが見えた。また涙をとめどなく流しながら建物の入り口の前の階段に立っている母親が見えた。ゲアハルトは夜の闇に向かって悲鳴を上げた。自分自身聞いたことがないような、つんざくような鋭い絶望的な悲鳴だった。彼はこの夜の光景が何度も目に浮かぶようになった。その光景は彼を子ども時代から引き離し、後に繰り返し何が正しく何が間違っているのかを示すものとなった。七〇年代の終わりに書いた半生記〔ＤＤＲでは、五〇年代初めから革命闘争に参加したさまざまな人に半生記を書かせ、党中央監査委員会に提出させていた〕は、彼がもう話せなくなった今、僕にとって彼の人生について何かを知るための重要な資料となった。ゲアハルトは「父親がＳＡ隊員から暴力を受けている姿を子どもの私が見て以来、政府が非道にも人間性に対する犯罪を犯していることへの怒りが、自分の反ファシズム抵抗運動の主要な動機となってきた」と書いている。

僕は、ベルリン＝リヒターフェルデの連邦文書館で、緑色のファイルに入った彼の半生記の最初の原稿を見つけた。二九八頁のタイプ原稿だった。タイプ複写用の薄い黄ばんだ紙で、頁をめくるとホコリの匂いがした。おそらく全部、祖母のノーラがタイプを打ったのだろう。長い間、ノーラは彼の秘書であり、同伴者であった。彼女は一度でも自分自身のために何かしたことがあっただろうか。彼はこれまで彼女が何を望んでいるか聞いたことがあっただろうか。ノーラはゲアハルトが彼女を必要としているときに、いつもそこにいて、子どもの世話をし、家事をした。彼女は自分の全生涯にわたって彼の陰に隠れるようにしてきたが、今彼女はそれでよかったと言っている。でも彼女にはそれ以外に一体どう言えるだろうか。

ゲアハルトはいつも手書きだった。彼は、手書き以外では文章が浮かんでこないと言う。彼の半生記は党中央監査委員会の文書保管所に収蔵されていた。文書の保管所には党の監督者がいて、同志が正しい道にいるかどうかを監視していた。委員会は誰を除名するかを決定したが、確信的な同志にとってそれは死刑宣告と同じだった。僕はどのような経緯でゲアハルトの原稿がそこにおさめられたか知りたかった。彼が自分で検閲にもち込んだのだろうか。原文のほとんどは数年後『トゥールーズ行きの早朝列車』〔*Frühzug nach Toulouse*, Berlin, 1988〕という題で刊行されたものと同じであった。しかし一部削除されていた。特にフランスでのドイツ共産党員とドイツ社会民主党員の関係をめぐる箇所だった。ゲアハルトは両者の密接な協力関係について書いているが、これはおそらく後に東ベルリンの同志の歴史像にそぐわないものになったのだろう。一九三九年のヒトラーとスターリンによる独ソ不可侵条約について、パリのドイツ人亡命者たちの間で交わされた激しい議論についての記述も、書籍版では消えていた。ゲアハルトは、モスクワがナチと協定を結んだことにドイツ人の共産党員たちがどれほど強い衝撃を受けたか書いていた。ドイツ共産党がこの不可侵条約に賛成したので、その後はもうみんなそ知らぬ顔をした。党は決して過ちを犯さないのだ。

子ども時代と少年時代の叙述から、ゲアハルトの感情というものを知ることができる。彼は自分の不安、疑問、弱さ、好奇心について書いている。後のフランスでの非合法活動や党員となったときのことになると、冷静で事務的な筆致でしか叙述していない。つまりある時点になると、自分でももはや変えることのできない態度に固まってしまったように思える。何についても言い逃れをし、最も難しい決断すら簡単に下してしまうような態度だ。自分自身というものはもはや重要ではなく、彼は大義に仕える人間になったのだ。はたして、ゲアハルトは今でもそうしたすべてを書くだろうか、それまでの態度のままだろうか。またもし彼が話すことができたなら、どうだっただろう。

第8章

ベルリン国立オペラ劇場

ゲアハルト一家フランスへ亡命

ヴィルヘルムの逮捕から数週間たってようやく、家族は彼がオラーニエンブルク強制収容所に入れられたことを知った。〔ゲアハルトの〕母親は夫の釈放のためにあらゆる手を尽くした。彼女はヴィルヘルムの親友の作家、エルンスト・ヴィーヒェルト〔一八八七～一九五〇年。当時ドイツ国内で最も人気があった作家〕に電話した。ヴィーヒェルトはほかの多くの作家たちと違って、当初からナチに敵対的ではなかったので、ナチに気に入られていた。特にゲッベルスは小説家というものを偏愛していたため、ヴィルヘルムを強制収容所から仮釈放してほしいという彼の頼みに応じた。釈放後、ヴィルヘルムは数週間入院した。ゲアハルトは家に戻った父親の姿を見たが、青白い、弱弱しい男になっていた。

ゲッベルスは弁護士に、彼の内反足がケルン司令部での拷問が原因であることをはっきり証明する裁判をあらためて準備をするよう依頼した。ヴィルヘルムは何度も聴取を受けた。九月初め、ＳＡは彼のパスポートを押収し、自宅軟禁を言い渡した。数日後の夕食時に、ヴィルヘルムはゲアハルトに次の日一緒にベルリンに行かないかと尋ねた。朝六時に朝食をとり、車で首都へ向かった。ヴィルヘルムは同僚を訪ね、自分ではもう続けることができないからと、裁判関係の書類を渡した。晩には車でブランデンブルク門近くのホテルに行った。ヴィルヘルムはタキシードを、ゲアハルトは特別のときにしか着ない紺色のスーツを身に着けていた。車がウンター・デン・リンデンを走っているとき、ヴィルヘルムは国立オペラ座に行く、とそっとあかしてくれた。ヴィルヘルムは、そもそもこのオペラ座行きは、君の大人の世界への入口として数年後にするつもりだったと言った。「だがもう時間がない、それで君は今日大人になるしかないんだ」。ヴィルヘルムは息子を真剣なまなざしで見つめた。それから微笑んで、さあこれから盛大に楽しもうと言った。

彼らは国立オペラ座のレストランに行った。ボーイたちはヴィルヘルムのことを知っていて、愛想よく会釈してくれた。チキンのグリル、フランス産赤ワインが出たが、ゲアハルトはグラスを半分まで飲むことを許された。ヴィルヘルムはゲアハルトの方に身をかがめて、「ここでは今の私たちのことについて話してはいけないよ。ボーイやレストランの壁には耳があるんだ」とささやいた。食後にオペラに行った。演目はヴェルディの『仮面舞踏会』だった。ヴィルヘルムは桟敷席をとっていた。休憩時間に隣の桟敷席の年配の女性が、そちらの小さなお子さんはもうオペラがおわかりになるのと聞いてきた。ゲアハルトはもう一〇歳になっていたので、この質問に憤慨した。ヴィルヘルムが「私の息子は何でもわかります」と答えてくれたので満足した。しかし実際のところ、ゲアハルトはほとんどついていけなかった。アルコールと興奮で頭がぼんやりとしていた。夢の中でのように音楽を聴き、舞台セットはさまざまな色が織り込まれた絨毯のように彼のそばを通り過ぎていった。最後には目を開けているだけで精一杯だった。しかしそれでもすばらしい夜だった。これがブルジョワとしての生活の最後のときだということは、彼にはまだわからなかった。

翌朝、ヴィルヘルムは自分たちの置かれている状況を説明した。これからすぐに安全な方法で外国に逃げるのを助けてくれる仲間の弁護士のところに行くと、彼は言った。ヴィルヘルムは、ゲッベルスに対する二度目の裁判には勝てないので、この選択しかないと言った。「次にまた強制収容所に入れられたら、もう生きては出られないだろう」。同僚の弁護士はヴィルヘルムがベルリン時代に住んでいた家の近くに事務所をかまえていた。ゲアハルトには彼の書斎が父親の書斎に比べ際立って豪華にみえた。分厚い絨毯、白い革張りの深々とした肘掛け椅子、スチールとガラスでできた家具。大きな正面の窓から、忙しげなクーアフュルステンダムの様子が見えた。弁護士はヴィルヘルムに古くから友人のように挨拶し、話の途中、「お子さん」には席をはずさせた方がよいのではないかと言った。「息子は事情が良くわかっていて、それに口が堅い」。ゲアハルトはまたとても誇らしく思った。彼はこの秘密の新たな時代、大人の世界が気に入った。大きな危険が背後にあることに気がついてはいたが、それでもそれを楽しんだ。

弁護士は、かつてドイツとベルギーの間で「密輸王」だった男を呼ぶところだと言った。新政府成立後、国境検問が厳しくなっているので、男はそのつてを人間の密輸のために利用しているという。弁護士は、その男はまだ彼に借りがあるので、いつも請け負う金額の五分の一のわずか五〇〇〇マルクですむということだった。その半分は即金で払い、残りは密出国が成功した後に払うことになっていた。「密輸王」は、エレガントな着こなしのハンサムな若い男だった。彼はゲアハルトに、ずっと長い間の知り合いであったかのような目くばせで会釈した。男は、夜アーヘンから戻った、すべての準備がととのっている、本番はもうこの週末だ、と言った。ヴィルヘルムは承諾し、一〇〇〇マルク紙幣を机の上に一枚ずつ数えて置いていった。半分は密輸人が、残りの半分は弁護士が受け取った。弁護士は事務机の引出しから一枚の白い紙を出して、大きさの違う二枚になるように破いた。破いた紙の一枚をヴィルヘルムに渡し、残りの紙はお金と一緒にしまった。「リエージュに着き次第、あなたたちにつき添ってくれた人間にその紙を渡してください。彼がそれを私のところにもってきて、ここに残した紙片と一致したら、残金が彼の手に渡ることになります」。密輸人は土曜日にアーヘンで落ちあうために乗る列車を指定した。合流場所は中央駅のカフェーだった。

二日後、夜明けにゲアハルトは両親と一緒にラインスベルクの家を発った。二人の姉はすでにハンブルクの祖母の家にいて、あとから来ることになっていた。駅に向かって畑のなかの小道を走ったが、三人は小さな書類鞄をもっているだけで、そのほかのものはすべて置いてきた。ベルリンでは友人宅に泊まり、翌日アーヘンに向かった。みな非常に興奮していたが、道中は無事だった。アーヘン中央駅のカフェーでは、けばけばしい化粧をした女性二人がカウンターでシュナップス〔アルコール度の強い蒸留酒〕を飲んでいた。密輸人はいなかった。ゲアハルトには永遠にも思えた待ち時間の後、密輸人がやってきた。彼は遅れたことに「あんたたちが誰にもつけられていないか、確かめていただけなんだ」と言って謝った。市電に乗り、何度も乗り換え、郊外の畑の中にある終点の駅に到着した。草地を横切って行くと、森の縁に鉄条網が高くはられているのが見えた。補強されたばかりの国境だ。ある場所に一人ずつ通す回転ゲートがついた狭い開口部があった。そこには銃をもった灰緑色の軍服の歩哨が立っていた。ヴィルヘルムは兵士を見てショックで立ちすくんでいたが、密輸人は「あの兵士はもう金を受け取っている」とヴィルヘルムを落ち着かせた。彼らがやってくるのを見ると、その兵士は、銃を肩に掛け、フェンスにそってゆっくり森の方へ歩いて行った。彼らは一人ずつ回転ゲートを通っていった。一〇〇メートルぐらい行ったところで密輸人が「さあ、これで成功だ。ここはベルギーだ」と言った。彼はゆっくりと歩き、大きな緊張が過ぎ去ったあとのように深く息を吸った。

ゲアハルトは、ここがすべてドイツとそっくりなのに少しがっかりした。ベルギーの森はドイツの森と変わらなかったし、国境を越えた草原は故郷の草原と同じだった。彼らは「ル・コック・ジョーヌ」という庭園風レストランに着いた。そこで、彼らは同行者と別れた。パスポートなしで国境を越えることはゲアハルトにとって信じられないような冒険で、気分が高まった。ほかの誰にも話せないことだけが残念だった。両親がすっかり参っているようなのを見て驚いた。ずっと後になってようやく彼は、このとき両親が失った故郷を思い、おそらくこれから自分たちを待ち受けている不安に満ちた亡命生活のことを考えていたのだろうと思った。

リエージュからブリュッセルを経て、援助を約束してくれた金持ちの親戚が住むパリに向かった。ヴィルヘルムは彼の蓄えをかき集め、共和国広場に近いメスリー通りに店を借りた。そこで、彼はドイツ語とフランス語の本を扱う書店を開いたが、そこはすぐにパリのドイツ系亡命者たちのたまり場になった。店舗につながる小さな二部屋が家族の住居だった。その間に二人の姉もハンブルクから到着したので、新しい家は手狭になった。ゲアハルトはパリが好きになれなかった。ラインスベルクの友だちがいないことが寂しかった。彼は湖の水浴場、自分の自転車、そしてフォックステリアのブルーノが恋しかった。彼はフランス語が全くわからなかったので、パリでは誰とも話すことができなかった。あるとき彼は公園で年配の婦人が飼い犬にこまごまと話しかけているのを見た。彼はこの町では犬も彼よりフランス語を理解するのだと思った。

パリ到着の数週間後、ゲアハルトはジフテリアにかかった。セーヴル通りのオピタル・デ・ザンファン・マラードという大きな子ども病院に入院した。そこでは四〇人以上の子どもと同じ病棟で寝かされた。ほかの子どもたちはおしゃべりをしたり、笑ったりしていたし、年長の子どもが面白い話をすると看護婦でさえもその話をおかしがった。ゲアハルトは彼らの横で黙って寝ていた。その病棟担当の短い黒みがかった褐色の髪をした青い目のすてきな女医が、彼の孤独に気がついてくれた。ときどき彼女は彼のところに来て、彼を元気づけようとした。彼にかける回診時間はいつもほかの子どもより長かった。彼女が細く温かい手で彼を触診するとき、全身に電気ショックを受けたようになった。ゲアハルトは自分に何が起こったのかわからず、この女性を見ると胸の鼓動が激しくなったが、同時にすべての不安が消えていった。ある日、その女医は教科書とノートと鉛筆を彼のベッドにもってきて、これから毎日仕事前に一時間フランス語のレッスンをしてあげると言ってくれた。この幸運に頭がくらくらしそうになったが、彼はラインスベルクの学校ではやったことがないくらい真面目に、一生懸命に勉強した。すてきな女医はフランスの童謡を歌ってくれ、ラ・フォンテーヌの寓話詩を朗読してくれたが、ゲアハルトはこの詩を今日に至るまで空で言える。しだいにほかの子どもが話していることがわかるようになり、三か月後に退院するときには、フランス人の子どものようにフランス語が話せるようになった。

パリのゲアハルト（1935 年）

そのうちゲアハルトは自分がこの女医を愛していると確信し、大きくなったら結婚しようと心に決めた。彼はこのことを伝えてもよいか、一〇歳の少年が成人女性に言い寄るということはおかしくないか思いあぐねた。退院する前の晩、彼はほとんど眠れなかったが、朝早くには、これは自分の勇気をためすことだと思い、愛の告白をすることを決意した。女医はいつもの時間にやってきた。最初彼はためらいつつ自分の気持ちを話し始めたが、そのうち話すスピードがだんだん早くなっていった。彼女は微笑さえみせず真剣に聞いてくれた。愛の告白が終わったとき、彼女はちょっと考えてから、彼女も彼のことがとても好きだと言ってくれた。彼女は独身で三五歳だけれど、彼が自分と結婚したいという気持ちを一〇年間もち続け、また彼女の方もそれまで誰もほかに見つからなかったら、彼と一緒に暮らしてもいいと言ってくれた。それから彼女は彼の方に身をかがめ、両方の頬にキスをしてくれ、そして病室から出て行った。二人は数か月間、定期的に会っていた。彼女は彼を家での食事に招いてくれ、ブローニュの森を散歩し、映画を見た。しかしいつしか会う回数はまれになってきた。ゲアハルトは学校で少年グループに加わるようになり、成人女性と会うよりも、ほかにやることができた。一九三五年夏のある日、彼女はほかの町に引っ越すことになったと言って、彼と別れた。二人は二度と会うことはなかった。後になってゲアハルトは、自分をフランス人にしてくれたこの女性との最初の恋愛について、一度僕に話してくれたことがある。彼はこれまでの人生でしてきたことに、ほとんど後悔していない。だが、この女性をそんなに簡単に忘れられたのは、彼にとっていつもなぜか心が痛む謎になっている、と語った。

ゲアハルトは夏休みには、パリ近郊で行われた亡命者の子どものためのキャンプに参加した。ハンス・バイムラー（一八九五〜一九三六年。ドイツ共産党国会議員。スペイン内戦の際、国際旅団に加わり戦死）という当時から著名だったドイツ共産党幹部の息子と、寝る場所が隣だった。彼はゲアハルトにどうやって彼の父親がダッハウ強制収容所から脱走したか、そしてナチとの闘いを始めたかを話してくれた。ゲアハルトは細かいことまで詳しく話してもらった。彼はその話を手に汗にぎるような気持ちで聞き、自分もいつかきっとハンス・バイムラーのようになろうと決意した。

家に戻って両親にキャンプで経験したことを話し、そして「本当は僕、もう共産主義者なんだ」と報告すると、ヴィルヘルムは微笑んだ。彼は共産主義のことを、ほかの急進的な考え方と同じく懐疑的に捉えていた。彼は、どこやらの労働者とか農民とかを権力につけるためにブルジョワ国家の権力構造を粉砕することなどとんでもないと思っていた。しかし彼は、多くの共産主義者たちがナチと勇敢に闘っていることもわかっていて、ヒトラーに勝利するにはこの人たちと協力することが必要だとも考えていた。共産主義者に対して彼がかつて抱いていた警戒心はずっと前から消えていた。第一次世界大戦前、ジュネーヴ大学で国際法を学んでいたころ、大学の友人と一緒にカフェーでムッシュー・ウリヤノフという男と知り合った。彼はロシア人の革命家であり、数年後にレーニン（一八七〇～一九二四年）という名前で世界的に有名になったが、当時レーニンはブルジョワの息子ヴィルヘルムに、支配者たちがテロの手段を使っているからツァーリズム体制（ロシアの皇帝ツァーリのもとでの専制的な支配体制）に対するテロは正当だとするボリシェヴィキの政策を、丁寧に説明してくれた（レーニンがスイスに赴いたのは、この時期では、第一次世界大戦勃発後であるため、大戦前にヴィルヘルムが彼とジュネーヴで会ったというこの話は、記憶違いの可能性がある）。ヴィルヘルムはレーニンにいたく感銘を受け、レーニンによって建設された国家をいくばくかのシンパシーをもって見ていた。コーヒーハウスでのレーニンとの会話は、後にヴィルヘルムが同じく暴力でもって暴力的体制と戦うフランスのレジスタンスに加わることを検討した理由の一つだった。

ところでジュネーヴでレーニンとの会話に同席していた学友は、第二次世界大戦後フランス首相になったピエール・マンデス＝フランス（一九〇七～八二年。在任一九五四～五五年）だった（マンデス＝フランスの年齢からして、同席は無理であり、記憶違いであろう）。ヴィルヘルムがフランスに来た頃、マンデス＝フランスはすでに政権与党の急進社会党で有力な議員となっていた。左翼人民戦線政府の崩壊後の一九三八年、パリ警察はヴィルヘルム一家やほかの文なしになってしまった多くのドイツ人亡命者に即時の国外退去を命じた。ヴィルヘルムはかつての学友に助けを求めた。マンデス＝フランスは翌日すぐに現われ、書店在庫の大部分を買ってくれ、一家がフランスに残れるよう内相に電話をしてくれた。

ヴィルヘルムは以前同様、ゲアハルトにとって政治問題を話し合う重要な相談相手だった。ゲアハルトはひとまずは共産党ではなく、フランス社会党の青年組織である「赤い鷹（フォコン・ルージュ）」に入った。彼は青いシャツに赤いネッカチーフを首に巻いた。一九三六年フランス全土を麻痺させたストライキの際、「赤い鷹」がセーヌ川のセガン島にあるルノーの組み立て工場の、数千人の労働者の前で歌ったとき、彼も参加していた。ゲアハルトは「赤い鷹」が一九三七年にパリ共済組合（ミュテュアリテ）に押しかけ、社会党のレオン・ブルム首相〔一八七二～一九五〇年。在任一九三六～三七年〕の演説を「スペインに飛行機を」と叫んで中断させたときも、その場にいた。ファシストのフランコ〔一八九二～一九七五年〕に対するスペイン人民戦線政府軍の戦いの支援を首相に認めさせるためだった。しかし、レオン・ブルムはスペイン内戦へ不干渉政策をとり続けた。ゲアハルトは闘おうとしないならば、社会主義者とは一体何なのか疑問に思った。

彼は父親と一緒にサン・ジェルマン通りのカフェー「メフィスト」に定期的に通った。そこはドイツ人作家防衛連盟の人びとのたまり場だった。彼らは、ハインリッヒ・マン〔一八七一～一九五〇年。トーマス・マンの兄。フランスを経てアメリカ合衆国へ亡命〕、リオン・フォイヒトヴァンガー〔一八八四～一九五八年。

フランスを経てアメリカ合衆国へ亡命）、アンナ・ゼーガース（一九〇〇～八三年。フランスを経てメキシコへ亡命。戦後DDRに帰国）やルドルフ・レオンハルト（一八七一～一九五〇年。ナチ支配下のフランスで強制収容される。戦後DDRに帰国）の講演を聴いた。作家たちは、ドイツ人のような文化国民は決してこの犯罪についていくことはないのだから、ナチ政府の終焉は近いと力説した。彼らの主張は非常に納得できるものだったので、ゲアハルトは本来ならばナチはもう今頃には敗北しているはずだと考えた。すでに一四歳になっていたゲアハルトは、偉大なジャーナリスト、エーゴン・エアヴィーン・キッシュという人物に強い影響を受けた。彼はヴィルヘルムの書店によくやってきて、亡命者の子どもにドイツ語と歴史の授業をしてくれた。初めのうち、ゲアハルトはキッシュのすばらしい手品の腕に感銘を受けていた。彼はコインとマッチ箱を一瞬にして消し、それがゲアハルトのズボンのポケットから出てくるのだった。それに、まるで彼自身がその場にいたかのように、歴史上の出来事を非常にうまく伝えることができた。一度彼はゲアハルトやほかの生徒たちをヴェルサイユに連れて行き、フランス革命の舞台になった場所をみせてくれた。彼らは、パリの市場で働いていた女性たちが飢えに抗議するために激昂して歩いた道をたどった。彼らはルイ一六世の玉座を見、それからキッシュは、権力のシンボルである玉座をフォーブル・サンタントワーヌの靴屋が宮殿から略奪して自分の工房に置いておいた話をしてくれた。何年もの間、靴屋の客は採寸の際に玉座に座ることができたのだ。キッシュの語る歴史は学校とはまるで違う物語だった。彼は国王の人生には興味がなく、民衆の反乱に関心があった。彼は歴史を下からの民衆の目線で見て、あらゆる不正国家はプロレタリアート大衆によって倒されることが運命づけられていると、生徒たちに説明した。今やゲアハルトはどうしても革命家になろうと思った。キッシュが彼に共産党の抵抗運動の闘士はともかく革命家なんだと語ったとき、彼の心は決まった。

一九四〇年四月のある朝、メスリー通りの家のドアの前にフランス人警官が立っていて、一家に荷物をまとめるように言った。ドイツ人亡命者を収容所に抑留せよとの政府の布告があるんだ、なんといったってドイツとはもう八か月前から戦争してるんだからな、と言った。まだ一七歳になっていなかったゲアハルトは未成年であるとしてこの措置の対象にはならず、また母親もこの強制収容を免れ、息子の世話をすることができた。ヴィルヘルムと二人の姉はピレネー山脈のきわにあるギュルス抑留収容所に入れられた。ゲアハルトは突然心の拠り所を失った気がした。彼は夜よく眠れなくなり、昼は父親と姉たちのことを心配していた。それまで確実だと思われたことが、もはや確実なものではなくなった。あらたな故国、デモクラシーと人権の国フランスは、彼らを裏切った。大胆な考えが頭をよぎった。彼は、家族を夜秘かに収容所から解放し、行く手に立ちふさがる看守を射ち殺すことを想像した。するとまた悲しく、弱弱しい気持ちに襲われた。彼にとって安全な場所はないこと、自分を守ってくれる人はもう誰もいないことがわかった。自らの運命はもう自分の手で切りひらくほかなかった。

第9章

警告

キッチンボーイからレジスタンスへ

一九四〇年六月、ドイツ国防軍がパリに近づいたとき、ゲアハルトはリュックに荷物をまとめ、母親と別れてパリを去った。彼は、ドイツ軍兵士から逃れるためにフランス南部へ避難する数十万のフランス人たちと一緒に歩いた。鉄道は不通となり、オルレアンやリヨンにつながる道は人であふれかえっていた。荷物をたくさん積んだ自動車、トラック、馬車は、道を進もうと懸命だった。たいていの人はゲアハルトのように徒歩で、トランクや荷物をもち、乳母車を押している人もいた。避難民たちは数百キロを歩き、ほとんど人のいなくなった町や村を通っていった。道のわきでは、商人たちが古くなったパンや水道水を不当な高値で売っていた。彼がヴィシーに着いたとき、ペタン元帥〔一八五六～一九五一年〕の政府が降伏したことを知った。フランス南部が非占領地帯になるということもわかった。そこで海岸地域まで行くことにした。彼は地中海のことは旅行ポスターや本でしか知らなかったが、とても気持ちのよい避難場所のように思えた。

すべてが何と早く過ぎ去っていっただろうか、ラインスベルクの庇護された子ども時代から亡命者としての生活、そして避難民となった今に至るまで、何と短い年月だっただろう。ゲアハルトは半生記に、この没落の過程を冷静かつ沈着に描写している。「時代はどんどん悪くなっていくようだったが、それでも前に進んだ」。彼は嘆かず、また自分の運命にもあらがわなかった。これは彼の若さと関係しているのかもしれないし、また、人生にひびが入り始めたのが彼一人ではないということが関係しているのかもしれない。あるいはパリから脱出した大勢の人たちと一緒だったことが、自分の運命を受け止めるのを容易にさせたのかもしれない。しかし一つのことが彼の心にはりついて離れなかった。それは自分にはどこにも故郷がない、という感情だった。彼はこの感情を長い間持ち続けたのだと僕は思う。これこそ後に彼がＤＤＲに向かった最も重要な理由だったのではないだろうかと思う。多くの故郷を失った人びとがこの国での新たな出発を求めたのである。

六月末、ゲアハルトはカンヌに着いた。すばらしい天気で、クロワセット通りのレストランやカフェーのテラスには明るい色の服装の休暇中の人たちが座り、ヨットハーバーには白いヨットが揺れ、浜辺では子どもたちが砂遊びをしていた。すべてゲアハルトが想像した通りだったが、彼自身はこの地に全く身の置き所がないという気持ちになった。カンヌに着く直前、彼は最後の数フランを一ポンドのパンに換えてしまった。浜辺のプロムナードでマルセイユ風スープの匂いが彼の鼻をついたとき、飢えのためめまいがした。夕暮れに彼は、街を見下ろす丘陵地帯に捨て置かれたトマト畑を見つけた。そこで彼はパリからきたほかの避難民に出会ったが、その男はこの三日間トマトだけで生きていた。その男はホテルに何か仕事がないか聞いてまわってみたらどうか、と言ってくれた。臨時やといの口があるみたいだ、とのことだった。

翌朝ゲアハルトはホテルの裏手を歩いていった。彼は、野菜売りや肉の納入業者がカゴや箱、牛の半身、子牛を丸ごと、裏の入口に引っ張っていくのを見た。「グランド・ホテル」の入口には「求むキッチンボーイ」という掲示があった。人事課では、無給の実習生としてなら始められると言われた。その代わり、食べ残しはもらえることになっていた。初めて「グランド・ホテル」の厨房に入ったとき、ゲアハルトは魔法にかけられたように立ちすくんだ。白いタイル張りの巨大な調理室では、ガスの炎の上にピカピカに磨かれた大きな鍋がずらっと並んでいた。太って愛想が良く、ケーキ職人の帽子をかぶったフランソワに挨拶すると、彼はゲアハルトが調理を習う決意をしたことにお祝いを言ってくれた。空腹では厨房で働けないため、まず朝食をとった。ケーキや冷肉料理のチーフのフランソワは、コールドミートとペースト、缶詰のサーディン、いろいろな種類のチーズやケーキをゲアハルトの前のテーブルに並べてくれた。ゲアハルトは食べられるだけ食べ、食べ物を口にほおばったまま、フランソワに自分はドイツから来た難民だということを話した。フランソワは、ここ「グランド・ホテル」では外国人、特にドイツ人のことは我慢できないと思っているので、そのことは誰にも言わない方がよいと教えてくれた。

厨房での仕事は厳しかった。ゲアハルトは一〇時間から一二時間野菜を洗い、肉料理人のあごひげの剃り残しが銅鍋の底にうつるようになるまでごしごし磨いた。重いお盆を料理運搬用昇降機まで運び、床を拭き、魚を洗い、ロブスターの殻を割った。彼は、ほかのキッチンボーイ四人、エレベーターボーイ二人、荷物運搬係一人と一緒に小さな屋根裏部屋で寝た。夜は耐えがたいほど暑く、石油ランプが一つあるだけで、水はトイレからバケツに入れて運ばなくてはならなかった。それに比べ、食べ物は豊富だった。ケーキ部門のチーフのフランソワはアナーキストとしての本領を発揮し、彼のモットーは「食堂の金持ちの口に合うものは、我われには十分なものではない」というものだった。フランソワが特別なケーキを作るときには、常に二つ作っていた。うまくできた方が従業員用だった。あるとき、ボリビアの錫鉱山主が宴会にクリームケーキを注文したことがある。ゲアハルトがケーキを料理運搬用昇降機にもっていったが、転んでしまった。ケーキの片面が押しつぶされ、クリームには床に落ちていた灰がついてしまった。ゲアハルトはしょげて、もう片方のケーキを出すべきだと言ったが、フランソワはきっぱりとそれを拒否した。彼がいつも言っているように、彼のテーブルでは床に触れたものを食べたことは一度としてない、ということだった。フランソワはケーキの形を整え、灰をつかみ、それをお菓子の周りにあらゆる方向から、振りかけた。「今回は俺がインド風にケーキを作ってみたとボーイには言うように」と彼はゲアハルトに言った。そしてもうひとつのケーキがキッチンのみんなの胃袋におさまったのであった。

　禿げて背が低く太った料理長は「親方（メートル）」と呼ばれ、いつも厨房にタキシード姿で入ってきた。昼直前と夕食の三〇分前に、彼は自分のレシピが厳密にまもられているか味見をするために一巡した。この味見はまさにセレモニーそのものだった。副料理長は彼にあらかじめ温めておいたお皿でソースと肉の一切れを差し出した。スフレとデザートはそれぞれよく冷やした深皿で差し出された。親方（メートル）の後ろでは誰かが味見用のカトラリーをもっていなくてはならなかったが、ゲアハルトは三週間目にして早くもこの栄誉を担うことができた。平たいモロッコ皮のケースにはフォーク、スプーン、ナイフが並べられていた。親方（メートル）が何かを口に運ぶたびに、厨房は完全な沈黙が支配した。彼は動かず、目を閉じ、料理を完璧なものにするために、最後の指示を出した。カンヌの「グランド・ホテル」はこの時代のフランスの最もすばらしいレストランの一つであり、食堂は法外な値段にもかかわらず、いつも満席だった。ゲアハルトはちょっとしたコツや、料理法によって大きな違いがでることを学んだ。数十年後も彼は自身でその料理の技を仰々しくやってみせた。祖父母のところで食事をすると、ゲアハルトはいつも肉を担当した。ときどき、彼はオーブンで焼いた肉を自分に一切れ切り分けるようにと言い、「グランド・ホテル」の親方（メートル）がかつてやったように目をつぶり、味見をした。

　数週間後、ゲアハルトはボーイ助手に昇進した。彼は白のタキシードに黒いズボンとエナメル靴を履いた。客たちは特に金持ちのアメリカ人とヴィシー対独協力政府のフランス人が多かった。ドイツ人も一人、ほとんど毎晩のようにきていた。彼はミュラー博士といい、フロントではドイツ赤十字の職員と称していた。テーブルを片づけているときに、ミュラー博士の左の腋の下からピストルの握り手が見えたと、ボーイ仲間がゲアハルトに教えてくれたので、博士が赤十字で働いているということはおそらくないだろうと思われた。ある晩、アメリカの高位の外交官の送別の祝宴がカンヌであった。彼は、パリのアメリカ大使館が閉鎖されたため、パリから車列をなしてやってきた。祝宴は深夜まで及び、そのうちボーイ長は休憩のため隣室に行った。その際、彼はゲアハルトに、お客が帰る気配があればすぐに知らせるように言った。ボーイ長が会場を去ってから数分後、痩身でブロンド、真珠のネックレスをし、ダイアモンドの指輪をした大使夫人が立ち上がった。ミンクのストールが床に落ちたので、ゲアハルトは駆け寄り、ストールを婦人の首にかけた。彼女は微笑んで、ハンドバックを開け、くしゃくしゃにしたお金の束をゲアハルトのポケットにつっこんでくれた。その直後、ボーイ長が現われた。彼はゲアハルトが彼を呼ばなかったことを怒り、またそのチップを渡すように要求した。ゲアハルトは少し考えた。人事課が彼に身分証提出を要求していたことを思い出し、また無給での重労働の仕事とカンヌを去ることができるお金のことを考えた。彼は「ノン」と答え、立ちすくんだままのボーイ長を残して立ち去った。ボーイ長はゲアハルトの背中に向かって、お前はクビだ、朝の七時までにホテルから出ていけと、怒鳴った。翌朝フランソワと最後の朝食をとった。フランソワは冷蔵庫からピノ・ブランのワインとトリュフ入りのフォアグラのパテをもち出した。二人は将来のために乾杯し、ゲアハルトは彼がきたときと同じように裏口から「グランド・ホテル」を立ち去った。

まだパリにとどまっていた母親を通して、ゲアハルトは父ヴィルヘルムと連絡をとることができた。父は抑留収容所から脱走し、偽名を使ってトゥールーズ近くのキャゾボン村で生活していた。非合法のカトリック救援組織が彼を世話してくれていた。ゲアハルトはそこまで歩き通した。このころには、非占領地帯でも検問や警察による手入れが行われたため、移動するのは夜だけにした。勤勉なフランス警察は、ドイツ側に引き渡すために、懸命にユダヤ人狩りや外国人亡命者狩りをしていた。二週間後ゲアハルトはキャゾボンに着き、久しぶりに父親を抱きしめた。ヴィルヘルムは老けて見え、顔はやせ細り、肌は透き通るようで、口の周りには深いシワができていた。収容所の生活のことをあまり話そうとはしなかったが、その生活は彼を消耗させていた。ヴィルヘルムには心臓の障害があり、大事にしなくてはならなかった。一日に三〇分の散歩もできなくなっていた。彼はすぐにでもナチと闘いたかったから、このような無為な生活につくづく嫌気がさしていた。ゲアハルトの姉イルゼの夫がレジスタンスとコンタクトをつけてくれていたが、ヴィルヘルムは闘うことを息子に託さざるをえなかった。数週間後、元スペイン内戦の闘士で、今はトゥールーズで抵抗運動を行っているクルト・

ヴェーバーがキャゾボンにやってきた。ヴェーバーはドイツ共産党員のフランスにおける非合法活動について語り、その主要任務はドイツ国防軍を偵察し、その兵士を獲得することだと言った。彼はゲアハルトに、レジスタンスに加わることは命を危険にさらすことだということを覚悟しておく必要があると言い、つかまるとゲシュタポに拷問されたり死刑になったりする、と念押しした。ゲアハルトのように、一九歳になったばかりの人間ならそのことをよく考えるべきだ、と言ってくれた。二人はトゥールーズでおちあうことを決めた。ゲアハルトがそこにやってくることが、レジスタンスに加わるという意思表示になるのだった。

　一九四三年五月一二日、ゲアハルトは約束通り午後一時半にトゥールーズの市庁舎（キャピトル）近くの小さな公園に立っていた。数分待つと、並木道の木陰から小柄で肩幅の広い男性が現われ、ゲアハルトの方にまっすぐ歩いて来た。彼がヴェルナー・シュヴァルツェ〔一九〇七〜七五年。ドイツ共産党幹部、レジスタンス闘士〕で、コードネームはオイゲンだった。静かなところで話すため、電車で郊外に行こうと言われた。電車は町の南を通り、朝一番のシフトが終わったばかりの火薬工場のそばを通り過ぎた。ガロンヌ橋を越え、高い塀に囲まれたがっしりとした赤レンガの建物の前で電車は停止した。オイゲンはこれが一〇〇年前から監獄として使われているサン・ミシェル要塞で、今はドイツが刑務所として使っていると説明してくれた。ゲアハルトは、もし失敗をしでかしたらここに入れられるのではないかと思った。しかしそのような考えはすぐに払いのけた。

　終点の駅から、町の南の高台にあるブドウ畑の方に道は続いていた。それほど離れていない道路をドイツ軍部隊がトラックで通っていったが、二人のいるところから見降ろすと、トラックの開いた幌の下に鉄兜だけが見えた。兵士たちは、高原の花とマリアという名の乙女についての歌を歌っていた。ゲアハルトは、ここではいたるところでドイツ兵の姿が目に入り、耐えがたいことだと言った。オイゲンはゲアハルトに微笑み、もしゲアハルトの父親がたまたま別の人だったら、今ごろひょっとするとあんなトラックに乗るはめになっていたかもしれないと言った。ゲアハルトはこのたとえに驚いたが、オイゲンは多くの兵士たちはこの戦争に反対で、だから彼らとかかわること、彼らに影響を及ぼして、可能な場合には正しい大義のために彼らを獲得することが重要なのだ、と話してくれた。オイゲンのグループは兵営にビラを配り、『地中海の兵士』という非合法の新聞を発行していた。オイゲンは、秘密裡に配られた新聞の多くは兵隊たちによってすぐにゲシュタポに渡されるが、残りは読まれ、人から人へと渡っていくと説明してくれた。「これは手間がかかる苦労の多い仕事だが、何かを変えられる」とオイゲンは言った。ゲアハルトは少しがっかりした。彼は新聞など配りたくはなく、闘いたかったのだ。しかしそのことは言わなかった。

人生でどちらの側に立つかは偶然の産物だと言ったオイゲンの言葉は、後までゲアハルトの胸にひっかかっていた。もしドイツを去る必要がなかったら、もし父親が何かの偶然でナチにわずらわされなくてすんでいたら、自分はどうなっていただろうか、と自問した。「置かれた状況が自分たちの道を決めたが、もし自分たちがもっと自由に決めることができていたら、この道はどんなところに通じていただろうか」。ほかの選択肢がなかったということが、後になって心を軽くしてくれた、とでもいうかのようだった。

オイゲンはゲアハルトに、ドイツ側がつくった職業安定所に行って、国防軍部隊の通訳に応募する任務を与えた。ゲアハルトは、フランスの市役所が発行し、本物の公印が押され、入念な検査にも耐えうるような身分証明書を与えられた。今、彼は一七歳のエルザス〔フランス語ではアルザス〕出身の、ドイツ文学を学ぼうとしているジェラール・ラバンであった。ヴェルダン近くのストゥネで生まれたこの地方の役場は一九四〇年に焼け、出生・死亡届けも焼失し、出自を再調査することは不可能になっていた。ドイツ語は母親から学んだということになったため、彼はフランス語なまりのドイツ語しか話してはならなかった。両親は早くに亡くなり、唯一の親戚はアルジェリアに住んでいた。オイゲンはまたトゥールーズで彼を住まわせてくれることになっている年輩の夫婦の住所をくれた。彼はゲアハルトに、細心の注意を払うように警告した。それから二人は別れた。

ドイツの職業安定所では彼の作り話がすばらしい威力を発揮した。彼は駅のすぐ隣の古いホテルに置かれた輸送司令部の通訳の職を得た。彼の上司はフィンクという伍長で、とても上等にみえる布地でできたオーダーメイドの制服を着ていた。ゲアハルトはフィンクが担当している仕事が何であるかをすぐに理解した。それは、焙煎前のコーヒー豆をトゥールーズからドイツへ汽車で運ぶという国防軍の闇取引を組織することだった。公式にはフィンクは司令部とフランスの役所との間の交渉を担当していたので、彼はすぐさま通訳が必要になったのだ。フィンクは感じのよい、つき合いやすいタイプだった。彼は闇取引の仕事で非常に忙しく、ほかのことはすぐにゲアハルトに任せるようになった。

ゲアハルトは司令部間でやり取りされた全文書を見ることができた。運送計画情報を得ることもできたが、その中にはいつ捕虜ないし武器が輸送されているのかという情報も含まれていた。メモをするのは非常に危険なため、彼はすべてを頭に叩き込まなければならなかった。それはルート、出発時間、積荷、停留時間などだ。ゲアハルトは記憶力のテクニックを発達させ、一〇便までならば、すべての情報を頭に入れておくことができるようになった。夜には自分の部屋で、細密な字でタバコの巻紙にすべてを書きこんだ。一週間に二度使者が来て、秘密通信を運んでいった。

一度フィンク伍長が金庫を閉め忘れことがあり、そのとき急いでゲアハルトは通常の文書のやり取りでは出てこない「機密文書」に目を通した。彼はパリの全仏輸送司令部担当のコール中将による服務規程を見つけた。コールは今後、囚人の輸送を「絶対的に優先」して扱わなくてはならないと書いていた。「ユダヤ人とテロリスト」の移送を最優先するとあった。彼は囚人の輸送ルートを見た。囚人はドランシーとコンピエーニュに集められ、そこからさまざまな方向に分けられることになっていた。終着駅はアウシュヴィッツ、テレージエンシュタット、ラーヴェンスブリュック、ダッハウ、ブーヘンヴァルトであった。オイゲンは、ポーランドの収容所で全ヨーロッパからのユダヤ人たちが大量殺害されているという情報があることを教えてくれた。ガス室についてのうわさも話してくれたが、それがすべて事実なのかどうかはわからなかった。しかし、ゲアハルトはそのような話など全く信じられなかった。いくらナチだとしてもそのような犯罪は行わないと思ったのだ。

フィンクの秘密書類の中にゲアハルトは、国防軍にあてた匿名の差出人の手紙を見つけた。その手紙には、トゥールーズの輸送司令部の士官用食堂に雇われているボーイがレジスタンスの一員だとあった。彼はガイヤールといい、本名はリーディンガーだと書かれていた。手紙の余白には司令部の保安担当責任者による「即刻逮捕」というメモ書きがあった。メモが書かれてから二日たっている。リーディンガーを救うのにはもう遅いかもしれないし、フィンクが彼を試すためにわざと金庫を開けたままにしておいたのかもしれないとも考えた。しかしゲアハルトは行動にでることを決心した。仕事が終わると電話ボックスに行き、司令部に電話した。彼は電話交換手に声色を変えて、ガイヤール氏の家族が事故にあって、至急彼に伝えなくてはならないと言った。ガイヤールがようやく電話に出てきたところで「私は仲間です。あなたの逮捕がせまっています。姿を消してください」と伝えた。

数週間後、ゲアハルトはフィンク伍長の話でボーイが逃亡に成功したことを知った。ゲシュタポは大変な騒ぎになった。彼らはどこから情報が漏れたかを探った。さらに囚人輸送への武装パルチザン部隊の襲撃が頻発するようになった。ゲアハルトは、開いていたドアから、フィンク伍長と保安部責任者のヴェヒトラー大尉との会話を聞いた。ヴェヒトラーは、「テロリストたちはいつ囚人輸送列車が走るか正確に知っているかのように」襲撃は狙いをさだめて起こされている、と言っていた。ゲアハルトは自分の仕事に意味があることがわかり、誇りを感じ、高揚感を禁じ得なかった。同時にもっと注意深くしなくてはならないと自戒した。

ある朝、ゲアハルトは部屋のドアが激しくノックされる音で目が覚めた。五時半だった。ドアの前には非常におろおろした家主夫人が立っていた。彼女は、ゲアハルトと話したいとドイツ兵一人が家のドアの前に立っていると伝えてくれた。ゲアハルトは庭を通って逃げようか考えたが、もし逮捕ならば、兵士が一人だけで来ることはないだろうと思った。家主夫人は、兵士はゲアハルトの友人だと言っていると伝えてくれた。それは、ゲアハルトと実際少し親しくなっていたヴァイニンガー伍長だった。ヴァイニンガーは司令官付運転手だった。彼は息を切らしたような状態でゲアハルトの前に立ち、今日にも逮捕されるのですぐに逃げるようにと言った。ヴァイニンガーは前日の晩、保安部責任者のヴェヒトラー大尉を車に乗せたことを話してくれた。大尉はほかの将校と「すぐあのラバンとやらを逮捕しなければならない」と話していたということだった。ヴァイニンガーはゲアハルトに、どこかに車で連れて行こうと申し出てくれた。ゲアハルトは大型の国防軍のリムジンの後部座席に隠れた。彼は、オイゲンから緊急の場合の隠れ家として与えられていた住所に行くようにヴァイニンガーに頼んだ。その場所から何本か手前の通りで降りた。彼はヴァイニンガーに感謝し、立場を変える気はないかと聞いた。ヴァイニンガーは驚いて彼を見、それには答えず走り去った。

緊急事態が起きたときのために与えられた住所は薬局だったが、店はまだ閉まっていた。白髪まじりで、ずんぐりした薬局の店主が扉をようやく開けるまで、ゲアハルトは建物の共用廊下で待っていた。なぜ彼がここに来たかをゲアハルトが説明すると、その男は急いで彼を店内に入れた。日中ずっとゲアハルトは軟膏や魚の目軟膏の匂いのする薬の倉庫に隠れていなくてはならなかった。夕方になるとオイゲンが、この格好では決して検問を受けることはないと語っていたようなエレガントなラクダの毛のコートとダークスーツ姿でやってきた。オイゲンはゲアハルトのために新しい身分証明書をもってきた。今度の名前はジャン＝ピエール・アリエージュで、一七歳の事務員ということになった。新しい写真も必要だったが、それは薬局の店主の知人が調達してくれた。翌朝ゲアハルトはオイゲンと一緒にバスに乗り、五〇キロ北に走った。彼らは小さな通りや田舎道を歩き、森の縁にある一軒屋に到着した。ゲアハルトは次の任務が決まるまでそこにしばらく滞在することになった。その家でゲアハルトは彼と同じように次の任務を待っている四人の元スペイン共和国軍兵士と二人のドイツ人亡命者に会った。晩には男たちが暖炉に火をおこした。スペイン人の一人がアナグマの生息する穴を掘り起し、ゲアハルトはそのアナグマを調理した。赤ワインを飲んで、話をしたが、自分たちの非合法の仕事のことだけは安全上の理由から話してはならなかった。一週間ゲアハルトはその森のはずれの家にとどまった。彼は用心せずに済む人間と一緒であることを楽しんだ。フランス語なまりなどつけずに、ドイツ語をまた話すことができたが、なまりをつけずに話すのはすでに難しくなっていた。

ゲアハルトは緊張から解き放されたとき、何が彼の中で起こったのか、何を思ったのだろうか。疑問や不安はなかったのだろうか。あっさりやめてしまい、逃げ出して、この闘いから脱け出したくなることなど、そうした気持ちが彼には起こらなかったのだろうか。逮捕を免れたのは幸運にすぎなかったのではないか。彼は、次はどうなるか考えなかったのだろうか。彼の半生記は、以前僕や僕の母親に話してくれていたのと同じような感じだった。それは確信に駆られた勇敢な若い男の物語だった。自分と家族の命を脅かす敵と闘う以外に何の選択肢もない若い男性だ。この若い男は迷いも疑いも知らなかった。彼は闘った。しかし本当にそうだったのだろうか。強い信念の前には邪魔になるような感情や弱さが消えてしまうなんてことが本当にあるのだろうか。それとも彼はすべてを押しやったのだろうか。彼は自分が弱くなることを自ら禁じたのだろうか。

レジスタンス闘士になる以前、ゲアハルトは繊細でひ弱な少年だった。シューベルトの悲歌に涙するような少年だった。一九四四年九月に撮影された、フランス軍少尉となったゲアハルトの制服姿の写真がある。ベレー帽をかぶった彼は夢想家のようで、とても軍人らしくないまなざしのため、兵士ではなく詩人か歌手に思われた。軍服は彼には仮装のようだ。半生記にゲアハルトは、トゥールーズからの脱走後、同志から気持ちを整理するために休養を取るように言われたと書いている。彼はこの申し出をきっぱりと断り、新しい任務を要求した。早ければ早いほどよいとも。彼は役に立ちたかったし、成功したかっ

フランス軍少尉のゲアハルト（1944 年）

たし、闘えばそれなりにむくわれると考えていた。ゲアハルトが常に立てていた問いの一つは、自分のしていることははたして十分なのだろうか、もっとやらなくてはならないのではないだろうかというものだった。非常に強力な敵と比べ、彼には自分が小さく非力のように思われた。

僕は文書館で連絡員のオイゲン、本名ヴェルナー・シュヴァルツェのゲアハルトへの評価を見つけた。オイゲンはゲアハルトが「せっかちすぎ、激しすぎるが、おそらくそれは彼の若さと関係している」と書いていた。オイゲンはゲアハルトの勇気と献身ぶりをほめた。「しかし、注意深く行動しようとする警戒心に欠けている。成果を無理に得ようとする傾向がある」。

第10章

拷問

ゲアハルトの逮捕

一九四四年一月中旬、ゲアハルトはトゥールーズから一〇〇キロ離れたカストルという小さな町に送り込まれた。その町には、対パルチザン作戦のためにフランスに投入された主にソ連軍戦争捕虜からなるドイツ国防軍師団が駐屯していた。彼の任務は、捕虜教育担当のドイツ人将校たちと接触し、彼らがその部隊の戦闘能力をどう評価しているかを探り出すことだった。オイゲンは、国防軍はカストルには選び抜かれた人物だけを送りこんでいるため、これは非常に難しい任務だと言った。もしとても難しいようだったら、危険を冒さず活動を中断するように、とも言われた。別れ際にオイゲンは「注意が最高の鉄則」と言った。

カストルは、トゥールーズに比べ、とても見通しのよい町だった。すぐに勝手がわかったが、それは同時に簡単に目につくということでもあった。川幅の狭いアグー川が町を二分していた。川には四本の橋がかかっていて、町を横切ろうとすると橋を渡らざるを得ないため、橋は警察による手入れには格好の場所だった。ゲアハルトは、オイゲンから住む場所を提供してくれる紡績工の夫婦の住所を受け取っていた。夫婦の住む家は川沿いにあった。夜、彼は約束した時間に三階のドアをノックした。三回短く、間をおいて一回。彼を受け入れてくれたのはノエミとマルセルという夫婦で、ゲアハルトはポールと名乗った。夕食を取りながら、二人はカストルでのレジスタンスの仕事を説明してくれた。数週間前からレジスタンスは、ソ連兵捕虜が教育を受けている兵営にビラをもち込んでいた。捕虜とのコンタクトはあったが、肝心の将校とはなかった。ノエミとマルセルはゲアハルトに、ゆっくりと仕事にとりかかるようにと忠告した。国防軍は捕虜たちのことを信じていなかったため、防諜専門の腕利きをごっそりカストルに送り込んでいたのだ。

彼は最初の数日間、町を回ってみた。夜にはドイツ人将校たちがいくつかの酒場、特に劇場近くのガンベッタ通りのビストロで会っていることがわかった。石階段を降りた地下に、黒っぽく仕上げられた木製のテーブルとベンチが並んでいた。そこではドルドーニュやアルマニャックの赤ワインが闇価格で飲めた。夜八時以降、ビストロは客であふれかえっていた。ゲアハルトはほかの客と交わり、数週間後にはドイツ人の常連客は彼の存在を気にとめなくなった。彼らは天気や、アルコールの値段の高さ、国の家族について話していた。ある晩、ゲアハルトはギュンター・ヴェゲナーという下士官と話をかわすようになったが、彼は東部戦線で敗北が迫っていること、アメリカ軍がフランスの海岸に上陸する可能性など、戦況について自分から率直に話してくれた。彼はロシアで前線にいたが、負傷したためフランスへ転属させられてきていた。彼は「このいまいましい状況がいい加減終わってくれればいいのに」と言い、何か促すようにゲアハルトを見た。ゲアハルトは、あまり急には親密になりたくなかったので、話題を変えてパリの学校での愉快なエピソードについて話した。別れ際、下士官のヴェゲナーは、カストルで生活を始めてから一番のすばらしい晩だったと言った。彼らはまた三日後に会う約束をして、別れた。

翌週からゲアハルトはヴェゲナーと定期的に会うようになった。一度一緒にオペラに行き、「トスカ」を観たこともある。第二幕で、トスカが警視総監を刺し、高い音域の声で「この男のために、ローマ中が震え上がっていたんだわ」と歌うと、天井桟敷から「それでカストルは誰に震え上がっているんだい」という声が上がった。すぐさま室内灯がつき、幕が下ろされた。観客によるブーイングが起きた。しばらくすると支配人が舞台にあらわれ、禁じられたヤジがあったので、警察の命令により公演は中止されたとアナウンスした。

ヴェゲナーはこの出来事にすっかり気持ちが動揺しているように見えた。フランス人の敵意に心おだやかならぬ様子だった。もし戦争に負けたら、ここの人たちは自分のような人間に何をするだろうか、と彼はゲアハルトに尋ねた。二人は劇場近くのビストロへ入った。ワインを数杯飲んだ後、ヴェゲナーは東部戦線について話した。彼はあるとき焼き払われた村を車で走りぬけたことがある。すっかり焼けて炭化した瓦礫の上で、三歳ぐらいの子どもが座ったまま泣いていた。ヴェゲナーは車を止め、子どもを抱き上げようと、車から飛び降りた。しかし、彼の隣に座っていた少尉は、そんなロシアのガキはほっとけ、と叫んだ。ヴェゲナーは吹雪の中、家畜運搬用貨車に追いやられていた男女、子どもたちの話をした。「動物のように」と言い、そして黙った。

ゲアハルトはヴェゲナーに、国防軍がソ連とフランスで行った戦争犯罪を扱ったビラを渡すことを決意した。彼は通りでビラを拾ったと言い、鞄からそれを出そうとした。その瞬間、ドアがぱっと開き、小銃を構えた三人のドイツ人憲兵隊がビストロになだれ込んできた。彼らはゲアハルトとヴェゲナーが座っているテーブルにやってきて、指揮官がゲアハルトに「逮捕する。逃げようなんてまねをしたら、撃つぞ」と叫んだ。憲兵隊はゲアハルトをドアに押しやった。通りには人影がなかった。五〇メートル先の右側には黒いシトロエンが二台エンジンをかけたまま停車していた。ゲアハルトは前の車の後部座席に押し込まれ、車は猛スピードで走り始めた。ゲアハルトには、飛ぶように過ぎ去る家々、彼の両脇を挟み込んだ二人の監視人の制服、すべてが、まるでヴェールを通して見ているかのようだ。彼は上着の内ポケットに入れたビラとニセの身分証のことを考えた。ゲシュタポの監獄では、自白を強要するため、電流が通った針金や焼けた鉄で拷問することを知っていた。彼は身体が一気に冷たくなり、感覚がなくなってしまったように感じた。不安のあまり泣きそうになったが、どうにかもちこたえた。

車は営庭に入り、ゲアハルトは衛兵室に連れて行かれた。数人の将校が事務机のまわりに立ち、その中にはヴェゲナーもいた。彼はちょうど受話器を取り、わざとらしく静かに「中尉殿、彼を確保しました」と報告しているところだった。ゲアハルトのポケットが調べられ、ビラが見つかった。ゲアハルトは二階の事務所に連れていかれた。緑のランプシェードの灯りの下の事務机には、白い髪で赤い目をした男が座っていた。アルビノだった。彼は防諜局、国防軍の情報部隊の中尉だった。アルビノはビラを手にし、「これを配るといくらもらえるのかね」と言った。ゲアハルトはよく考えもせず「そんなことは、お金のためではなく、信念から行うものだ」と答えた。彼は何も考えずに返事をしてしまって失敗したと思った。なぜならば、非合法ビラを配ったことをあっさりと認めてしまったからである。ゲアハルトは、これ以上は何も言うまい、特に誰のことも漏らすまい、氏名も住所も漏らすまいと、固く心に決めた。どれほど苦痛が大きかろうと。

アルビノは連絡員について聞いた。ゲアハルトはオイゲンとは全く正反対の人物について述べた。

小柄で禿げてはいるが、髪の毛は濃い茶色。彼はモーリスと名乗るその男に会うのはいつも通りでだけだと言った。アルビノは「それでは名無しは背の高い男というわけだ」と笑った。彼はカストルで配られたビラについて聞いてきた。ゲアハルトは、配布はすべて自分でやったことだと答えた。配ったビラが一枚であれ一〇〇枚であれ結局は違いがないことはわかっていた。アルビノは非常に満足げになり、ビラ配布の件は解明されたことになると言った。彼はゲアハルトを憲兵に連れて行かせた。彼らはゲアハルトを、中庭を通って格子がはめられた小窓のついた平屋に連れて行き、一人が鉄の扉を開けた。ゲアハルトが囚人房に入ろうとすると、憲兵の一人が拳骨で背中を殴ったため、彼は石の床に倒れてしまった。彼が立ち上がる前にもう一人の憲兵が彼におおいかぶさるようにして立ち、軍靴で彼の脇腹をけった。ゲアハルトは息を吸おうとあえぎ、腕で頭を守ろうとした。この瞬間、ほかの囚人房から大きな叫び声が聞こえた。「黙らないか、ロシアの豚野郎！」と一人の憲兵がどなった。憲兵はゲアハルトから離れ、ほかの囚人の扉をけった。ゲアハルトの後ろでドアが閉められ、かんぬきが閉じられた。彼は狭い囚人房で一人きりになった。窓の下には細長い板張りの寝台と毛の粗い汚れた毛布があり、その隣にジャムの空き缶がおかれていたが、それはおそらくトイレ代わりなのだろう。ゲアハルトは粗末なベッドに震えながら身を横たえた。ようやくゆっくりと考える時間がもてた。

なぜアルビノは仲間の名前を暴力で聞き出して彼を尋問しなかったのだろうか。翌日には多くの痕跡が消されてしまうだろうから、証言を得るためには逮捕後の最初の数時間が最も重要だ、ということを彼は知っていたはずだ。アルビノはビラの件が片づいただけで十分だったのかもしれない。彼は自分を拷問しないかもしれないし、また国防軍よりもずっと残忍なゲシュタポに引き渡さないかもしれない。ゲアハルトは自分がレジスタンスの活動について知りすぎていると思った。彼は非常に多くの名前と住所を知っていた。できることならすべてを忘れたい。しかしはたして彼の活動に価値があったのか、彼が何か言うに足るようなことをなしとげたのか、という疑問もあらためてわいてきた。彼は、また急ぎすぎたというミスを犯したことはわかっていた。ヴェゲナーは彼に差し向けられた防衛諜報機関のスパイだったのだろうか。オイゲンは彼が逮捕されたことをどう思っているのだろうか。近くの教会の塔の鐘が深夜を告げ、満月は囚人房の暗い壁を照らした。壁にはキリル文字がびっしり刻まれていた。この房に入っていた囚人の一人は、樹木に囲まれたロシアの農家の絵を壁に刻みつけていた。明け方ようやく彼は眠りについた。夢の中でもアルビノが彼を追跡してきた。アルビノは机に座り、赤い目でゲアハルトをにらみつけ、奇妙な道具で彼の舌を引っ張った。ゲアハルトの口から秘密が全部書いてある小さな紙切れが飛び出した。アルビノは笑い、ますます強く引っ張ったので、すぐに部屋中が紙でいっぱいになった。

翌日は自分の独房で過ごした。数人のロシア人の囚人が物悲しげな歌を歌っていた。伍長が独房の扉を開け、パンを一切れ投げ込んだ。その次の日に彼はアルビノのところに連れて行かれたが、その日にはもうアルビノはゲアハルトが一年近くトゥールーズの輸送司令部に勤務していたことを知っていた。アルビノは最初の尋問調書を机の上に置いた。ゲアハルトはその数行を読むことができた。最後の文章は「二回の厳しい尋問にもかかわらず、新たな手がかりは得られなかった」というものだった。

厳しい尋問とは拷問を意味した。なぜアルビノは上司にむかって嘘をつくのか、なぜ彼のことをかばうのか。アルビノは黙ってゲアハルトの書類をめくり、いく度か頭を振り、一度は微笑みまで浮かべた。彼は、この事案はトゥールーズの軍事法廷で扱われるが、そこには自分の友人がいて、その人に知らせておくと言った。ゲアハルトは連れだされたが、アルビノは励ますように彼に向かってうなずいた。

何年かたって、ようやくゲアハルトはこの防諜部の将校の態度が理解できたと思った。当時、国防軍の機関は解体直前だったのだ。防諜部トップのカナーリス〔一八八七～一九四五年〕提督は一九四四年七月二〇日のヒトラー暗殺の試みに協力した一人だった。長い間この諜報機関をおもしろくなく思っていたSSにとって、これは、この組織に片をつけるための歓迎すべき機会だった。おそらくアルビノは勤務の最後の日々をパルチザンの自白にあてるよりも、もっと重要なことをしなければならなかったのだろう。

翌日の夜明け、ゲアハルトは軍曹と兵士とに連れ出された。軍曹はゲアハルトの手を背にまわし手錠をかけ、「少しでも何かしでかそうとしたら、すぐに射ち殺す」と言った。それからゲアハルトは国防軍のリムジンに押し込まれ、トゥールーズに向かった。街道では、サイドカーのついたオートバイに追い越された。軍曹はピストルを取り出し、車の窓を開けた。彼はオートバイが過ぎ去るまで、緊張を解かなかった。トゥールーズでは通りが人であふれかえっていた。遠くにサン・ミシェルの赤レンガ造りの建物が見えた。正面の大きな入口の前に車が着いたとき、軍曹は車の窓から当直の兵士に書類を手渡し、車は中庭に入っていった。ゲアハルトはオイゲンと市電で刑務所のそばを通ったトゥールーズでの最初の散歩のことを思った。あの頃は本当に楽天的でナイーヴだった。

刑務所の日々は毎日同じように過ぎて行った。朝七時に下士官がホールで「起床」となった。軍用黒パン一枚と代用コーヒーが与えられた。朝食後すべての囚人は二五分間中庭を歩き、水道の蛇口で体を洗うことが許されていた。昼食としては、カブのスープの鉢が扉の差し入れ口から入れられ、晩には、一切れのマーガリンか代用チーズがついた。五日目にゲアハルトは独房から連れ出された。看守が「尋問だ」と言った。ゲアハルトは、トゥールーズ輸送司令部の保安部責任者、ヴェヒトラー大尉が机に向かって座っている部屋に連れて行かれた。二人のSS隊員がヴェヒトラーの左右両側に立っていた。ゲアハルトの心臓は不安からドキドキしていた。「こんなに早く再会するなんて思わなかったかね」とヴェヒトラーは静かに言った。SS隊員の一人は黒い皮手袋をポケットから出し、ゆっくりと手にはめた。

ヴェヒトラーは「本名は何というのかね」と聞いた。「ジェラール・ラバン、ジャン＝ピエール・アリエージュ、ジェラール・ルベール、名前が結構多い」。ゲアハルトが黙ったままでいると、頭に拳で最初の一撃が加えられた。目の前が真っ暗になり、彼は椅子から転げ落ちた。再び立ち上がると、今度は腹に一撃が加えられ、それからSS隊員二人が殴ったり、蹴ったりした。ゲアハルトは軍靴で腹と肋骨を蹴られ、血が彼の口から流れた。彼はほとんど息ができなかった。SS隊員が拷問をやめ、ゲアハルトがヴェヒトラーを見上げると、彼は顔を怒りで真っ赤にさせて、「さあ、全部吐け。否認したって、意味はない」と叫んだ。ヴェヒトラーは士官クラブのガイヤールというボーイの逮捕を警告したのは誰なのかを知ろうとした。ゲアハルトはガイヤールなど知らない、と答えた。ヴェヒトラーはSS隊員に合図を送り、彼らは拷問を再開した。このとき、若い中尉が部屋に入ってきた。彼はヴェヒトラーに、厳しい尋問は刑務所では許されていないと言い、囚人を房にただちに戻すように要求した。ヴェヒトラーは激怒したが、刑務所の将校は自分の決断に固執した。彼は地下の独房にゲアハルトを連れて行かせ、衛生兵を呼んだ。看守は白髪の伍長だったが、ゲアハルトを抱きかかえるようにして、気をつけながら彼を簡易ベッドに横たえた。「ちょっと見せてごらん」、「具合はよくなさそうだが、俺はもっとひどいのを見たことがあるよ、もっとひどいのをな。今、皿と毛布をもってきてやる」と彼は言った。衛生兵は、ゲアハルトの上の前歯が折れ、肺は損傷を受け、肋骨が五本折れていることを確認し、「きっとまたよくなるよ」と言った。

ゲアハルトは、サン・ミシェル刑務所での尋問について僕にも母にも話したことはなかった。彼の半生記にそれが書かれてはいるが、僕たちの誰一人として彼にそのことについてあえて聞く勇気がなかった。あるいは、僕たちは厳しい祖父が涙を流すような気持ちになってしまうことを恐れていたのかもしれない。僕がフランス時代についての彼の本を最初に読んだのは一四歳のときであり、彼が本当にそんなむごい目にあったといったことは信じたくもなかった。祖父はSS隊員の軍靴に踏みつけられて血を流し、恐怖のあまり体をよじらせながら、それでも口を割らなかったのだ。彼は何も話さなかった。彼がどんなに勇敢だったかということは、僕自身が逮捕されたときに初めてわかった。一九八九年一〇月八日、DDR建国四〇周年の翌日の夜だった。僕がつきあっていた彼女、クリスティーネと僕はアレクサンダー広場で二人のシュタージに逮捕された。僕たちは「ノイエス・フォールム」のビラをもっていたため、トラックに乗せられ、警察の建物に連れて行かれた。そこでは一晩中冷たいガレージに立っていなくてはならなかった。翌朝、僕たちは別々に尋問された。僕は自分たちに何が起こるか全くわからなかったので、とても不安だった。僕に洗いざらいしゃべらせるためには、尋問官は一度だけ声を荒らげさえすればよかった。当時ゲアハルトは命の危険があったのに、一言も口をひらかなかった。僕には恐れることなど大してなかったのに、あっさりと降参してしまったのだ。

第11章

敵

パルチザンへ、そして共産党員に

ＳＳ隊員たちによる拷問の後、看守はゲアハルトの独房に二人分の量の食事を運んでくれ、カブのスープには、ときどきいくつか肉のかけらまで入っていた。ゲアハルトはまだ歩くことができず、板張りの寝台の上で何日もうとうとしていた。彼は、連合軍が上陸し、今この数時間の間にもトゥールーズに向かって進軍していると想像した。彼らが到着したら、もちろん真っ先に刑務所が解放される。彼らは自分を独房から連れ出してくれ、全員で祝い、踊り、そして夜にはワインを飲むだろうし、そこにはみんなが思う存分食べられるだけのパンがあるだろうと思い描くのだった。その後まもなくゲアハルトはフランス人青年三人が収監されている房に移されたが、彼らは看守とドイツ語で話すゲアハルトのことをあやしい奴といわんばかりに、不信のまなざしで見ていた。夜、彼らは黙ってベッドに身を横たえ、一人が口笛で歌のメロディーを吹き始めた。ゲアハルトはその「赤い鷹」という歌を知っていた。口笛が終わると、彼はそのメロディーを最後まで口ずさんだ。その青年がどこでこの歌を知ったのか、とゲアハルトにたずねているうちに、二人が一九三六年のヴィルヌーヴでの「赤い鷹」のキャンプで一緒だったということがわかった。不信の念は払しょくされ、ゲアハルトはフランス人たちに暖かく受け入れられた。彼らはもう何週間も前から脱獄の計画を練っていた。シーツでロープをつくり、またナイフも囚人房にもち込んでいて、足りないのは刑務所の塀にロープを固定するフックだけだった。彼らはその計画をゲアハルトに打ち明けた。それは危険なものに思えたが、ゲアハルトはこの刑務所から脱出するためにできることは何でもやろうと思った。彼は要塞から脱出したモンテ・クリスト伯のことを思った。それは昔の愛読書だった。しかし現実の人生でそのようにうまくいくか、確信がもてなかった。

五月半ば、ゲアハルトは二人の憲兵隊員に軍事法廷へ連れていかれた。彼を乗せた車はトゥールーズの混雑した車の流れの中を走っていった。とても天気がよく、女性たちは軽装で、カフェーのテラスでは客たちがおしゃべりに興じていた。まるで何事もなかったように世間では日常が続いていることにゲアハルトは失望した。彼は、自分がおそらく数時間後に死刑判決を受け、それからはいつ銃殺部隊の前に立たされるかが残っているだけだ、ということがわかっていた。ゲアハルトは、一月に死刑判決を受けたものの、まだ処刑されていない一人の囚人のことを聞いた。彼は処刑について、弾丸が肉体を通るときはどのような感じかについて、考えた。温かい日だったが、この考えに寒気がした。

彼らを乗せた車は、一八世紀に建てられた壮麗で、南側に塔が建つ市庁舎（キャピトル）へ向かった。軍事法廷は市庁舎の建物の一翼に設けられ、兵士たちに警護されていた。中庭でゲアハルトが車から降りると、若い少尉がやってきて、彼の弁護をすると自己紹介した。弁護士は開けっぴろげで、感じのよい顔立ちをしていた。彼はゲアハルトの調書を読み、審理をひき延ばすための案をいくつか考えてくれていた。少尉はゲアハルトに、一九三五年にはすでに国籍をはく奪されていたと主張するようにアドバイスした。そうなれば、これは帝国ドイツ人に対する裁判ではなく、無国籍者に対する刑事事件ということになる。それに加え、カストルで彼をはめたヴェゲナー伍長が自分はレジスタンスとかかわりがあるんだと何度か話したことがあるんじゃないか、よく思い出してみたまえと言った。「訴訟書類は書き換えられなくてはダメだし、調査もしなければならないが、それには数か月かかる」と少尉は言った。

ゲアハルトは、なぜ少尉がそんなに自分のことを考えてくれるのか聞いた。すると、少尉はカストルに友人がいて、よろしくと言っていた、と説明した。「あのアルビノですか？」とゲアハルトは聞いた。少尉は「そうだ、そう呼ばれている」と笑いながら言った。ゲアハルトはドイツ人将校からの好意に困惑した。彼は過去この数か月、何人もの国防軍兵士が彼を助けてくれたことを思い、また軍服の人間を単純にすべて悪だと決めつけてはならないとオイゲンが言っていたことを思い出した。

法廷は濃い色調の板張りで、漆喰で豪華に飾られた天井からは大きなシャンデリアが下がっていた。ゲアハルトが被告席に着くとすぐに裁判官が現われ、全員が起立した。裁判長は頬がこけ、細い鉤鼻、片めがねの将軍で、帝政時代のカリカチュアのようだった。起訴理由は、ドイツ国防軍への破壊工作、兵役逃れ、反逆罪だった。検事の大佐は、反逆的組織でのゲアハルトの活動と、それがドイツ国防軍に与えた膨大な損害について、長々と論告をした。ゲアハルトは、自分のしたことがそれほど無意味ではなかったのだという気持ちが一気にこみ上げてきた。彼の弁護人は意見陳述を求め、申立てによればゲアハルトは国籍がはく奪されていることを指摘し、またヴェゲナー伍長の行為も反逆罪にあたる疑いがあるため、彼を法廷に呼ぶよう求めた。裁判長は機嫌が悪く、審理の終結を延期した。裁判長はこれが重大な告発であると考え、上級審で審理が行われるべきだと考えていたからであった。ゲアハルトは、この延期を聞いたとき緊張がほぐれ、思わず弁護人に向かってほほえんだ。裁判長はこれを見て、彼に向ってどなりつけた。「甘くみるんじゃない、おまえには死刑しかない！」。

サン・ミシェル刑務所のゲアハルトの隣の独房には、フランスでイギリスのためにスパイ活動をしたベルギー人将校が入れられた。開いていた窓を通してゲアハルトは彼と話すことができた。そして、このベルギー人が戦況を伝えてくれた。連合軍はすでにローマ近くまで来ていて、東部戦線では赤軍が新たな反攻に出ているということだった。連合軍のフランス上陸は、六月第一週にノルマンディーで計画されていると、ベルギー人は教えてくれた。ゲアハルトは独房の壁に刻んだカレンダーを見た。六月初めまではあと三週間もあった。六月一日の朝、ゲアハルトは彼のベッドを窓に立てかけ、そこに登った。窓から見えたのは青空だった。ほぼ九〇〇キロ離れた北の海岸の天気はどうなのだろう。ベルギー人は、あまりに波が高いと上陸艇を出せないので、上陸は特に海面の状態次第だと言っていた。

トゥールーズではよい天気が続いたが、上陸のニュースはなかった。そうこうするうちにゲアハルトは、新たな審理もないまま、銃殺されるかもしれないことを知った。少し前、彼と同じ廊下の囚人がそのような道をたどった。その囚人の審理も延期されたが、処刑部隊が彼を夜連れ出した。憲兵たちが連れ出し廊下を通ったとき、彼は「奴らは僕を射殺しようとしている！」と叫んだ。それ以来、ゲアハルトはどんな小さな音でも目が覚めてしまい、なかなか寝つけなくなった。廊下で足音がすると、汗びっしょりになりながら、横たわっていた。窓から朝のほの暗い光がさしてくるまで、眠らないままだった。彼は、廊下を代用コーヒーが入った金属のポットがガタガタと運ばれてくる音を聞くと、ほっとした。また一晩生き延びたのだ。

一九四四年六月三日午後、彼らはゲアハルトを連れに来た。ゲアハルトを後ろ手に縛った兵士はパリ近郊のフレンヌに送られると言った。最高軍事裁判所だ。ゲアハルトは、少なくともパリはトゥールーズよりも北部海岸に近いと思った。ナンバープレートにルーン文字のＳＳマークがついた黒いシトロエンで駅まで行った。ゲアハルトは彼らが軍用列車の出入り口を使わないで、一般乗客用の出入り口を使うのに驚いた。彼の護送者は、すでに駅に入っているパリ行急行列車に乗るのを待つ人びとの間をぬって彼を連れて行った。列車の中央あたりに「国防軍専用」という標識のある車両があった。ゲアハルトは輸送司令部で、襲撃の危険を減らすために普通の列車に軍用車両を組み入れることを奨励する報告を読んだことを思い出した。車両の前方部分のコンパートメントを、ゲアハルトの送致を引き継いだ五人の憲兵隊員が占拠していた。

　ゲアハルトは二人の憲兵の間に押し込められた。列車はゆっくり走り、通常の速度で走行することはほとんどなかった。トゥールーズから約六〇キロ離れたモントーバンのすぐ手前で、列車は駅ではないところに停車した。青い制服のドイツ人鉄道員が、停車の理由を憲兵隊員に知らせた。鉄道員は「テロ活動のためだ」と言った。憲兵は交互に眠り、少なくとも彼らのうち二人がゲアハルトを監視していた。午後にはカオールを通過した。太陽は輝き、ゲアハルトは牧場や広大な森を見た。山は急勾配になり、まもなく彼らは中央高地（マシフ・サントラル）に入った。汽車は小さな駅に止まった。「アラサックです。全員降りてください。列車はここで止まります」という大きな声がした。ほかの車両のドアは開けられ、乗客は大挙して降り、押し合いながら改札口をぬけて行った。プラットホームはすぐ空になった。憲兵たちは神経質になっていった。憲兵の一人が「畜生」、「パルチザン地域のど真ん中だ」とうめいた。

二人の憲兵は、いつ列車が出るのか聞きに行かされた。すぐに銃声が聞こえ、二人はハアハア息を切らしながら、駆け戻ってきた。彼らは小銃をもった男たちが駅舎にいると報告した。グアハルトはハッとした。パルチザンだ。部隊を率いる曹長は彼を見て、「期待するな。ここを脱出する前に、お前の頭に一発食らわせるからな」と言った。しかし激しい爆音で話は中断された。一人の憲兵がプラットホームに何が起こったか確認しに行った。彼はすぐに息を切らせながら、蒸気機関車のボイラーが爆破されたことを報告した。町からは戦闘音が聞こえてきた。機関銃の音、長く続く一斉射撃、それから激しい爆音。憲兵の一人が「対戦車砲だ」、と言った。「でもわが軍のものではない」と曹長が言った。二人の憲兵は線路側の窓で守りにつき、ほかの二人はホーム側の守備に入った。すぐにコンパートメントに最初の弾が飛んできた。憲兵は撃ちかえした。しかし、外が暗くなってきたため、何も見えなくなった。「銃口の閃光を狙え」と曹長は叫んだ。しかし、銃声は止んでしまった。一瞬にして静寂が支配し、コオロギの鳴き声が聞こえ、砲撃で割れた窓からは刈り取ったばかりの干し草の匂いが入ってきた。突然ホームで何かが起こった。曹長はゲアハルトにフランス語で叫べと言った。「こちらはドイツ国防軍だ、お前たちは誰か」とゲアハルトは叫んだ。返事代わりに、車両の屋根に機関銃の一斉射撃が行われた。高い声のフランス語で返事があった。「俺たちが誰だかすぐに教えてやる。間抜け野郎」。ゲアハルトは喜んで、それを訳した。

明るくなるや否や、新たな攻撃が始まった。小銃、カービン銃や軽機関銃の銃弾がコンパートメントに当たった。ゲアハルトは床に身を伏せろと言われた。憲兵の一人は左腕を怪我し、ほかの憲兵の頭を銃弾がかすめ、救急包帯から血がしたたっていた。ゲアハルトは、通路に添って、床をゆっくりと体をずらしながら進んだ。突然、車両全体が爆発で揺れた。「ネズミ取りから出ろ！」と曹長が叫んだ。「プラットホームではなく、反対側だ！」。曹長が扉を勢いよく引き開け、外に飛び出すと、ほかの憲兵もそれに続いた。ゲアハルトは頭を上げ、開いた扉を見た。憲兵たちが線路の上を走っているのが見えた。突然、曹長が扉のところに現われた。彼はピストルをゲアハルトの頭に向けた。ゲアハルトには、すべてがスローモーションで見ているようだった。曹長の青白い、ゆがんだ顔、引き金にかけられた指。ゲアハルトは銃口の閃光を見ないで済むように、頭を横にねじった。銃声が聞こえ、衝撃を感じた。生温かい血が彼の顔を流れた。彼は自分が死んだのかと思ったが、死人が問いを発することができないとすぐに気がついた。耳が痛く、身うごきできないまま、じっと横たわっていた。数分たった。ホームから声がした。「さあ、手を挙げて一人ずつ出てこい」。ゲアハルトは立った。「手を挙げろ！」外からもう一度声があがった。ゲアハルトは向きを変え、彼の手錠をみせた。パルチザンの一人が入ってきて、降りるのを助けてくれた。彼は解放された。

ゲアハルトは、自分はパリに送られ、そこでおそらく死刑判決を受け、銃殺されるところだったと説明した。高い声のミカエルというそのパルチザンは、「そうはならなかったな」と言い、ゲアハルトを抱きしめてくれた。ゲアハルトは夢のなかにいるような気持ちがし、笑いながら彼の肩をたたくパルチザンたちの若い顔を信じられない思いで見まわした。衛生兵が彼の耳をヨード剤で拭いてくれたが、実際ひっかき傷のようなものだった。もし彼が頭を横に回さなかったら、死んでいただろう。し

アラサック駅

かし考えている時間などなかった。ドイツ兵はすぐにやってくるだろうから、急がなくてはならなかった。パルチザン部隊の隊長のジョーは、駅の反対側に鍛冶場があって、そこで手錠をとってもらえるだろうと言った。鍛冶屋はずんぐりした筋肉質の男で、ハンマーの一打ちで鎖を切った。黒みがかった褐色の髪の毛の美しい彼の娘は隣の建物へ行き、大きなレバーペーストの缶をもってきた。「すぐまた元気になれるようにね」と言った。彼は彼女を感謝の気持ちで抱きしめ、涙があふれ出た。

　ゲアハルトの解放者は共産党に率いられた「フラン-ティルール・エ・パルチザン・フランセ」、すなわちフランス義勇遊撃隊というパルチザンの一員だった。みんなからトゥトゥと呼ばれていたまだ子どものような一六歳の少年が、「我われ全員が共産党員だ」と言った。アラサックを出て、数時間山道や農道を通り、北に向かった。そして、打ち捨てられた納屋で止まった。ようやく話す時間ができた。ゲアハルトはこの数か月に起きたことを話し、ほかのみんなは息をのんで聞いてくれた。みんなはゲアハルトをパルチザンに加えることを決定した。彼の偽名は「助けられた生き残り」という意味の「ル・レスカペ」となった。彼はイギリス製の小銃をもたされ、ミカエルはその使い方を彼に教えてくれた。同じ日にゲアハルトは、司令官に共産党員になる申請を行った。彼は自分を助けてくれた人たち、一緒にファシズムと闘う人たちに全面的に加わりたかったのだ。解放されたこの日はゲアハルトにとって、第二の誕生日となった。党は彼にとって、運命共同体、家族のようなものとなり、数十年たってもなおそれは、ほかの何よりも重要なものとなった。彼は全生涯を党に捧げることになるが、この日アラサックの駅で感じた感謝や喜びがきわめて強いものだったことは間違いない。ほかの人びとは理念の世界にひきよせられて共産主義者になったが、ゲアハルトにとってそれは体験、感情、友情の問題だったのだ。

さらに三時間ほど徒歩で行進した後、彼らはパルチザンの野営地についた。密生した広葉樹にまもられて、赤や緑、青い絹のパラシュート製のテントがあった。いくつかのかまどや数台の野外炊事車があった。リネンの布の上に平たい田舎風の黒パンがあり、大きな鍋にはインゲン豆と羊の肉の煮込が入っていた。そこにはおよそ二〇〇人の戦士が集まっていた。ゲアハルトはコレーズ県出身の農民の隣に寝た。その農民は自動拳銃を与えられたばかりだった。誇らしげに彼は武器をみせ、カウボーイのように弾倉から薬きょうを飛び出させようとした。そのとき銃が暴発し、弾はゲアハルトの頭のすぐそばを飛んでいった。またしても彼は幸運にめぐまれた。

第12章

勝利者

ドイツ軍の降伏

二日後の朝早く、ミカエルがゲアハルトのテントに飛び込んできた。彼は非常に興奮していた。朝五時からラジオ・ロンドンが暗号メッセージで、連合軍の北フランス上陸を数回伝えていたという。メッセージはフランス語で「ノルマンの森には有名な場所がある」というものだった。ゲアハルトは、サン・ミシェル刑務所のベルギー人将校が正しかったと思った。大隊指揮官は、今日からレジスタンス・グループは全土で攻撃を開始すると、戦士たちに向かって宣言した。要は北へ向かう鉄道と道路をすべて遮断し、国防軍の拠点にねらいをさだめて攻撃することだった。ゲアハルトの部隊は、ほかの部隊とともに県庁所在地のテュルを攻撃することになった。テュルでは一〇〇人かそこらの重装備の国防軍兵士が、学校の建物内にたてこもっていた。パルチザンは二台のトラックとバスで町の境まで来た。ゲアハルトは、ミカエルと一緒に道を偵察する斥候班（せっこうはん）に入れられた。身をかがめながら、ミカエルの後に続いて走った。今から始まろうとしているのは、彼にとって初めての本当の戦闘だった。ゲアハルトは半生記に次のように書いている。「銃撃や交戦の際に自分を襲った極度の興奮は、実は恐怖心という語で言い表されるものであった。そう認めることができるようになるまでに、だいぶ時間が必要だった。しかし、自分の興奮を気づかれないように常に努めていた。だから、その日ミカエルについていくのが自分にとってどんなに困難なことだったかを、きっと彼はわからなかったに違いない」。

道路には人気がなく、数百メートル離れたところから一斉射撃の音が聞こえ、ほかの部隊が学校に到着したことがわかった。ゲアハルトたちは学校の建物までの道を探りながら進み、低い塀の後ろに隠れ、学校の窓やドアにむかって射撃した。学校の建物からドイツ語で命令する叫び声が聞こえ、それから三階で機関銃の発砲が始まった。ゲアハルトの右側では戦友が首を撃たれ、地面を転げまわり、苦痛で叫んでいた。ゲアハルトは布で止血を試みたが、うまくいかなかった。いくつもの迫撃砲弾がビュンビュン飛んできては地面に喰い込み、土や石が飛び散った。彼の後ろでは弾が命中し、二人が地面に倒れた。「撤退！」とミカエルは叫び、部隊は退却した。

　翌朝になってようやく、ゲアハルトたちは新たな攻撃を開始した。学校の屋根組みを燃えあがらせることに成功すると、ドイツ兵たちは脱出しようとしたが、雨のように銃弾が降り注ぐ中、その試みは放棄され、四〇名ぐらいの兵士たちが降伏した。ゲアハルトは敗北したドイツ軍兵士を初めて見た。彼らは学校の入口の前でパルチザンに取り囲まれ、疲れきって、うなだれたまま立っていた。ゲアハルトは捕虜に対して、「自分たちの仲間がお前たちによって斃（たお）れ、殺害されたにもかかわらず」何も危害は加えないと保証した司令官の言葉を通訳した。ゲアハルトは半生記で、「私は通訳し、それから私たちはフランス人民の軍隊である、と自分の言葉をつけ加えた。ドイツ人たちは私の顔をまともに見ることができないようだった」と書いている。

　ゲアハルトは当時、自分をどこの国の人間だと感じていたのだろうか。ドイツ人？　フランス人？　彼がドイツを去らなくてはならなかったのは、一〇歳のときで、今は二一歳になっていた。彼はフランスで成人したのだ。ドイツ人は彼にとって、迫害者、殺人者だったが、ときには救済者でもあった。

彼が手記に「世界にとてつもない災いをもたらした」「このチュートン人の犯罪者たち」と書いているのは、なんとか距離をおこうとしているのではないか。自分自身とこの人たちの間につながりがあるかもしれないという疑念を振り払おうとするかのようだ。かつてゲアハルトは、彼がドイツ人だと知ったパルチザンから握手を拒絶されたことがある。「自分の出身地にも立派な人間がいるということを、どうやってその人にわからせることができるのか」とゲアハルトは自らに問うた。これは、彼自身そのことを信じることになお問題を感じているようにも響く。トゥールーズの軍事法廷では、彼は自分自身をフランス人と密接な結びつきをもつドイツ人と思っていると供述した。裁判長は、「そんなことがあるか！」、「不倶戴天の敵と結んだものはドイツ人ではない」とどなった。ゲアハルトはフランス人の戦友をうらやんだが、それは彼らにとってすべてが非常に単純で明快だったからだ。「私も彼らのようにドイツ人を憎みたいが、それはできない」と、彼はテュルで書き留めている。

町の通りではミュゼット・ワルツの音楽に合わせて、若い女性が肩に小銃をかけたパルチザンと踊っていた。窓にはフランス国旗がかかげられていた。テュルの人びとは解放を祝っていた――しかしこれは少し早すぎた。二時間後には重砲と戦車のエンジン音が聞こえた。ゲアハルトの部隊はこの時点ですでに町の北のなだらかな丘に陣地をかまえていた。そこで彼らには戦車の隊列が南から近づいてくるのが見えた。ゲアハルトは、ドイツ人負傷兵と一緒にテュルの病院にいるおよそ二〇名の負傷したパルチザンのことを考えた。ミカエルの戦友数名が爆薬や武器や弾薬類がぎっしり詰め込まれた二台のゲシュタポのリムジンを押さえた。車はすぐに安全な場所に移さなければならなかった。ゲアハルトはその一台を運転するように言われた。

ミカエルは自分の方がこの地域を良く知っているので、もう一台の車で彼よりも前を走ると言った。しかし、カーブが多い道だったため、お互いを見失ってしまった。ペルペザックールーノワールの少し手前で、通りに女たちが立っていて、手を振って合図をしてきた。ゲアハルトは車を止め、ドアを開けた。一人が叫んだ。「お若い方たち、すぐ引き返すのよ。さっきもう一台の車が次のカーブで止まっていたドイツの戦車にぶつかってしまったわ」。ゲアハルトと三人は車から飛び降りたが、ちょうどその瞬間オートバイでドイツ軍兵士がやってきた。ゲアハルトたちは小銃で彼を狙い、オートバイに乗っていたその兵士は道路の側溝に倒れた。戦車が角を曲がり、彼らを機関銃で撃ってきた。ゲアハルトとほかの三人は森に逃げ込み、弾は彼らの頭上をこえて樹木の枝にあたった。彼らは森の深いところまで走り、少し小山になっている場所で疲れきって地面に倒れた。ゲアハルトは、ミカエルや彼と一緒にいた人たちは逃げることができただろうかと思った。

彼らはどうにか宿営地にたどり着いた。もう戦友たちは何が起こったか知っていた。彼らは、ミカエルと二人の戦友がSSに逮捕され、ユゼルシュに連行された、と話した。ミカエルはその一時間後、村人の前で街灯につるされたという。ゲアハルトは話をとても聞いていられず、テントに身を横たえ、目を閉じ、遠くにいってしまいたいと思った。ミカエルがアラサック駅で彼を助けてくれてからわずか五日間しかたっていなかった。彼を解放してくれた人はもう死んだ。もしミカエルが先頭の車に乗ると言ってくれなければ、今頃、自分が街灯につるされていたかもしれない。
テュルに侵攻した武装SS師団「ダス・ライヒ」が九九人の市民をパルチザンの攻撃に対する報復として縛り首にしたことが、三日後に明らかになった。傷を負って病院に残された戦友は、その日の夕方、うなじに銃弾を撃ち込まれて殺害された。翌日、ダス・ライヒ師団は怒りをこめてテュルからさほど離れていない、小さな村オラドゥール-シュル-グラヌに行った。そこで数時間の間に村の男女や子ども六四二人を殺害した。この命令を下した武装SS将軍のハインツ・ラマーディング〔一九〇五〜七一年〕は戦後デュッセルドルフで平穏な人生を送り、一九七一年、裕福な企業家としてベッドの上で安らかな死を迎えた。戦後フランスではラマーディングの出廷のないまま、裁判で彼に死刑判決が下されたが、ドイツでは彼を裁判にかけることはなかった。数年後、ゲアハルトは、ミカエルを絞首刑にしたのはラマーディングその人であることを知った。将軍はユゼルシュでミカエルをつるした街灯の前の家に宿泊していた。目撃者によれば、彼はパルチザンの死に際を客間の窓から見ていたという。

僕が一四歳ぐらいのときだったと思うが、あるとき、ゲアハルトとベルリンの壁について話したことがある。僕は、いわゆる「反ファシズムの防護壁」は、DDR市民が西に行くのを阻止しているだけで、ファシストと言われる人びとはいつでも来ることができるではないか、と言ってみた。するとゲアハルトはミカエルとラマーディングのことを話した。最後にゲアハルトはそのような犯罪者を遠ざける壁があることは喜ばしいことだと言った。この話に衝撃を受けた僕は、二度と彼の前で壁のことを話すことができなかった。八月一六日、パルチザンはもう一度テュルに来た。駐留ドイツ国防軍はすでに降伏を受けいれると宣言していた。ゲアハルトは戦友とともに、トラックの荷台に立っていた。うかれた雰囲気で、愉快な話をしたり、闘争歌を歌ったりした。その二週間前にゲアハルトは少尉に任命され、国防軍の基地引き渡しの監視任務を担当するパルチザンのグループを率いることになった。午後、ドイツ国防軍からの使者がパルチザンへの連絡のためやって来た。使者はその準備状況を確認できるように、フランス人将校一人にその基地に一緒に来てもらうことを提案した。ゲアハルトは使者に同行し、国防軍の基地となっていた森まで車で行った。門に立つ歩哨たちは小銃をもったパルチザンを見て驚いていた。しかし歩哨は彼を通した。ゲアハルトは、一人でここに来たのは間違いだったのではないかという思いが頭をよぎった。ワナかもしれないが、もう遅かった。その基地の責任者の大佐は、彼に駆け寄り、大げさな言葉で歓迎の挨拶をしてきた。ゲアハルトが「レスカペ少尉」だと名乗ると、大佐は「自分は少尉殿がすぐにお越し下さったことを有難く思っています。あらためて感謝申し上げます」と言った。彼はお辞儀までした。ゲアハルトはこの男のへりくだった態度が不快だった。もし、自分が少し前に、この将校の捕虜になっていたら、どんな扱いを受けただろうか。大佐は彼の先を歩き、地面を掘って隠してある四門の大砲を指差した。「少尉殿。降伏の取り決めまで、大砲を掘り出すのは時間が足りません。あと二時間必要なのですが」と言った。ゲアハルトは「二時間延長してよいが、しかしそれ以上は許されない」と言った。「承知しました」と大佐は言い、軍靴のかかとをカチッと合わせた。

ゲアハルトは森の道を戻った。すべてが現実のものとは思えなかった。突然彼は勝者側となり、つい少し前まで圧倒的に優位に立っていたドイツ人たちが彼に敬礼をするようになった。スローモーションのようにさまざまな光景が彼の頭の中を駆け巡った。トゥールーズの刑務所、アラサックの駅、テュルの戦車。勝利を味わうことなく死んだミカエルやほかの戦友たちのことを思った。二時間後、国防軍の連隊が道を降りてきた。六〇〇名が隊列を組み、先頭には大佐がいた。パルチザンは両側から隊列を護衛した。テュルについたとき、町の中心から歌声が聞こえてきた。何百人もが歌う『ラ・マルセイエーズ』だった。

第13章

玩具

ナチ党員になった父方の祖父ヴェルナー

僕は車に乗りこんで、ベルリン‐カーロのヴェルナーのところに行った。僕は緊張していた。過度に神経質になっていたのだ。僕は、彼を訪ねるのは孫としてではなく家族史研究者としてであるから、何の問題もないと思っていた。でも、ことはそんなに簡単ではなかった。彼と会うのは二度目だった。前回は一四年前で、父親と一緒だったため気持ちは楽だった。僕は親子の再会を観察する立場だった。今度は僕が祖父に会うのだ。これは普通のことに聞こえるかもしれない。でも僕はこの男の何を知っているのだろう。また、彼は僕の何を知っているのだろう。僕は電話で自分が何者であるかを説明しなくてはならなかった。彼は僕の名前を忘れていた。「ヴォルフの長男です」と名乗ると数秒の沈黙があった。僕には彼の息遣いが聞こえた。「ああ、ヴォルフの息子か。来なさい」、彼はそう言った。

彼は階段室で僕を迎えてくれた。豊かな白髪で、深い眼窩の奥に目があった。彼は九五歳だったが、にっこりすると若く見えた。ヴェルナーはよくにっこり笑った。僕は、本を書きたいので、彼の人生についていくつか質問したいと説明した。彼は耳が遠く、さらに二回同じことを言わなくてはならなかった。ヴェルナーはよろよろした足どりで僕を居間のガラスケースのところに連れていった。ガラスケースには黄色い古びた身分証明書が立てて飾られていた。ハーケンクロイツがついた鷲のマークのスタンプが押してある身分証明書写真には、もみあげを剃り、ポマードで前髪を固めた真面目なまなざしの青年がいた。それはヴェルナーの一九三六年のオリンピックへの参加証明書だった。「あれはすばらしい時代だった」とヴェルナーは言った。「ほかのどんな時代に比べても」。ヴェルナーは開会式のセレモニーに参加することが許された。ベルリン・オリンピックスタジアムで、彼はほかの数千人の人びとと一緒に芝の上でマスゲームを行った。彼はスタジアムの一番上から撮影されたこのマスゲームの写真をもっている。選手たちは小さな白い点にしか見えなかった。彼らは大きな十字（クロイツ）と五輪を形づくった。僕はこの十字が何を意味するのか、ハーケンクロイツの形になる前の段階なのか、わからなかった。でも僕は、背が高く、ダークブロンドで、灰色がかった青い目の若者ヴェルナーがこのような演出によく合っていたことはわかった。僕たちは少し話をしようとして、祖母のジークリートと彼がどうやって知り合ったか聞いた。彼は考え、目を閉じ、下あごをもぐもぐさせた。彼は集中し、記憶をたぐりよせようとしたが、何も思い出せなかった。ついに彼はあきらめ、目を開き、きまり悪そうに肩をすくめた。彼のところに来るのは遅すぎたようだった。

　ヴェルナーは戸棚からアルバムを取り出した。もしかしたら、それで記憶が戻るかもしれない。白黒写真

OLYMPIA AUSWEIS
№21986
XI. Olympiade Berlin 1936
Gültig bis 17. August 1936
EIGENHÄNDIGE UNTERSCHRIFT
Werner, Heinrich, Paul Schwieger
VOLLER NAME
29.11.1913 | Berlin
GEBURTSTAG | GEBURTSORT
Freienwalder Str.38
STRASSE UND HAUSNUMMER
Berlin N.20 | Deutschland
WOHNORT | NATION
ORGANISATIONSKOMITEE FÜR DIE
XI. OLYMPIADE BERLIN 1936 E.V.
PRÄSIDENT | GENERALSEKRETÄR

ヴェルナーのオリンピック参加証明書

はきちんと貼られ、説明が書かれていた。一九三八年冬のチロル・アルプスでのスキー休暇では、ヴェルナーは長椅子で日光浴をしていた。一九三九年ランクヴィッツにおける高射砲の訓練中の写真では、伍長の制服を着て誇らしげに背筋をぴんとさせ立っていた。一九三六年のヴァン湖(ゼー)での避暑では、ヴェルナーとジークリートがビーチバスケット〔水浴場に備えられている籠状に編まれた椅子〕に寄り添って座っていた。ページの隅にドイツ文字で「僕の夏期休暇」と書かれていた。一九四〇年パンコーの市民公園では雪の中で軍用コート姿で笑っていた。一九三七年の聖霊降臨祭ではミュゲルベルゲンで、ヴェルナーは体操クラブの仲間とファウスト＝バル〔ドイツ式バレーボール〕で遊んでいた。このアルバムでは「第三帝国」はまるで楽しい夢のような休暇に思われた。

僕はだんだん気持ちが落ち着かなくなってきた。写真のすべては、僕がこの時代について抱いていたイメージに全くそぐわなかった。この笑顔、屈託のない態度に違和感を抱かせられたのだ。僕は同じ時期にナチを逃れてフランスを転々としていたゲアハルトのことを考えざるを得なかった。ヴェルナーは青年時代の写真に完全に埋没し、物思いにふけりながら微笑んだ。彼は「すばらしかった」とつぶやき、黄ばんだ写真を指でなでた。僕は聞きたいことがあったが、言い出せなかった。いずれにせよ、おそらく彼には僕の質問が理解できないだろうと僕は自分に言い聞かせた。だれでも、どんなに状況が好ましくないものだったとしても、自分の青年時代を美化しようとするものだ。ヴェルナーはナチからほど遠かったに違いない。しかし、こういうふうに考えても、僕の気持ちは落ち着かなかった。この男は僕が抱いてきた家族像を混乱させた。自分が抵抗運動に加わったユダヤ人家族出身であることは、僕にとって明白なことだったのに、ここにヴェルナーが登場して、ナチ時代はどんなにすばらしかったかを示したのだ。この男を自分に近づけるという考え、つまり彼が僕の家族の一員であり、僕が彼の家族の一員であることを受け入れる、そう思うと僕はがくぜんとした。

それでも僕は写真をあらためてじっと見てみた。彼と僕が似ていることに驚かされた。彼は僕と同じように脚が細く、同じように少し前かがみの姿勢で、鼻も、口も、横顔も同じだった。今ようやくジークリートお祖母さんがなぜ僕がヴェルネルレ〔ヴェルナーの愛称〕の若いころに似ているといつも言っていたかがわかった。ヴェルナーがテントの前で横向きに寝転び、左ひじで体を支えて、何か食べている写真がある。全く同じようにして父が食べているのをよく見たし、僕もピクニックに行ったときはそういう風に横になった。僕はこの男を簡単には拒否できない。彼は僕に近すぎる。彼が誰なのか、僕は知りたくなった。

僕は特に、ヴェルナーがナチだったのかどうかをどうしても知りたかった。ヴェルナーは書類が入ったファイルをいくつか戸棚からもってきた。ヴェルナーはすべてを保管し、きちんと整理していた。少なくともそれだけは言えた。僕は彼がＳＥＤ入党申請のために五〇年代に書いた履歴書を読んだ。彼は自分の「第三帝国」時代の政治的態度は「あいまいで、感情的なものだった」と書いていた。「この時期、父の政治的立場はナチズムに傾いていた。父と議論をすると強い疑念と葛藤が生じた。僕はデモに参加するようにという催促を拒否した。僕は批判的な傍観者的態度をとった」。ほかのファイルにはヴェルナーの「アーリア人確認証」があり、登記所と教会の記録から「少なくとも三世代にわたって、アーリア人の血統である」ことが証明されていた。彼は僕にグレーの麻布の表紙の本をくれた。それを彼は自分で印刷し、製本したのだ。これは八〇年代の終わりに「後世の人びとのために」書き記した彼の半生記だった。ヴェルナーの自己顕示欲は僕には幸運だった。

その後僕は自宅に戻って、その半生記を読み始めた。ヴェルナーはウッカマルク郡の農村、ゲルリッツに住む祖父母の農家で育った子ども時代のことを書いていた。彼の父親は土木技術者だったが従軍中で、母親は結婚前、店員として働いていたが、ベルリンで息子と一緒に暮らし続けるだけのお金がなかった。ヴェルナーの祖父は馬二頭、乳牛二頭、豚三頭、何羽かのニワトリ、たくさんのガチョウを飼っていた。四歳のヴェルナーはそのガチョウの世話をしなくてはならなかった。毎日、どんな天気でも、彼はガチョウをエサ場の草地に連れて行った。ときにはガチョウが飛んで行ってしまい、ヴェルナーは追いかけ、捕まえなくてはならなかった。晩にはあまりの疲れで、夕食の最中に寝てしまうことさえよくあった。祖父は頑強な人間で、濃い眉をしていた。元警察官の祖父は当時役人で、村の登記所で働いていた。ときどき、ヴェルナーは村の結婚式のときに婚礼の間に忍び込んだ。彼は書類戸棚の後ろにあるドアの左側に立ち、じっと大人しくしていた。ヴェルナーはいつも花嫁が花婿よりもずっと若いことに気がついた。祖父は後で彼に、農民たちは互いの農地の兼ね合いも考えて、農家の娘を探すことが多いのだと説明してくれた。このような結婚式は特に楽しげということにはならなかった。みなとてもあらたまっていて、結婚式が終わると、花婿はポケットからスキットル〔平らな携帯用の瓶〕を取り出し、男たちは全員強いお酒を一口ぐいと飲むことが許された。

天気が良い時は、ヴェルナーはほかの村の子どもたちと消防ポンプ小屋の隣の沼で泳いだ。大人は子どもたちに、水が危険なこと、沼には子どもを深みに引きずり込むのが好きな沼の精がいることを教え、子どもたちはその沼の精をなだめるために、水浴びをする前に三匹のカエルの死骸を沼に投げ込んだ。子どもたちで水遊びをしているときに祖母に捕まると、ヴェルナーはビンタをくらった。クリスマスには父親が休暇で戦地から戻ってきた。祝祭日には戦闘がなかったためだが、ヴェルナーにはそれはとても合理的なことに思えた。父親はツィーテン軽騎兵（ツィーテンはプロイセンの騎兵部隊将軍の名前）で、金色の編み紐がついた灰緑色の軍服を着て、五つのギザギザがある拍車つきの黒い乗馬用長靴を履いていた。ヴェルナーは、はじめのうち父親とあまりうまく接することができなかった、と書いている。おそらく父親も同じだったのだろう。父親は血色が悪く、細面で髭があり、冬にはその髭から小さなつららがさがった。彼はあまり話さず、疲れた目で、ヴェルナーの頭越しに遠くを見ていた。彼が一番好きなのは、馬の世話をすることと、フランスから持ち帰ったシュナップスを弟と飲むことだった。クリスマスが終わると、また彼は馬で戦場に戻っていった。

第一次大戦が終わると、一家はベルリンに引っ越して、労働者街ヴェディングの小さな住居に入った。部屋が一つと、台所、食料品貯蔵室からなる住まいだった。町はヴェルナーにとって非常に大きく、荒涼とした感じで、すぐにホームシックになった。彼は、あの草原、広々とした空、村の沼、祖父の農家の居間がなつかしかった。父親は発電所で働き、仕事が終わると居酒屋に行き、夜遅くになってからでないと戻ってこないことが多かった。日曜日はソファーに寝転んで、新聞を読むか寝ているかしていた。父親は起こされると機嫌が悪くなったので、ヴェルナーは静かにしていなくてはならなかった。それに対して母親は彼のためにいてくれて、母親とは何でも話せた。ヴェルナーが学校から戻ると食事を作ってくれた。塩漬けニシンとゆでた皮つきのジャガイモ料理か、ベーコンをベースにしたソースがかかった野菜料理だった。食後、ヴェルナーは宿題をすませると外に遊びに行ってもよかったが、街路のガス灯がつくと家に戻らなくてはならなかった。それから二人は台所のテーブルで夕食をとり、ヴェルナーは、今日はパパが家に帰ってくるのか聞いた。母親の目は悲しげで、ヴェルナーはいつしか、それについて聞かなくなった。

父親が夏休みのとき、生活は全く違ったものになった。いつもならビールを飲みに行くのを誘ってくれる同僚に会わなかったので、彼はずっと家に居た。その数週間、彼は荷馬車、馬車、農家の精密な模型を作ったが、ヴェルナーはその模型で遊んでよいことになっていた。今、その玩具はヴェルナーの居間のガラス戸棚のオリンピック参加証明書のまわりに置いてある。黄色い郵便馬車、真鍮製のビール運搬用馬車、細い木片で組み立てられた荷車。その隣には小さな藁の袋を釣り上げる巻き上げ機がついた馬小屋と茶色の木製のベランダのついた宿屋があった。ヴォルフが話してくれていたので、この模型のことは知っていた。ヴェルナーも、ヴォルフが小さいときそれで遊ばせてくれた。ヴォルフは、まともな父親をもたない子どもだけがこの玩具で遊んだのだと語った。

一四歳でヴェルナーは体操クラブに入り、絵も描き始めた。週二回グルーネヴァルト通りの芸術大学に行った。裸体モデルのデッサンのコースもあった。初めてのとき、それまで裸の女性を見たことがなかったので、ヴェルナーはとても興奮したが、失望させられた。アトリエでスポットライトがあたる台座に立った女性の胸は貧弱で垂れ下がり、静脈が浮き出して、髪はパサパサしていた。ヴェルナーは彼女のことをそうあってほしいという姿に描いた。美しい絵になったが、コースの教師は、満足しなかった。「ここでは女性たちをあるがままに描くんだ」と彼は言い、ヴェルナーは最初からやり直さなくてはならなかった。ヴェルナーには才能があったので、教授は勉強を続けるように、できたら芸術大学に行くようにと、助言してくれた。そのことをヴェルナーが父親に話したところ、笑い飛ばされた。ほかの家族と同じ様に、彼はきちんとした職人の仕事を学ばなくてはならない、「芸術の勉強などわしらのような人間がやるもんじゃない」と父親は言った。それでことが決まった。ヴェルナーは一六歳で、父親の知り合いが所長をしている鋳型製造工場で見習修行をすることになった。そのうち世界恐慌が拡大し、失業者が増えていった。ヴェルナーは、何かを学べるだけでもよかった。工場での仕事はきつかった。ヴェルナーは材木を運び、工場の床をはき、大きな袋に入った膠（にかわ）を運ばなくてはならなかった。週に二度、彼はできあがった模型を大きなかごに入れて取引先に届けた。何かへまをすると、親方からビンタされたり、先輩職人からみぞおちに一撃をくらった。

町の通りではよくデモがあった。共産党の横断幕には「階級（クラッセ）対階級（クラッセ）」と書かれていた。ヴェルナーはそれが何を意味するかわからなかった。何か学校〔クラッセには学級の意もある〕に関係するのかもしれないと考えた。地元のヴェディングでは共産党員たちがナチの連中と街頭で殴りあいをしていた。さんざん殴られ、ときには殴り殺される人もでた。クリスタルパラストという映画館では『西部戦線異状なし』〔レマルク原作の小説の映画化〕という反戦映画が上映されていた。ナチは乱暴狼藉を働き、スクリーンにインク壺を投げつけた。ナチの乱暴者にヴェルナーは不安を覚えた。鋳物工場ではほとんどの職人がとっくに解雇され、製造現場で働いているのは職人長と六人の見習いだけだった。職人検定試験の直前に父親が肺結核で死んだ。最後に病院に見舞ったとき、父親は彼に一ターレル銀貨をくれた。それが形見となった。

徒弟期間修了書とともに彼は解雇された。「仕事がないという理由のみにより解雇」と書かれた工場主のアルヴィーン・シュルンプフからの手紙をファイルの一つから見つけた。この手紙は一九三三年三月三日付で、ヴェルナーは一九歳だった。彼は一週間に二度、ゴルマン通りの失業対策係に出頭すると事務所から毎回一マルク八七プフェニヒの失業手当を受け取った。一マルク五〇プフェニヒは食費として母親に渡した。残った小銭では路面電車に乗ることもできなかった。このようにして彼の大人時代が始まった。ゴルマン通りの事務所前に並ぶ人の列は毎週毎週長くなっていった。ここで知り合った男がリュッツォウーファーの「褐色の館〔ミュンヒェンの「褐色の館」はナチ党事務所であるが、著者によれば、ベルリンの「褐色の館」はナチ党とは無関係ということである〕」に一度行ってみることを勧めてくれた。「褐色の館の連中はいつも人を探している」ということだった。ヴェルナーはそこに出かけ、仕事があるか尋ねた。帝国鉄道（ライヒスバーン）〔二五頁参照〕の補助労働者が必要とされていたが、仕事につくにはSA〔突撃隊〕隊員になるのが条件だった。彼らが暴力的であることを知っていたヴェルナーは、その仕事につくよりも失業対策係に出頭する方を選んだ。

数か月後、ドイツの状況は変わった。「労働者たちがヒトラーについてどんなに口汚くののしったとしても、ヒトラーは働き口をつくってくれる」と、彼は書き留めている。「多くの人たちの見解や政治意見は変わってきている」。彼自身の考えが変わったかどうかは書いていない。しかし、彼はまた週単位で鋳型工場で働くことができるようになり、一九三五年以降、正規雇いとなっている。「ちゃんとした給料」をもらうようになった。その給料は、蓄えを使いはたしてしまった上に、寡婦年金が母親一人の暮らしにすら不足したため、緊急に必要だった。今やヴェルナーが養い手であり、彼はこのことを誇りに思った。「とうとう僕は自分の人生を自分の手にし、突然すべてが可能に思えた」。その数か月前、体操クラブで彼よりも五歳若く、まだほとんど子どもといってよいほどのジークリートと知り合った。二人は暇さえあれば、いつも一緒に過ごしていた。二人は郊外の庭があるカフェーでタンゴ、ワルツ、スローフォックストロットを踊った。すばらしいダンスペアだとして、ダンスで賞をもらうこともあった。ヴェルナーのアルバムには彼女の写真がたくさんおさめられていた。ある頁には「一九三六年屋外での体操シーズン納めのジークリート」とあった。彼女は平行棒に腰掛け、頭を空に向け、脚をまっすぐに伸ばしている。新たなゲルマン民族像を示すためのプロパガンダ写真としても通りそうだったが、彼らはただスポーツをしているだけだった。しかしそれさえも、僕にはうさんくさく思われた。二人はこの時代に、身体文化とポマードの髪型の時代に、十分すぎるほどよく適応していた。僕にとっては、誇らしげな青い目の労働者の子どもたちとジークハイル〔勝利万才!〕の叫び声は、すべて一つのものだった。僕はこれらの自明の真実とともに大人になった。僕から見ると、一九三六年のドイツには罪のないものは何一つなかったし、ノーマルなものも何一つなかった。ノーマルな人間は別の陣営にいたのだ。

僕はジークリートを訪ねた。祖母は今、ホーエンシェーンハウゼン労働者福祉老人ホームに入居している。いつもとても喜んでくれるので、彼女を訪ねるのは楽しみだ。僕の最初の語るに足る飲酒経験はジークリートお祖母さんのおかげだ。一四歳のとき、彼女と一緒にキャンプでアドヴォカート〔卵黄が入り、クリーム状の甘いリキュール〕の瓶半分を空けた。彼女はそのとき戦時中のことばかり話していたが、僕はいつのまにか何も話せなくなった。彼女は僕の大好きなお祖母さんで、子ども時代、彼女の家ではテレビを放送終了になるまで見せてくれたし、チーズケーキを気持ちが悪くなるまで好きなだけ食べさせてくれた。僕はやりたいことは何でもやらせてもらえ、僕が彼女にとってヴェルネルレ〔一七五頁参照〕なので、僕のことを、すばらしい子だといつも思ってくれた。ジークリートはヴェルナーとの最初の数年についてははっきりと覚えている。テーゲル湖（ゼー）でのボート遊び、ケルンテンでのスキー休暇、ビルケンヴェルダーへの自転車旅行、クーアフュルステンダムでの映画鑑賞。彼女は速記タイピストとして、ライプツィガー通りの百貨店「ラダッツ&Co」で働いていた。二人は体操クラブ主催の旅行に行き、演劇グループで演じたりした。この時代のことを話すジークリートの目は輝いていた。「混乱がおさまって、お母さんはおいしいお料理を作ってくれ、私にはヴェルナーがいた。私の人生で一番幸福な年月だったわ」。

ジークリートにとってただ一つ嫌なことは、延々と続く政治談義だった。ヴェルナーは何かに確信をもつと、それについてほかの人たちを説得しようとした、と彼女は言う。ヴェルナーはナチズムに感激し、新たな時代、新たな可能性のことを夢中になって話していたそうだ。「彼は秩序があることと、きびきびしているところが好きだった」。しかも彼はようやく仕事を得ることができたのだ。「ナチズムは高貴な共産主義なんだ」と、彼は繰り返し語った。ジークリートは彼が何を言いたいのか、よく理解できなかったが、ヴェルナーと政治について話すよりもダンスをする方がずっとよかったので、質問もしなかった。しかし彼女の父フリッツとヴェルナーは議論をしたそうだ。幾晩も、ヴェルナーはフリッツを説得しようとしたが、フリッツはむしろ共産党に対してシンパシーをいだいており、反論してヴェルナーに説き伏せられることはなかった。

ヴォルフは、二人の論争が激しくなり、ヴェルナーが義父を政府に敵対的な煽動者として通報すると脅したことまで、話してくれた。ヴェルナーはすぐに派出所まで走っていったが、もう閉まっていた。翌日には彼の怒りはおさまり、フリッツは通報を免れた。

ジークリートはこの一件をどうしても思い出せない。彼女は話が誇張されているのではないかと思っている。彼女はすばらしかったことを思い出す方が好きだとも言う。ヴォルフは、通報の話は実際その通りで、フリッツは自分にすべてを語ってくれたので、誇張された話ではないと言っている。僕はどちらを信じるべきかわからなかった。自分が愛した男が自分の父親を警察の手に売り渡そうとしたのをジークリートが忘れることがあるだろうか。あるいは彼女はヴェルナーと一緒にやっていくために、このようなことは忘れざるを得なかったのだろうか。もしそうだとすると、派出所がまだ開いていたら、フリッツはどうなっただろうか。

ジークリートは、結婚後に最初の住居、パンコーに部屋を見つけたときの喧嘩のことを話してくれた。ヴェルナーは断固として窓にハーケンクロイツの旗を下げようとした。ジークリートは、それは馬鹿馬鹿しいと思い、特に父親のためにも旗など出したくなかった。結局、出来るだけ小さな旗を買うことで二人の諍いに折り合いがついたが、ヴェルナーは彼が見つけた一番大きな旗を買って帰ってきた。小さいのは売り切れていたということだった。ヴェルナーは義父用にも、アパートのバルコニーに旗の留め具を二つつけた。ジークリートの言うことにはヴェルナーは旗まで用意したが、フリッツは彼にナチの旗を出すことを禁じた。二〇年後、ヴェルナーはフリッツのバルコニー用に赤旗を買った。しかし、それは別の話だ。

第14章

日記

ヴェルナーの捕虜生活

これまで述べたことからすれば、ヴェルナーが五〇年代に履歴書に書いたように、彼がナチに対して「批判的な傍観者の態度」を本当にとったとは思われない。むしろ、当時の多くの人たちと同様に、よりよい生活がもたらされたことを実感していたようだ。ものごとは前進し、彼の人生がよりすばらしいものとなり、労働者の子どもにも突然チャンスが与えられたと感じていたのだ。彼の家族で、山にスキーに行ったのは彼が初めてだったし、海を見たのも彼が初めてだった。たとえお金があったとしても、両親はヴァン湖でビーチバスケットを借りたり、お茶の時間に開かれるダンスパーティーのためにワインをボトルで買ったりするなど、考えもしなかったろう。ヴェルナーは社会的上昇をした人間のような、くじで一等を引き当てた人間のような気持ちがした。「突然すべてが可能になったように思えた」と書いていたが、それはおそらく多くの人びとが当時の生活から実感したことではなかっただろうか。ヒトラーは小さい人びとを大きく、大きな人びとを小さくした。大ブルジョアジーの息子ゲアハルトは国を去らなくてはならず、労働者の息子ヴェルナーは甘い生活を楽しんだ。

ヴェルナーが八〇年代に半生記を書いていたときには、明らかにさらに心理的抑圧が進んでいたようだ。彼は次のように記している。「「第三帝国」の暴力的支配があらゆるレベルにまでおよんだとき、残酷な統治形態が私に重くのしかかり、依然として私は自分のための解決策を探っていた。ナチ旗に敬礼しなかったり、ナチの政治集会に行かなかったり、「ドイツ労働戦線」の会費の前払いをしようとしなかったりしたときには、面倒なことになった。もっていた銅製のオリンピック参加メダルの小さなハーケンクロイツのマークを削り落とした。しかしそれでも何も変わらなかった。私は受動的抵抗はしたが反対運動を支援することはなかった」。おそらくそうだったのだろう。ヴェルナーは何かをでっちあげるというタイプではない。しかし不快なことを忘れるのは非常にうまいということだ。実際、一九三六年にオリンピック参加メダルからハーケンクロイツを削り取ったにもかかわらず、一九四一年、自分の最初のアパートに、大きなナチの旗を何としても掛けたがったということも、十分ありうる。最初はためらいがちにそうしたのだが、いつしか熱狂的になっていったのだ。ジークリートは、一九四二年冬にヴェルナーが自発的に東部戦線の戦友に暖かい下着やスキーを供出したと言う。「スキーは彼にとって一番大切なものだったし、下着は彼自身がまだ十分使えるものだったの。でも彼は各人がそれぞれ、最終的勝利のために何かしなくてはならないと言っていたわ」。

僕はジークリートに、当時ナチの犯罪について何か耳にしたことはなかったかと尋ねた。彼女は少し考え、「私たちはそれについては気にしてなかったわ」と答えたが、いくつかのことを思い出した。近所にニーナ・ハラーというブロンドで巻き毛の女の子が住んでいた。彼女はユダヤ人だったので、いつの間にか姿を消した。ユダヤ人の女性校長は、ジークリートのような貧しい家庭の子どものことを気にかけ、ソーセージパンを金持ちの家族からもらってくれていたが、突然いなくなった。「そんな風だったのよ。私たちはそのことを詮索しなかった。私たちはこわかったのかもしれない」とジークリートは語った。

一九四一年二月、彼女はヴェルナーと新婚旅行でザクセン・スイス〔ドイツ東部、現在のザクセン州の山岳地帯）のホーンシュタインへ行った。山頂には要塞があった。地元の人は、あそこには強制収容所があると言っていた。ジークリートによれば、ある夜、囚人を運ぶトラックがホーンシュタインを通ったという。しかしそんなはずはない。ホーンシュタイン強制収容所は一九三四年にはすでに閉鎖されていたからだ。たぶん、地元の人が彼女に囚人輸送のことを話したのではないだろうか。いずれにせよ、そのすべてが自分に強い印象を与えることはなかったと、彼女は言う。何といっても二人は新婚旅行中だった。「少しは楽しむ権利はあると思ったの。その後はすべてがとても難しくなったわ」。

ヴェルナーが召集されたのは遅かった。彼が働く鋳型工場は軍需生産の部品を作っていた。彼は「代替不可」の労働者に分類されていたので、ベルリンに残ることができたのだ。一九四二年、ヴォルフが生まれた。一九四三年夏、ベルリンでは空襲が激しくなってきたため、彼はジークリートと赤ん坊をザクセンの村に住むいとこのところに疎開させた。彼自身は戦争に重要な仕事についている代価として、バルト海のキュールングスボルン海水浴場に保養旅行が認められた。そこへむかう車中で、リリーという女性と知り合い、一緒に休暇を過ごした。一年後、リリーに彼の子どもが生まれた。一九四四年九月九日、ヴェルナーはブレーメンのヒンデンブルク兵営に出頭することになった。ロケット式対戦車砲の訓練を受け、九月末に彼の部隊はリューネブルガー・ハイデで発射訓練をするために移動した。ヴェルナーは赤味がかった金色のヒースや、茶色がかった緑色の林を見た。彼は「この夢のような景色を砲弾で荒らし、晩夏の静けさを乱してしまう」ことを残念に思った。ヨーロッパで五年にわたって激しく続いた戦争のことがまだあまりよくわかっていないようだった。

ヴェルナーとジークリートの結婚式（1941年）

一九四四年一二月半ば、連隊はネットリンゲンで編成された。エルザスのアルデンヌで前進するアメリカ軍戦車を押しとどめるのが彼らの任務であった。それは西部戦線におけるドイツ軍最後の悪あがきだった。それがどれだけ絶望的な作戦であるか、たぶん当時ヴェルナーは知らなかっただろう。彼は最後の最後にかり出されたというわけだった。ヴェルナーは従軍中、日記をつけていて、自分が不在の間に起こったすべての出来事についてこまごまと記していた。僕は、その日記がアパートの居間の本棚でＤＤＲ憲法初版本の隣に立ててあるのを見つけた。僕がその古びた黒いノートを見せると、ヴェルナーは驚いていた。彼はそれをすっかり忘れていたのだ。日記の各頁はびっしりと書き込まれていた。ヴェルナーの字体は美しく、整ったものだった。エルザスで地面に掘った穴に入って書いた最初の行でさえ、神経が行き届き、きちんとしていた。その穴は彼の待避壕で、深さは人の背の高さまであり、凍った大地の中、彼の砲台から三メートルのところにあった。激しい吹雪だった。一九四四年一二月三一日「我われの連隊が一斉射撃したのは、零時五分前だった。飛んでいく砲弾にはアメ公に僕からよろしくという思いが込められていた。砲弾が炸裂すると地平線は明るくなった。新年を迎える狂気の花火〔ヨーロッパには大晦日の真夜中に打ち上げ花火をあげ、新年を迎える習慣がある〕だった。いやはや、今という今、アメ公でなくてよかった。二七〇発、すなわち三三・五トンの鋼鉄と爆薬がうなりを立ててすっとんでくるんだから。弾を充填し、新たな目標に照準を合わせたのは、零時二分過ぎだ。すなわち一九四五年だ。僕は家のことをちょっと考えた。みんなまだ起きているだろうか？　いやそうではないだろう。警報が鳴っていなければ、お袋は寝てるし、ジークリートも同じだ。僕らは居眠りしないよう、薬をもらっている。このクソ寒さのおかげで、俺の指はほとんど感覚がない」。

翌朝太陽が出るとすぐアメリカ軍の戦闘爆撃機が飛来してきた。「あいつらは近づいてはこないさ、我われの高射砲が怖いのさ、何といってもやつらはアメリカ人だからな。ドイツ軍の戦闘機パイロットなら近づいてくるけどな」。ヴェルナーはもうそこに何か月もいたかのように書いている。一人称を複数であらわす兵士言葉の用法も板についてきて、自分の使命に対する疑念は持たなくなっていたようだ。それに対し、数頁後には、おびえた感情が書かれていた。「アメ公は我われの砲台を撃ってきた。初めて死者が出た。無線通信士が頭に砲弾の破片を受けたのだ。約一〇秒後、彼は死んだ。彼がトラックに横たえられたとき、自分は胃のあたりに奇妙な感覚を感じた。彼はメーアリングといい、ネットリンゲンから移動した際の別れの夕べに、すばらしいピアノを弾いてくれた。死と生は背中合わせだ」。

ヴェルナーは五日間ほとんど寝られなかった。歩いている最中に何度も睡魔に襲われ、雪に顔からつっこんでは、驚いて立ちあがった。彼はシャツとズボン下、セーターを二枚ずつ、作業衣、砲兵の軍服と外套を着ていた。それでも寒かった。一月五日に娘のリタが一歳になったことを思い出した。「暗い穴ぐらでフランツはすでに眠りにつき、僕は家のこととリタのことを思った。僕は少し泣き、そして寝入った」。

それから数か月の間、退却があわただしく行われた。A4サイズのノートに小さな字で場所と日付が書かれていた。「三月一三日。ニーダーブロン、パヴェルチェクを埋葬（中略）。三月二一日、カプラナイ・ホーフ、我われの陣地への一五分間の連続集中砲火（破甲榴弾）（中略）。三月二四日〜二六日、フリードリヒスタールでヒルデスハイム以来、初めての入浴」。飢えと絶え間ない死への恐怖にもかかわらず、彼はこの時期に明らかに何回か恋の冒険をし、それを短く記録していた。「四月一日〜三、四日、ホーエンクリンゲン、若い農婦。二四歳ぐらいで、父と兄は戦死、母親は死亡。僕を引き留めようとしていた。二五モルゲン（土地の広さ）の土地！　彼女は民間人の服をくれようとした。僕は僕たちの背後にはSSがいるのではないかと不安（中略）。四月九日〜一六日、リーンハルツでラインラントの女の子と楽しい夕べ（中略）。四月二〇日〜二三日シュヴェルスハイム、若い戦争未亡人エルザ・タークリーバーの家の民宿部屋で」。

次の詳細な書き込みは、一九四五年五月一日一四時ヴェステルンドルフでのもので、ヴェルナーは鉛筆で次のように書いている。「朝、九時に僕たちの迫撃砲部隊とともにここに到着した。一二時にアメ公は村にむかって砲撃を始めた。僕たちは戦闘を継続できる見込みがないことから、降伏することが決定された。将校たちは一台の乗用車でアルプス方面へ向かった。僕たちは迫撃砲を丘から捨て、照準器や光学機器を埋めた。アメ公は、アウトバーンで僕たちの七〇〇メートル後ろにいたが、あえて僕たちのところに来ることはしなかった。僕たちにはまだ十分な食糧も時間もあった。僕は農家の居間に座り、本を読み、いろいろ考えた。そんなことが今日、明日で終わってしまうのは残念だ。戦争が終わるまで、ずっと歩き続けたかった。そうすれば捕虜にならずに家に帰れる。しかし常に追いかけられる感じで、弾薬が少ないことにうんざりした。農家の娘やほかの若い女性と夜中まで罰ゲームをし、床に寝た。翌日一一時に一人のポーランド人がやってきてアメ公が降伏を要求していることを伝えた。僕たちは隊列を組んでアメ公のもとに行った。最初の歩哨は武器を一か所に置くように言った。少し進んだところで一人のアメ公がドイツ語で挨拶した。彼は酔っぱらったカウボーイのように見えた。鉄兜にゴーグルをかけ、首には派手なネッカチーフを巻いていた。彼は両手にそれぞれピストルをもっていた。自分にとっての戦争は終わった」。

捕虜になったヴェルナーたちは、数晩納屋にぎゅうぎゅう詰めにされて過ごし、五月六日にトラックでミュンヒェン、アウクスブルクを経てハイルブロンに輸送された。鉄条網で囲まれた畑に座らされたが、囲いの四隅には重機関銃がすえられていた。暑く、水もなく、昼は茶褐色のスープが入った数個のバケツが柵ごしに渡された。ヴェルナーはその収容所には少なくとも二万人いるのではないかと思っていた。彼は固い粘土質の土の上に体を横たえ、寝ようとした。時はすぎ、日中は耐えられないほど暑く、夜は零下になった。後どのくらいここにいなくてはならないのか、一体これから何が起こるのか、誰にもわからなかった。まわりの畑も柵で囲まれ、毎日新たな捕虜が送りこまれてきた。食べるものもほとんどなく、水も足りなかった。ヴェルナーはくらくらするので、なるべくゆっくり動くようにした。最初に入れられた人たちは虚脱状態になって連れて行かれ、ほかの人たちは完全に頭がおかしくなり、やっとのことで落ち着かせることができた。ヴェルナーは次のように記している。「ここではその人がそれぞれ実際にはどんな人間かわかる。獣のように水道栓の前で押し合いへし合いし、誰も待とうとしない。自分はいかなる不要な動きも避けた。エネルギーの節約だ。倒れ、そして横たわったままになれば、おしまいだった」。

一週間後、捕虜たちは郵便番号順に分けられ、新たな収容所に入れられることになった。ヴェルナーはこれですぐにでも釈放されるのではないかと期待した。七月二一日、いつでも発射できる状態の短機関銃を携行したアメリカ軍兵士につきそわれ、彼らはハイルブロンの貨物駅まで行進させられた。貨物列車一車両に三〇人ずつ乗せられると、ある鉄道職員が彼らに汽車はフランス行きだとそっと教えてくれた。「我われは茫然とし、すぐにでも帰郷できるという望みが我われに与えていたわずかな力も突然に消え、深い絶望に襲われ、泣く力さえなかった」。彼らはシュトラスブルク（ストラスブール）、ナンシーを通り、フランス東部のル・マンに運ばれた。連れてこられたのは、また空地に建てられた収容所だった。有刺鉄線の柵に五メートル以上近づくことは禁止されていた。掃除担当の熱心な捕虜が一枚の紙を拾うために柵に近づきすぎた。歩哨が彼を撃ち、彼は苦痛で叫び声をあげた。看護兵が呼ばれた。看護兵は怪我人の傍にひざまずいたが、その看護兵も歩哨に撃たれ、即死した。ヴェルナーはそれをさしたる思いもなく見ていた。「自分は弱ってしまって、まともに悲しむことができなかった。戦友たちの名前も忘れ、簡単な計算問題でさえ難しかった」。ヴェルナーのアルバムにこの時代に撮影された小さな写真が貼ってあった。ぱっと見た限りでは彼とはわからない。ヴェルナーはやせ衰え、顔中髭で長い髪の毛をしていた。彼のまなざしには生気がなかった。

日記はまさに最も重要な彼の心の支えだった。彼はトランクの二重底の下に日記帳を隠してあらゆる点検をくぐりぬけ、守り通したのだ。アメリカ軍の捕虜になった後、彼は「あらゆる不幸の中で幸いだったのは、ノートと鉛筆があったことだ」と記した。日記はすべてを打ち明けることができる彼の友だった。フランスでの最初の数週間、彼の字は震え、はっきりしていなかった。たぶん彼が書いていたように消耗していたせいだろう。八月二二日、彼は次のように書いている。「日記を続けるには、強い克己心(こっきしん)が必要だ。これは自分に残された唯一の意味のあることだ」。彼は詳細に収容所生活、食事の量、天候、戦友について書いた。敗北した戦争、崩壊したばかりの「第三帝国」については、何も書かれていなかった。もしかすると日記がいつか看守の手に渡ってしまうのではないかと心配したのだろうか。あるいは政治的なことを考えるときではなかったのだろうか。ヴェルナーは日中、集団墓地のための穴を掘るようになった。その仕事によって、食糧の配給は倍となり、力が再びわいてきたことが感じられた。朝に、彼らは前夜に亡くなった戦友の遺体を墓に埋めた。一つの穴に二〇の遺体だ。遺体の上に石灰と土を交互に撒くのだが、数日後には臭ってきた。ヴェルナーは病棟でハイルボルン時代から知っている戦友たちを見た。「彼らは結核にかかっていて、助かる見込みもなく見捨てられていた。自分はあの人たちをみんな埋葬することになるだろう。それだけはわかる。同時に自分も病気になるのではないかと不安が募る。それはここでは死刑判決を意味する」。

僕は日付を比べ、ヴェルナーがフランスに送られて来たときは、ゲアハルトがフランスでの亡命生活を終え、ドイツへ向かう少し前だったことを確かめた。ゲアハルトにとっては不確実な生活の終わりで、ヴェルナーにとってはそれが始まったところだ。僕はもし二人がこの時代に出会っていたらどうだったのだろうか想像しようとした。勝利したフランス軍少尉と、捕虜となったドイツ軍下士官。ゲアハルトはドイツ人捕虜と多くかかわったし、収容所で国防軍兵士にナチの犯罪について啓蒙活動もしていた。ヴェルナーがル・マンに着いた頃、ゲアハルトはパリに現われ、戦争終結後初めて父親と再会した。フランスは二人にとって全く違う形ではあるが、運命の地となったのだ。

第15章

痛み

ヴェルナーの帰還、そして社会主義者に

例によってヴェルナーはついていた。一九四六年四月初め、彼は近くの農家に分宿させられた捕虜グループにいた。ジャンという農夫は、その捕虜の中で一番背の高いヴェルナーを選んだ。何の仕事をしていたのか聞かれたヴェルナーは「農夫（バウアー）」と答えた。数日後には、犂やまぐわを使っての耕作、搾乳など彼は全く知らないことがバレてしまった。ヴェルナーは本当は鋳型工（モデルバウアー）だったことを白状した。それでも、農家にとどまれたのは、呑み込みが早く、よく働いたからだ。最初の日、農夫はヴェルナーに「うんと仕事、うんと食物」と言った。朝は五時から始まった。ヴェルナーは牛舎を掃除し、乳をしぼり、菜園で働いた。午後は畑に出た。仕事が終わるのは夜七時半だった。食べ物は豊富で、またおいしかった。「久しぶりに食べたいだけ食べられた。雇い主との意思疎通はつたないものだったが、それでも通じた。たとえばお尻をつかんで、「ブム、ブム、ブム」と言ったら、エンドウ豆のことだ。今日、雇い主が僕の体重をはかったが、八二キロだった。食べる、働く、そして寝るという毎日だった。ベッドではハーモニカを吹き、母さんやジークリートや子どもたちのことを考えた」。

労働はきつかった。手にはマメができ、右膝はほとんど曲げられなくなっていた。木靴をはき、畑で犂を引く牛のあとを、足を引きずりながら歩いた。種をまくための畝は限りなく長く見えた。彼は自分の感覚がますます麻痺し、注意力が散漫になり、身体が生活のすべてになってしまっていることに気がついた。彼は詩を大声で暗唱し、電気と製図について短い講義らしいものをしてみた。彼は、脳というものは長い間使わないと縮むのではないかと書いている。四月二一日、ヴェルナーは「昨晩就寝の際、総統の誕生日だということを思い出した」と書いている。ヒトラーが一年近く前に死んだということをひょっとしたら知らなかったのかもしれない。そもそも彼は、自分のいたフランスの農家の外の世界について何か知っていたのだろうか。家族の知らせは届かなかったのだろうか。ヴェルナーは日常についてことこまかく書いているが、日常を超えたものについての思考はなかった。彼と農夫のジャンが一緒に写っている写真がある。ヴェルナーはジャケットを着てネクタイをしめ、農夫よりも頭一つ分大きかった。農夫は小太りで背が低かった。写真ではヴェルナーの方が主人（パトロン）のように見えた。ヴェルナーがマダムと呼んでいた一家の女あるじもそのように見ていたようだ。ほかの人たちが寝てしまうと、彼らは農家の居間で一緒にいる機会が増していった。「主人（パトロン）は不機嫌で、猟犬のように見張っている」。

　彼は日の出から日没まで働いた。昼には農耕用の牛馬を休ませるため、一時間の休みがあった。ヴェルナーの腰は痛み、手はひび割れ、左手首は腫れあがった。「僕のお尻は骨盤にくっついているか、紐でくっついているか、わからない」。日曜日は休息日だった。ヴェルナーは休暇中の愛人だったリリーのことを思った。彼女はちょうど二六歳になったばかりだ。彼は二人がどうやってキュールングスボルン行きの汽車で出会ったかを書いている。二人はコンパートメントで向い合せに座っていた。彼は彼女を見つめずにはいられなかった。二人は言葉をかわし、バルト海についたときにはお互いに最も深く心に秘めていた考えを話し合った。リリーはキュールングスボルン・オストで降りた。彼はまだ旅を続けなければならなかったが、二人は浜辺で会う約束をして、毎日一緒に過ごし、まもなく夜も一緒に過ごすようになった。「運命の女性に出会ったような気持ちで、幸せだ」とヴェルナーは書いている。彼はその日記の次の二か所を黒く塗りつぶしたが、それは誰も読むべきではない唯一の部分である。黒塗りされた箇所の次に、彼はあの休暇の後に生まれた子どものことを書いている。「この子どもに生を与えたことについて僕を許す人はほとんどいないだろう。しかし僕が戦争中武器で何百人もの命を奪ったことは誰も非難しない。何という道義だろうか。何という時代だろうか。父親がそばにいなくても父親はいるのだという気持ちをできる限り小さなハインツに与えたい。ジークリートとヴォルフが今ここにいたらどんなによいことか。自分はまた絶望的に一人ぼっちだ」。

一九四六年五月三〇日、ヴェルナーはジークリートから初めて手紙を受け取った。捕虜生活が始まってから一年たっていた。この間、家族に何が起こったか、彼はもちろん知らなかった。ジークリートはみんな元気だと書いてきた。彼女はヴォルフとリタの写真を同封してくれた。ヴェルナーは息子が自分にとても似ていると、誇らしく思った。彼は嬉しさのあまり有頂天になって、今度は次のように書いている。運命が自分に対して慈悲深かったので、「これ以上正しい道からはずれずに、きちんとした家庭人になりたいと思う」。これは一種の忠誠の誓いであり、その誓約は次のようなものだった。「私は自分の能力の及ぶ限り、上をめざしたい。自分の能力が限界に達したら、そこから自分の息子に継がせたい。私は彼が自分のように全くの底辺から上がっていくことはしないですむよう、面倒をみてやりたい。民衆学校だけで人生を始めることなどさせたくない。近いうち、自分についてのすべてを、そして自分ができることのすべてを伝えることにしよう」。

最終的にヴェルナーが帰国できるまで、なお一年半かかった。この間、明けても暮れても農場で酷使され、いつ捕虜の身から解放されるか全くわからなかった。この時期、彼に何が起こっていたかはわからない。メモは次第にとぎれとぎれになっていったからだ。彼は心のうちをほとんど明かさなくなっていった。ほとんどの日はただ体重と、脈拍とお腹の調子が書かれているだけだった。

一九四七年九月三〇日、彼はまた少し多弁になった。その日、ほかの三〇人の捕虜と一緒にル・マンで汽車に乗った。ドイツに帰国するのだ。「今までのすべての歳月を、自分はこの瞬間のために待っていたのだ。とうとうそのときがやってきた。これから何もかもが変わるので、少し困惑している。捕虜の境遇に慣れてしまったようで、これからどうなるのかわからない」。ザールブリュッケン、マンハイム、フランクフルト、ハーナウ、ベーブラを経て、一〇月一〇日夜遅くにアイゼナハに到着した。彼らは登録され、身体検査とシラミの駆除を受けた。彼はベルリンの家族へ電報を打つことができた。僕はヴェルナーのファイルからアイゼナハの中継収容所の登録簿を見つけた。「栄養状態良好、会話普通、シラミなし」と証明書に記録されていた。彼はほかの三か所の収容所を経由し、ようやくベルリン行きの汽車に乗ることができた。

「一〇月二八日朝六時、ベルリンに到着した。僕たちが何年間も待ち望んだ偉大な瞬間だ。家路の最後を自分のものにし、心に刻んで楽しみたい。ゲズントブルンネン地下鉄駅から地上に出ると、ようやく初めて本当に故郷に戻ったという気持ちになった。あと数分で自分のうちだが、一体うちはどうなっているだろう。僕はまだ家の鍵をもっていた。そっと台所の鍵を開け、家の中に入った。台所は思っていたより小さかった。台所のテーブルには歓迎のメッセージのついた花束があり、家族が僕のことを待ってくれていたように感じた。僕は最初の挨拶のために、顔を洗い、髪の毛をとかし、歯を磨いて準備した。冷静なつもりだったが、少し興奮していた。ジークリートが、そこにいるのは誰、と叫んだ。昔の声と全く同じだった。何と答えればよいのだろう。何も言わなかった。足音が聞こえ、ドアが開いた。ジークリートとの最初の抱擁を解くと、ヴォルフとリタを見た。二人とも、またジークリートも、自分の記憶にある姿のままだった」。

　ここで日記はとぎれている。それから四か月たった一九四八年三月二四日、ヴェルナーはもう一度書いている。それは彼の最後の日記だった。「ときは早く過ぎ去り、多くのことが起こり、そして変わった。私の愛する者たちに再び挨拶したあと、捕虜生活は一場の夢のようになっていった。召集令状を受け取ったときに終わった生活が、今また丁度そこから始まっている。家ではすべてが大体うまくいっている。息子には満足している。息子はまさに自分が想像し、望んでいた通りだった。ただ娘は、彼女の性格にあった教育がなされていなかった。僕は娘をしっかり教育して父親の権威を娘に認識させたい。そのための道を僕は見つけたと思う。その道に沿えば、ジークリートも娘にこれまでよりもっときびしく接しなくてはならない。ジークリートと僕の間で、家事や家庭での義務について激しい言い争いが数回あった後、彼女は僕に従うようになった。僕は最近体重がひどく減り、いつも寒く、不安を抱えている。ちょうど昼食を食べ終わったところで、今はじめてゆったりとした気持ちで窓から外をながめている。道の敷石が重い石の帯となって家々の前を通りすぎていくように見える。その下の土はどんな重さに耐えているのだろうか？　敷石全部の重さが自分にかかっているように感じる」。

ことは簡単には進みようがなかった。ヴェルナーが経験したことを考えれば、そのようにはいかなかったはずだ。彼がジークリートに戦争と収容所での惨状、彼の不安、彼の孤独といったことについて話せたかどうか、僕にはわからない。二人にはそういった話をする時間があっただろうか。それとも故国での一九四八年の冬は、それまでの苦境にかまっていることなどできないほど相変わらず厳しいものだったのだろうか。ヴェルナーは話すことを全く望まず、できる限り早く忘れたいと思っていたのかもしれない。自分だけですべてを解決しようとしたことは、いかにも彼らしい。彼はひそかに自分ひとりで記憶の重圧に苦しんでいた。それでときにかっとなり、息子を殴り、妻をどなりつけた。記憶の重圧にもどこか行き場が必要だったのだ。今、彼を非難すること、暴力的な父親、ひどい夫として描くことは簡単だ。しかし、異郷での数年間が彼を無感情な人間にしたといえるのかもしれない。常に危険な状態にさらされ、どうにか助かることだけを考え、何か月もの間泥にまみれ、戦友たちが死ぬのを見てきた人間が、一体すぐにノーマルになりうるだろうか。再びノーマルな状態に戻れるだろうか。

ヴェルナーはその努力をし、自分に休息を許さず、あたかも休息を恐れているかのようだった。ぼんやりと窓から外を眺めるだけで十分だった。ヴェルナーは、動いている限り、活動している限り、過去と距離をおくことができた。

ベルリンに戻って三週間後に、彼は職業安定所に行き、職業学校の教員か、あるいは舞台美術画工になりたいという希望を出した。そこで、基幹学校（ハウプトシューレ）〔義務教育後期課程〕担当部局と舞台装置制作工房の住所をもらった。ヴェルナーは路面電車の停留所に立ち、どちらに行くべきか決めかねていた。それで最初に来た電車に乗ることにした。電車はキーキー音をたて、ガタガタゆれ、焼けた廃墟のわきをヴェルダーシャー・マルクトの学校の事務棟の方角へと走っていった。ヴェルナーは初めてベルリン市街の破壊状況を見た。学校の事務棟は、シンケル〔一七八一～一八四一年。プロイセンで活躍した新古典主義様式の建築家〕の手によるかつての壮麗な建物にあったが、外からはとても使い物になるようには見えなかった。ヴェルナーはつきあたりの扉が壁にされてしまっている廊下や通路で迷った。彼はギシギシきしむ階段を上ったが、その階段の下をネズミが素早く走りすぎた。ヴェルナーは管理部門がこの状態なら、学校は一体どんなになっているのだろうかと思った。年配の男性が人事部への行き方を教えてくれた。そこで彼は大変歓迎された。緊急に教員を必要としていたのだ。わずか二日後に彼は教育大学の試験を受けるように言われた。

僕はヴェルナーが将来の仕事を来た電車で決めたことに驚く。舞台装置製作所は当時、クロイツベルクにあった。ほかの電車が早く来たら、ヴェルナーは西ベルリン市民のままで、僕の両親は知り合わず、僕は生まれなかったということになる。

いずれにせよ、彼は教育大学の入学試験に受かった。学期は始まっていたが、入学を許され、家具・

木工職業学校の補助教員となった。すべてが速く進んだため、彼はすっかりあっけにとられて帰宅した。帰国後一か月で新たな生活に飛び込んだのだ。

一九四七年末のベルリンは占領地区に分割されていたが、当時はどこに住もうと、どこで働こうとほとんど関係なかった。管理部門と大学は、空襲を受けなかったかのように戦前と同じ場所にあった。基幹学校担当部局や教育大学は、たまたまソ連占領地区にあったのだ。つまりヴェルナーが東で学ぶことにしたのは政治的決断だったわけではない。この時点で教員になりたかった者は、そこへ行かなければならなかった。ベルリンは一九四八年一〇月以前、政治的にはまだ分断されていなかった。それ以降、管理部門も東と西に分かれた。ヴェルナーは教育大学で新たな支えになるものを見つけた。特にハインツ・ヴェンツェルと知り合ったことが大きかった。ヴェンツェルはヴェルナーよりも少し年上で、講師として働いていた。彼には豊富な知識があり、実際どんな質問にも理性的にひびく答えをもっていて、ヴェルナーは感銘を受けた。「まさにこの不透明な時代、そのような先見性をもっている人間と知り合えたのはすばらしいことだ」とヴェンツェルへのバースデーカードに書いた。ヴェルナーは自分の進むべき方向を確かめようとし、自分が歩むことができる方角を模索していた。ヴェンツェルの方も、ヴェルナーのような、影響を与える余地があり、新しい未来を迎える心構えをもった人間を求めていた。ヴェンツェルは共産主義者で、一九二七年以来の共産党員だった。「第三帝国」時代は地下に潜り、隠れて生活し、『来たるべき時代のために』という教科書を書いていた。そのためにはかなりの先見性が必要だった。そして、楽観主義ももちろん必要だった。

家でヴェルナーはハインツのことばかり話すようになった。彼は共産主義者になろうとして、マルクスやエンゲルスを読み始めた。ヴェルナーはすべてにおいて非常に早かった。彼はその感激を今度も自分だけのものにしておけなかった。みんなが彼につき合わなければならず、彼が新たな真実を説明するときには、全員が聞かなくてはならなかった。学校での教員の仕事を始めて二週間後、ヴェルナーは最初の報告書を総務部に提出した。彼は「生徒になおこびりついているナチ的世界観の痕跡」が彼の仕事の主だった困難として挙げている。「若い生徒たちにドイツ敗北の理由をはっきりとわかるように教え、民主主義の考え方を明示し、また民主主義を学校でも実行すること」が必要であり、教師はこの観点からお手本でなくてはならない、と書いていた。これを読んで、僕はあっけにとられた。彼自身のナチ的世界観はどうなったのだろう。簡単に消えてしまったのか。もう、もともとなかったかのように思っていたのだろうか。あるいはその報告書で書いているのは、生徒のことではなく自分自身のことだったのだろうか。

教育大学在学中にDDRが建国され、新たな闘争が始まった。東に残るという今度の彼の決断は政治的ともいえた。一九四九年七月、ヴェルナーはSEDの党員候補になった。入党申請にあたっての履歴書には次のように書かれている。「教育大学での勉学は自分の階級的観点を見出すことに非常に役だった」。これを書いたのは、転向して別人になったばかりのヴェルナーだった。家の窓に今度は赤旗をかけた。彼はさらに義父フリッツのために赤旗を二枚購入したが、ここで再び諍いが起こった。共産主義に転向したばかりのヴェルナーにとってはフリッツが、まだ十分には共産主義的ではないように突然思われ始めたからだ。ヴェルナーは、大学を「優秀」という成績で卒業し、一九五〇年、基幹学校担当部局の上級係官となった。彼は職業学校の政治活動を組織した。創設されたばかりのＤＤＲに青少年を獲得しなくてはならず、専門の授業よりも、その方が重要だと言われた。彼は学校から学校へまわり、アジテーションを行い、説明し、説得し、また評価し、推薦状を書いた。非党員の校長は党員の校長に替えられ、政治的に疑わしい教員はお払い箱になった。すべてがひっくり返され、新規にまき直しされなければならなかった。ヴェルナーは倒れるまで働き、時間を節約するためにしばしば事務所で夜をあかした。冷戦が全面的に展開し、ベルリンが最も重要な戦場になったので、急がねばならなかったのだ。ヴェルナーは、西ベルリンへ行って人びとに正しい大義を確信させるための宣伝行動部隊を編成した。彼らは街角に立ち、ビラを配った。一度ビューロウ広場で「敵対するグループによって」さんざん殴られた。彼らは青あざをつくり、着ているものは破れ、それまで以上に帝国主義の攻撃性を確信しつつ東に戻ってきた。

ヴェルナーは週末にベルリン建設作業にボランティアとして登録し、石を引きずり、土台を流し込み、窓枠やドアを作った。一九五二年だけで一〇〇日以上もハーフシフトで働いた。僕の手元に、シフトごとにスタンプが押される「建設手帳」がある。夏はしばしば勤務後にも瓦礫を片づける作業に従事した。「すべての建設の時間は愛国的行為」とその手帳にあった。そのような貢献をたたえるものとして、ヴェルナーは建設功労賞第二級を与えられた。ヴェルナーが一九五二年のメーデーで行進している写真がある。彼はウエストを強調した明るい色のスーツを着て、ＤＤＲの旗を肩にして行進している。彼はほかの人よりも背が高く、心の底から輝いているようだった。このような人間を自分の側につけることが望まれたことは容易に想像できる。彼は力と意思に溢れていた。

短期間のうちにヴェルナーは木工実業学校の主任となり、半年後、学校の教師陣から「人民功労教師」に推薦された。教員たちは、推薦状で次のように書いている。「我われの学校を担当するにあたり、主任は、教員たちの中に、自分たちのグループを作ろうとする動きがあることに気がついた。主任は、粘り強く、終始一貫した態度で行動し、教員集団の形成を始めた。彼が率いるマルクス・レーニン主義の古典学習グループに全教員が参加した」。ヴェルナーは学校を指導するだけではなく、まさに彼自身が作られたように、人間を作り上げようとしたのだ。彼らは自由時間にマルクスを読んだ。一九五二年六月、彼は基幹学校当局への報告のなかで、彼の学校を「新しい社会を体現するものにしたい」と書いている。彼はそれを真剣に考えていた。

一九五三年一月、ヴェルナーは特別に表彰された。彼は党中央委員会から、手紙をもらった。同志たちは次のように書いていた。「我われの民主主義的学校制度建設に対する貴君の功績に対する顕彰として、最初の社会主義通りであるスターリン大通り（アレー）の住居を貴君に供与します。我われは貴君に祝意を申し上げ、貴君が新たな住まいで心地よく感じられることを望みます」。ヴェルナーは住居供与の書類を保管していた。スターリン大通り（アレー）、ブロックB-南、四階右。この建物はスターリンの七三歳の誕生日に使用のため供された。国立オペラ座で式典があり、一一四八名の居住者が招待された。フリードリヒ・エーベルト（一八九四～一九七九年）市長が演説を行った。『ノイエス・ドイチュラント』紙

メーデーの行進におけるヴェルナー（左から２番目）（1952年）

は全員の氏名を公表した。「我われの共和国が必要とする人たちだ。勤勉でねばり強く、行動意欲に満ちている」とSEDの中央機関紙は書いている。ヴェルナーは社会主義的市民の一種の手本のようなものとなった。

ヴェルナーは、何年にもわたって自分に与えられた証書類をファイルに保管していた。上級教諭、高等学校正教諭に任命され、忠実な奉仕に対してペスタロッチ銅賞と銀賞を授与され、社会主義的労働の活動家という称号を授与された。何という出世だろう。ヴェルナーは自らに、そしてほかの人たちに、労働者の子弟であっても新国家ではひとかどの者になれることを示していた。捕虜生活、屈辱、敗者としての歳月から、彼は突然最前列に立ち、敬意を払われる重要人物となった。彼はもはや後ろを振り返る必要はなく、前だけを見ていた。

プライベートでもヴェルナーはすべてを一新した。

一九五一年一一月、彼はジークリートと離婚し、その一年後、ずっと以前から夢中だった警察官の娘、ヒルデガルトと再婚した。二人の間にカローラという娘が生まれ、ヴェルナーは愛情深く彼女を育てた。彼はようやく満ち足りた生活を得、攻撃的ではなくなり、緊張状態は消えた。前の家族はゆっくりと忘却の彼方へ押しやられていった。ヴェルナーの新たな生活に、ヴォルフ、妹のリタ、ジークリートたちの居場所はなかった。次第に彼は前の家族のことを忘れていった。カローラは、ヴェルナーに悪気があったわけではなく、すべてを抑圧していたのだと言う。「彼は意識的な抑圧がとてもうまくできた。彼はそうしようと思い、そして前の家族のことはいつしか本当に消えていった」と。またカローラによれば、ヴェルナーは人のよい、きわめて真っ直ぐな人間で、社会主義を内面化し、社会主義を生きたという。「DDRが抱えていた問題で父と話してはいけないものがありました。彼はそういうことを寄せつけませんでした」。カローラはジーンズをはいてはならず、西側のテレビも厳しく禁じられた。ヴェルナーはみなが待ち望んだ新たな社会について、偉大な未来について語っていた。それにもかかわらず、実は特に政治的な人間ではなかったと、カローラは言う。彼は何かをやり遂げたかった。その場に立ち会い、自分に委ねられた課題を可能な限りうまく果たしたかったのだ。また彼は、そのように多くのことを可能にしてくれた国家に感謝していたのだ。

もしかすると、ヴェルナーはどのような体制の下でも、どのような役割でも、よくやれた人間ではなかったかと思う。彼は常に最善をつくした。彼の人生の幸福は、たとえヒトラーが戦争に勝ったとしても、脅かされることはなかったろう。あるいは、偶然西ドイツに行き、よき学校長になっていなかったとしても、きっとよい舞台美術画工になっただろう。よき鋳型製作者、よき兵隊、よき捕虜であったようにだ。そして、彼はまさによきＤＤＲ市民になったのだった。

第16章

疎外

ゲアハルトとDDR国家

一九五二年一月、ゲアハルトは東ベルリンにやって来た。これはたまたまのことではなく、彼の妻にも知られてはならない党の密命による任務のためだった。数年前、母はゲアハルトが何かしらの諜報機関がらみの話に巻き込まれていたことを語ってくれたことがある。DDRが終焉した後もゲアハルトはそれについて話そうとしなかったので、彼女も詳細は知らないという。この本を書く前にゲアハルトの所に行き、シュタージ文書を読んでよいかを尋ねた。僕が応接用テーブルに置いてある青いノートに質問を書きつけると、彼はそれを読み、うなずいた。彼の目の表情からは、彼の過去をつつき回すことに不快感をいだいたか、喜んだのかはわからなかった。彼は僕の望むようにさせてくれて、数か月後には僕の机の上に書類が積みあげられた。二〇〇頁に及ぶ文書だ。一晩かけて読んだが、翌日、僕にとってゲアハルトは別の人間になっていた。この書類の束に書かれていることには注意深くあるべきだとわかっていたが、もしそこに書いてあることの半分でも正しいとしたら、ゲアハルトはDDRでも勇気ある人間だったということになる。彼は信じ、最後まで大義に忠実だったが、同時に真実に目をむけ批判的でもあったのだ。彼が私たち家族の一員として見せていた、硬直化した幹部というイメージとは全く異なる姿がそこにはあった。なぜ彼はずっと僕たちにそれを見せようとしなかったのだろうか。

シュタージ文書によれば、ゲアハルトの二重生活は戦後家族と暮らしたデュッセルドルフ時代から始まっていた。彼は一九五〇年初め、ドイツ共産党機関紙『自由（フライハイト）』の編集者として働いていたとき、

「第三帝国」ではＳＤ（親衛隊保安本部）に勤務し、今はアメリカのために働いているという男についての情報を得た。この男はゲアハルトに、捕虜生活から戻った後、アメリカ軍に雇われ、かつてゲシュタポやＳＤで働いていた人間と西ドイツで新たな情報機関を創設するという任務が与えられたと語った。ゲアハルトはこの話に衝撃を受け、強い関心をもった。彼はこのことを編集長に話した。編集長は、まず共産党指導部に報告しなければならないが、一番よいのはドイツ共産党党首のマックス・ライマン（一八九八〜一九七七年。西ドイツの共産党指導者。国会議員。五四年にＤＤＲに移り、六八年に西ドイツに戻った）と直接話すことだと教えてくれた。二日後、ライマンはゲアハルトを呼び、重要な情報を得たことをほめ、さらに調査を続けるように依頼した。もちろん記事のためではなく、党の諜報部のためである。それ以来、編集の仕事は表向きだけのものとなり、ゲアハルトは諜報部員となった。これは大きな変化のような感じがするが、ゲアハルトはそうは受け止めていなかったのかもしれない。フランスでの非合法活動で、こうした仕事のことはわかっていた。彼は単に以前と同じような仕事をしたのだ。偽名もフランスで使ったポールという偽名をそのまま使い、パウルと名乗った。

　それ以降、ゲアハルトは情報提供者と定期的に会った。情報提供者は西ドイツの諜報機関創設の進捗状況を詳細に報告し、それに対して金銭的対価を得た。二か月後、ゲアハルトは諜報部の「レジデント（専属スタッフ）」となった。これは、それまでずっと情報提供者として働いていた人たち全体を指揮するようになったことを意味した。情報提供者はほとんど例外なしに元ＳＳ隊員で、西ドイツの政界や政府機関にもぐりこんでいて、ドイツ共産党の諜報部から脅迫されている面々だった。彼らが無償で秘密情報を提供する代わりに、東の同志たちは彼らの正体を明かさずにいた。それが取引だった。

アウグスト・モーリッツという情報提供者の一人は、元SS中佐で戦時中はフランス、とりわけオルレアンとマルセイユのゲシュタポを指揮していた。ゲアハルトのシュタージ文書ではモーリッツは「コルンブレナー」という名前で言及されていた。アウグスト・モーリッツは戦争犯罪者として追われ、デュッセルドルフで別人になりすまして暮らしていた。彼は数十人のフランスの市民やパルチザンを拷問・殺害し、ユダヤ人移送にかかわったかどで一九五四年、マルセイユの軍事法廷で起訴され、死刑判決を受けている。ゲアハルトのネットワークの中での彼モーリッツの仕事は、そのような元SS隊員を探し出し、任務のために獲得することだった。

最初、これを読んだとき、僕は全く信じられなかった。ゲアハルトはそんな人間と仕事をしていたのだろうか。パルチザンとユダヤ人を殺害し、もしゲアハルトが彼の手におちていたら、ゲアハルトを殺害したかもしれない人間と。ゲアハルトはどうやってそのような男を守ることと折り合いをつけることができたのだろうか。誰であれそんなに自己規律や自制心をもちうるものだとは、僕には思えなかった。一九五一年にドイツ共産党の諜報網をひきついだ外交政策情報機関APNの責任者マルクス・ヴォルフ〔一九二三〜二〇〇六年。シュタージの高官〕でさえ、アウグスト・モーリッツと働くことは、ゲアハルトにとって「ほとんど耐えがたい負担」であったと書いている。しかし、文書には「レジデント・パウル」と「コルンブレナー」の間で問題が起こったことを示唆するようなものは何もない。ある報告では、ヴェルナーはモーリッツの仕事をはっきりとほめてさえいて、さらに彼と仕事をすることを薦めている。「情報は的確で、事前に予測されていた展開の通りになる。我われの平和とドイツ統一の戦いのために重要な政治的結論を彼の情報から引き出すことができる」。ゲアハルトが仕事と感情を分けることができたのは明らかだ。しかし諜報部員パウルと人間ゲアハルトは互いにどれほど葛藤状態にあったのだろうか。

パウルのネットワークはコンスタントに拡大していった。彼には秘書一人と東ベルリンに彼の報告を運ぶ二人の連絡員がつくようになった。一九五二年一月、ゲアハルトの西ドイツ諜報機関の情報提供者がベルリンに転任し、党はゲアハルトも一緒に移すことを決定した。なぜ一家がオーバーホーフでの冬の休暇からデュッセルドルフに戻らなかったのか、なぜ一家が突然オスヴァルトと名乗ったのか、これがその理由である。ゲアハルトが新たな名前を必要としたのは、ベルリンの同志がアメリカ側にゲアハルトの素性を知られたのではないかと考えたからである。ゲアハルトが引越してから三か月後、西ドイツの防諜部門が「コルンブレナー・ネットワーク」の存在を見つけ出した。アウグスト・モーリッツと四名の元ＳＳの仲間は西ドイツ側に逮捕された。一九五三年一二月、連邦裁判所での最初の大規模な国家反逆罪を問う裁判が行われ、彼らは数年に及ぶ懲役刑の判決を受けた。

ゲアハルトの東ベルリン到着後わずか数週間で、スパイ活動のボス、マルクス・ヴォルフが、それまでの党諜報部のネットワークを点検し始めた。党諜報機関全体が「保安上危険」レベルとランクづけされ、ヴォルフは「機関をただちに粛清し、浄化するよう」勧告した。「極秘」扱いの報告書には次のように書かれていた。「これまでの諜報機関全体で、機密を要する活動、機関員および情報源の選別がきわめて杜撰かつ劣悪に進められてきた結果、敵はわが方の活動をすべて掌握しているに違いなく、わが党指導部の撹乱にこの機関を利用することができた。（中略）特にまだ判明していない点は、どこまで敵が諜報機関に関する彼らの情報を利用して旧機関員を獲得することに成功したか、ないしは暴露された杜撰さがどこまで意識的な妨害活動によるものであったかである。旧機関員数人の場合は、提示された資料は刑法上の証拠にはならないにせよ、きわめて広範かつ重大なものである」。

今日、マルクス・ヴォルフは、厄介な競争相手を追い払い、同時に重要な西側の情報源を得るために、党の諜報部を解体したといわれている。諜報部の全職員が調べられた。多くの人が知りすぎていた、あるいはほかの理由で危険になったとされて、「裏切り者」として刑務所行きとなった。一九五二年八月九日のシュタージ対外偵察本部の審議記録には次のように書かれている。「レジデント・パウルについて、遅くとも一九五二年九月一五日までに覚書を作成すること。解任するか、逮捕するか決定のため」。どれほど危険が迫っていたか、ゲアハルトは知るよしもなかったろう。

一九五二年九月一八日、マルクス・ヴォルフはゲアハルトについての次のような報告書を提出した。「パウルの過去は徹底的な調査を必要とする。彼が意識的な妨害活動を行った可能性は確定できないにせよ、彼に確固たるマルクス主義的基礎が欠けていること、彼には真の階級意識を獲得する機会がなかったこと、彼が多くのブルジョワ的弱さをもつインテリのタイプであり、彼の知力にもかかわらず高度なレジデントの仕事をになう能力がなかったことが、いずれかにせよ確認されねばならない。（中略）フランスで、彼は後の転向者ヘルベルト・ミュラー、裏切り者のヴェルナー・シュヴァルツェなどと親交があった。抵抗運動に加わった経緯についてのパウルの話は、ロマンティックで冒険主義的である。（中略）パウルが自分の家族関係によって国内外における幅広い知人関係、特にトロツキスト分子との関係を擁していることを考えると、パウルは今後も観察の対象とされなくてはならない。彼のユダヤ人としての出自にもここで言及する必要がある。パウルの活動は確実に敵方に知られている」。

この報告はゲアハルトを監獄に送り込みかねなかった。妨害活動の疑い、真の階級意識の欠如、ブルジョワ的弱点、転向者や裏切り者、トロツキストとの関係、ユダヤ人としての出自。当時はこれほど党から重大な非難を受けなくとも、逮捕されシベリア送りになった人たちもいる。党の「粛清」は、この時期最高潮に達していた。委員会は「敵」や「西のスパイ」を捜していた。約一五万人の「党の路線からの逸脱者」が五〇年代の初めSEDから除名された。その多くはかつての社会民主党員であった。一九五二年一一月、チェコスロヴァキア共産党前書記長ルドルフ・スラーンスキー〔一九〇一～五二年。チトー主義者、シオニストという嫌疑をかけられた〕に、みせしめのための公開裁判で死刑判決が下された〔翌月はじめ処刑〕。DDRでも脅威をあおるヒステリー現象が再びはっきりとしてきた。裁判が準備され、政治局員やSED中央委員会のメンバーが逮捕された。一九五二年までDDRのナンバー・ツーだったフランツ・ダーレム〔一八九二～一九八一年〕、あるいは国家保安相〔シュタージ所轄大臣〕ヴィルヘルム・ツァイサ〔一八九三～一九五八年〕までもが、「反革命的策動」や「帝国主義的スパイ活動」により解任された。ゲアハルトのレジスタンス時代の最も親しい戦友であったオイゲン、本名ヴェルナー・シュヴァルツェにも裏切り者の嫌疑がかけられた。この数年間、誰もがある日突然、敵とされるかもしれなかった。不信感が支配していた。

どんなに忠実な同志をも疑うという、この新しい権力者が抱いた不信感は、とりわけ彼らの個人的な経験に根ざすものだろう。ヴァルター・ウルブリヒトやマルクス・ヴォルフのような人たちから信頼を得たのは、モスクワの亡命中に知り合った自分たちと同じ経験をした人間のみだった。西側に亡命し、ブルジョワやユダヤ人の家庭出身で、戦時中にはじめて共産主義者になった人たちはうさん臭いと思われていた。ウルブリヒトやマルクス・ヴォルフのような連中は、スターリンのテロがいかに機能し、従順で言いなりの国民を作り上げることができるかをソ連で学んできた。戦後、彼らがどのような気持ちでモスクワから故国に帰ってきたかを考えなくてはならない。彼らは今自分たちが支配している人びとが、かつて自分たちをドイツから追い出した人たちであることを決して忘れていなかった。彼らにとって、この国民を力ときわめて厳しい統制のもとでしか支配できないということは明らかであった。シュタージ、スパイ国家、軍事的に完全に組織された社会は、自国民に対する強い不信感の結果だった。

奇妙なことにゲアハルトにはたいしたことは起こらなかった。もはや諜報部員の仕事に就くことは許されなかったが、その代わり再びジャーナリストとしてＡＤＮ（全ドイツ通信社）の全ドイツ問題担当部長となった。そしてシュタージは彼を観察した。一九五四年一二月四日のシュタージ本部第五部門の報告には次のように書かれていた。「レオはＡＤＮ内での議論においてＳＥＤの中央委員会の措置に対して批判的であった。彼はＤＤＲでの「報道の自由」を求めている。レオは不安定な分子だ。連絡員の〈エルヴィーラ〉は、仕事上レオとコンタクトがあるので、我われの側から新たな作戦上の措置がとれるように、この接触を強化し、そのつながりを確かなものにするという任務が彼女に与えられた」。報告書の最後には「西側亡命者でありユダヤ人」であるというコメントがついていた。再び、そのようにユダヤ人という出自が問題にされていたのだ。僕はこのような言葉を読む度にぎくりとさせられる。

フリードリヒスハーゲンのゲアハルトの家主の女性は、シュタージにゲアハルトについて聞かれ、また同僚たちもさまざまな理由で彼についての評価を求められた。一九五五年六月、シュタージのキーンベルク少佐はレオについて次のように書き留めている。「個人的環境では疑わしい点は見当たらなかった。レオはほとんど毎朝、非常に早い時間に車での迎えを受け、夜遅く帰宅する。時間があるときは、家族に尽くしている。住居はよくととのっているが、スーパーモダンでもなく、高価なものでもない。家具は平均的市民がもつ範囲内だ。ＡＤＮの同じ部局の何人かの職員によると、レオはあまり人と交流していないようである。党のグループや党中央指導部は数回にわたりレオと懇談したが、党から距離を置いていることが判明した。党指導部側はレオを職務から解任することを考えている。党でもそれなりの対処が検討されている」。

レオは党から距離を置いた不安定分子だった。一九五六年二月の報告で、キーンベルク少佐は「実効性のある措置の拡大」を要請している。報告書の最初の頁の左上に黒インクで「疑念無用。措置をただちに中止」とあった。署名は読めない。この日からゲアハルトは監視されず、彼に配属された連絡員の報告もなくなった。誰が彼のことを守ってくれたのだろうか。それは非常に影響力のある人物に違いない。ＡＤＮの指導部も彼を更迭しようとはしなくなり、党も処罰の根拠を失った。黒インクで書かれた短い言葉が機構を停止させるのに十分だった。

ゲアハルトは彼のまわりの包囲網が狭まっていたということに、気がつかなかったのだろうか。彼は自分が罪をきせられたこと、またそれが許されたことがわかっていたのだろうか。たぶん彼は全く知らなかっただろう。そう考えれば、彼が引き続き警戒心もなく、オープンに話していたことが説明できる。例えば一九五六年九月一七日、彼はベルリンのプレッセ・カフェーで二人の同僚と一緒にいた。一人はシュタージの秘密協力者で、キーンベルク少佐に話の内容を報告していた。キーンベルクは報告書に次のように記している。「レオはハンガリーのように、党指導部を変えるためには署名を集めなくてはならない、と言った。シュタージの秘密協力者が、どういう人が新しい指導者としてふさわしいかを問うたところ、レオは十分人材はいると、答えをはぐらかした」。

ナチと闘ってきたゲアハルトが、仲間を疑うことに慣れていないのは明らかであった。彼は疑うということを知らなかった。フランスでは常に信頼できる仲間がいて、ナチを打ち破ることがまずもって重要であり、彼は自分の命を仲間に委ねた。デュッセルドルフでは敵はアメリカ人だった。しかしベルリンでは全く違う闘いだった。そこで活動していたのはパルチザンではなく、党幹部だった。そこでは、党員同士の対決だった。得体のしれぬ権力闘争、陰謀、キャンペーン。ゲアハルトがそれらすべてについて何も知らず、いたるところにただよっていた不安感に全く気づかなかったということは、まずありえなかった。

そしてゲアハルトは？　一九五六年八月、彼は仕事でハンガリーに行き、夜はペテーフィ・サークルのメンバーに会っていた。これはハンガリーの若い作家たちの議論サークルで、そのわずか二か月後に突如始まることになる民衆蜂起〔ハンガリー事件〕の準備にかなりかかわっていた。シュタージはゲアハルトが敵側と接触したことを知った。ブタペストの晩について数人の非公式職員が報告をしている。一九五六年一二月六日の記録には、次のように書かれている。「彼はハンガリー滞在中、ペテーフィ・サークルと連絡をとり、ペテーフィ・クラブでの政治議論に加わった。レオはそこで自己紹介をし、政治的論争を歓迎すると言った。彼は討論の中でハンガリー政治を強く批判していた論者に対し、その議論について感謝し、またその議論が正しいと言った」。ロイター中尉の署名がある書類メモは、数週間後に開催されたＡＤＮの党集会について報告している。「レオは、一九五六年ポーランドで起こった反革命的出来事〔ポズナン暴動〕を引き起こしたのは、敵ではなく、ポーランドの労働者政党内での論争であるという見解を公然と述べた。彼は明白かつ意識的に党の路線に反しているが、そのことは彼にはどうでもよいことのようである」。

彼は勇気があったのか、それとも底抜けに善良なのか、それともその両方なのか。誰かが自分を守ってくれていることを知っていて、そのためほかの多くの人たちよりも、思い切ったことができたのだろうか。それともこれは彼にとって通常のことだったのだろうか。あるいはシュタージが意図的に彼を現実とは違う敵の姿に描き出したのだろうか。彼らはゲアハルトを後でもっと容易に逮捕できるようにあらかじめ転向者として描き出していたのだろうか。僕はそれを知らないし、知ることはたぶんないだろう。しかし僕はこの報告や評価を読み、祖父に対して誇りを覚えた。僕は、なぜ彼がフランスでは勇敢だったのに、その後、東では口をつぐんだのか、いつも不思議に思っていた。今僕には、少なくとも彼が単に追随していただけのほかの人たちとは違っていたということがわかった。嘘や愚かさがきわめて露骨になってきたとき、彼はそれに抵抗した。なぜ家族はこのようなことについて何も知らされなかったのだろうか、なぜ彼は模範的同志として振る舞ったのだろうか。なぜ彼は自分の子どもが、彼自身抱いた疑問を抱くことを許さなかったのだろうか。おそらく彼は自分の弱さを見せることが不安だったのだろう。彼は、常に落ち着いた態度をとり、もし仮に批判するとしても、敵を利することのないように党内でのみ意見を述べることを学んだのだ。いつしか彼は自分の子どもよりも、党の方を信頼するようになっていたのだ。

偉大な思想が小さなDDRで何をしでかしたかを理解した後、彼はお人好しではなくなったのだろう。シュタージ文書には、ゲアハルトとの個別面談の議事録がある。文書には日付がなかったが、ポーランドやハンガリーでの事件が扱われているので、一九五六年のものだと思われる。同志らは、ゲアハルトの行動が必ずしも党派的でなく、本来であれば党の立場を述べるべきところで、独自の見解を申し立てるなど、不遜きわまりないと批判した。議事録によれば、ゲアハルトは次のように述べている。「私は危機的な状況において、党活動にはただ一つ、規律があるのみということに同意する。さらに、その時点では納得していない事柄を、党活動においてはときには実行せねばならないこと、あるいは、かつて同志ミュラーが私にとって危機的な状況の中で言ったように、服従しなくてはならないということも、承知している。しかし私たちには党というものがあるではないか。党は心配事、心にわだかまったことを何でも話せる存在なのだ」。彼らは祖父を言いくるめてしまったのだろうか、それとも祖父は本当にそう考えたのだろうか。服従して、正しいと信じていないことをやったのだろうか。彼はそんなことのために闘ったのか。彼が闘ったのは嘘をつく党のためなのか、抑圧する国家のためだったのか。どのようにして彼はこの狭量さ、この不信と折り合いをつけていたのだろうか。戦後DDRに帰還した勇敢な闘士たち、彼らのほとんど全員はなぜこの恐ろしいゲームに加わったのだろうか。

僕は一度ゲアハルトとこの問題について話し合ったことがある。ただしこれは実際には会話ではなく、壁崩壊から数年後にフランスの雑誌が僕たち二人を対象に企画したインタヴューだった。DDRの祖父と孫というテーマだ。このインタヴューでゲアハルトは初めて罪という言葉を口にし、なぜ彼のような人間がこの国家に結びつけられていたかを釈明した。彼は戦後抱いた自分の希望について語った。ナチが二度とチャンスをもてないような新たな社会をつくるという希望である。西ドイツでは政府内に戦争犯罪者がいて、大量殺戮者に高額な年金が与えられている。そのようなことはDDRではなかったと彼は言っている。それはほかの何よりも重要なことだった。このことは、本来ならば耐えがたいことを彼に耐えさせた。それが新たな社会の代償であり、不可避の犠牲であり、結局のところ、それが個々の問題よりもますます重要になったのだと、彼は何度も言った。

それは永遠に自分を説得する祈りの言葉のようなものだったに違いない。もし彼が突然ＤＤＲから距離を置いたら、彼の全闘争が無になりはしないだろうか。ＤＤＲはこの闘争の結果であり、報酬であり、人生の意味であったからだ。ＤＤＲを捨てることは自分自身を失うということなのだ。「これが私の国だった」と彼はこのインタヴューで語った。それは悲しくもあり、同時に少し誇らしげでもあった。まさにそれだからこそ僕は、僕の国だと言えないのだと思った。しかし僕は何も言わなかった。そして再びすべてが以前通りになった。

ＤＤＲは二人の祖父にとって、それまでの苦しみすべてを忘れることができる夢の国のようなものだったのだと思う。新たな出発、はじめからやり直すチャンスだった。迫害、戦争、捕虜などゲアハルトとヴェルナーが経験した恐ろしい出来事のすべてを過去の巨大な堆積物の下に葬ることができたのだ。これからは未来があるのみだ。トラウマが夢（トラウム）となった。反ファシズム国家を建設するという思いは二人にとって痛みを和らげるものであった。ゲアハルトは、ＤＤＲ市民はかつて自分の家族を故国から追い出した人たちとは全く違うドイツ人なのだという幻想に身を委ねることができた。そしてヴェルナーは社会主義を常に信じていたかのように行動することができた。新たな社会の一部となる気持ちがあれば、あらゆる傷、あらゆる失敗は忘れられ、許された。

かつての苦しみに新たな信仰が取って代わる、それがＤＤＲ建国のやってのけたことだった。最後の最後までゲアハルトとヴェルナーをＤＤＲに結びつけていた抑えがたい忠誠心は、そのようにも説明できる。彼らは大きな夢を大きな嘘であるとして暴くことは決してできなかった。そうすれば、彼らの人生の嘘も暴かれてしまうからだ。

そして子どもたちは？　彼らの子どもたちは望むと望まざるとにかかわらず、父親たちの夢の国に投げ込まれ、ともに夢を見なくてはならなかった。彼らは建国の背景にあった取引を知らなかった。彼らには克服しなくてはならないこと、隠さなくてはならないこともなかったが、信じることも難しかった。彼らは貧しさ、嘘、狭量、不信を見た。そして子どもたちは、未来の夢を語る父親たちの決まり文句を聞いた。高揚した状態も力も大部分が失われてしまっていた。さらに孫の世代は？　彼らはようやくそれが終わったのを喜んだ。彼らはこの国家を蹴飛ばしても、少しもやましい気持ちにはならなかった。大きな夢は僕に何を与えてくれただろうか？　狭量な禁令、細かすぎる原則、ＦＤＪの青い色のワイシャツの裾を長く伸ばしたように見えるジーンズだけだった。三世代で、この国家のエネルギーは消費されつくしてしまった。ＤＤＲは、老人たち、建国の父たちの国家でしかなく、そのロジックはほかの誰にももう意味をもたなかった。

第17章

衝突事故

僕とDDR

六歳のとき、僕はシュタージと初めて接触することになったが、これは接触というよりむしろ衝突といったほうがよいだろう。友だちと遊んだ帰り、道を渡っているときに、シュタージが運転している車にはねられたのだ。後になってヴォルフが僕に話したところによると、この衝突によって、車のナンバープレートが落ち、二枚目のナンバープレートが出てきてしまった。運転していた男にとって、このことすべてが非常におもしろくなかった。子どもにぶつけてしまったことだけではない。彼は交通警察官や事故の目撃者に、なぜＤＤＲにナンバープレートが二枚ついている車があるのかを説明しなくてはならなかったのだ。このシュタージの馬鹿がスピードを出しすぎた、とヴォルフは言った。当時僕はシュタージが何を意味するかわからなかったが、シュタージと僕との関係は最初からよいものではなかったといえる。

脾臓が傷ついたため、僕はプレンツラウアーベルクの救急病院に運ばれ、手術を受けた。これはシュタージとは関係なかったが、六週間入院していた一階の病室の窓には格子がはめられていた。両親は一週間に一度だけお見舞いが許可された。僕を興奮させないためだと医者たちは言った。ヴォルフはたびたびやってきて、窓格子をよじ登り、外から手を振って僕に挨拶してくれた。そのことが嬉しかったのか、悲しかったのか、もう思い出せない。興奮したかどうかも。しかし窓格子の後ろにいる父親の姿は記憶に残っている。これは最も古い思い出の一つだ。壁崩壊後、西側の人にＤＤＲについて話すとき、いつも入院中の格子窓の話をする。西ドイツ人（ヴェストラー）はイメージ通りのＤＤＲということで、この話が好きだ。シュタージの車にはねられ、両親から引き離され、格子窓の病室に一人ぼっちの子ども、という話だ。

後になってその意味がやっと理解できるようになった子ども時代のいろいろな光景を思い出す。ヴァンドリッツには車両通行禁止の道があり、僕たちは、両手をハンドルから離してスラローム自転車レースができた。ブナの森を通ってリープニッツ湖に続く道だった。森には緑色に塗られた塀があり、「野生動物研究地区」と書かれた標札がかかっていた。ヴォルフは僕に、この塀の後ろには危険な大型動物がいると説明してくれた。僕はライオンかドラゴンがいると考え、自転車でリープニッツ湖にいくとき、いつも少し怖かった。塀は怪獣を隔離するだけの十分な高さがあるか不安だった。あるときヴォルフは、巨大動物はこの国を支配している人たちで、森の中の塀は私たち

入学式のマクシム（1976 年）

から彼らを守るためのものだ、と教えてくれた。僕たちを怖がっているのは誰なのと聞いたら、ヴォルフはこの森に棲んでいる人たちは何にでも怖がるんだと言った。リープニッツ湖には立ち入り禁止の岬があったが、そこではエーリヒ・ホーネッカーだけが水浴できる、と言われていた。僕たちの泳ぐ場所はこの岬からそれほど離れていなかった。僕はエーリヒ・ホーネッカーの水泳パンツ姿がどんなものか一度見てみたかった。でも彼がそこにいたことは一度もなかった。太陽のもと、大桟橋に人はいなかった。アンネは、エーリヒ・ホーネッカーは私たちの国がすべてきちんと動いているか、気を配っていなくてはならないので、泳ぐ時間がないのではないかしらと言った。とてもすばらしい水浴場なので、僕はエーリヒ・ホーネッカーのことをかわいそうに思った。一度、二人の少年が桟橋にむかって泳いで行ったのを見たことがある。しかし二人が岸辺に着く前に、小銃をもった兵士たちが岬は立ち入り禁止地区だからすぐ引き返すように彼らにむかってどなっていた。

　立ち入り禁止地区には胸がわくわくした。バルト海にも一か所あった。僕たちは五月の休暇によくプレーロに行った。そこの砂丘にはキャンプ場があった。アンネとヴォルフは、いつも有刺鉄線に囲まれたFKK〔ヌーディスト〕ブロックに行きたがった。その後ろには国境地帯が広がっていた。一度、天気の悪い日に、僕は二人の友だちと有刺鉄線近くに深い穴を掘った。穴は僕たちの背よりも深くなり、降りたら登るのに縄梯子が必要となった。翌日大騒ぎになった。シェパードをつれた兵士たちは穴の周りに立ち、誰が穴を掘ったのか調べていた。僕も友だちも何も言わなかった。そして兵士たちはシャベルで穴をふさいだ。ヴォルフも興奮していた。ヴォルフは、僕たちが西に逃げようとしたと兵士たちに疑われるといけないので、二度と柵の周りに穴を掘らないように言った。

西側への逃亡。これは僕の大好きな遊びの一つだった。この遊びには少なくとも四人必要だった。三人の子どもがジャングルジムに並んだが、これが国境警備兵役だ。四人目の子どもがジャングルジムを登って、国境を抜けようとしなくてはならなかった。ジャングルジムの反対側に行けたら、「西だ」と叫び、勝ちとなった。一度クラスでブランデンブルク門に行ったことがある。僕は八歳だった。女性教師は「反ファシズムの防護壁」を見せたかったのだ。先生が社会主義的平和闘争について説明している間、僕たちはどうやって壁を越えるのが一番よいか考えていた。一人はクレーン車を提案し、ほかの子はグライダーを考えた。次の日は学校で、僕たちは「なぜ国境は守られなくてはならないか」というテーマで郷土研究を書いた。アンネは僕の三年生の郷土研究のノートをとっておいてくれた。罫線入りで問題があらかじめ印刷された紙が僕の前にある。「そうしないとみんな逃げてしまうから。そして向こう側はファシストだから」。成績はたったの三（日本と異なり一が最上位の成績）だった。「平和が守られるように」と、正しい答えが横に赤インクで書かれていた。

今、また子ども時代のノートをめくると、すぐに記憶がよみがえってくる。通学鞄の皮の匂い、クラス担任のパンクラッツ先生のヘアスタイル、ＦＤＪ旗掲揚式のときに聞いたスピーカー越しのグリーブシュ校長先生の声、初めてのピオニール証明書、僕の二列前に座っていたペギー・ザジンスキーの顔。押し葉、家畜化された豚の重要な特徴が書かれたメモ、当時宇宙飛行から帰還したばかりのジークムント・イェーン（一九三七〜二〇一九年）やヴァレリー・ブィコフスキー（一九三四〜二〇一九年）

の写真、ピオニール団の使命。そこで僕は社会主義団結週間に参加すること、ニネッテ・ライネルの顔に二度とつばを吐きかけないことを約束していた。あるページには「ＤＤＲ建国以来達成されたもの」という表題があって、表に挙げる形になっていた。「すべては国家に帰属し、国家は私たちだ。すべての人はともに決定に参加する権利をもつ。よい生活、非常によい生活。失業の不安がない。資本家や戦争屋どもは権力を失った。新しい住宅が次々と建てられる。土曜休日」。

ノートにはほかの表もあった。かつて労働者たちがどれほど悲惨な生活状況にあったか、そしていかに今日がすばらしいか、十月革命以前のロシアがどれほどひどい状態であったか、そしてその後、まさにパラダイスのようになったかが、示されていた。僕はすべて暗記し、課題を書き、そしてすべて忘れた。例えば豚の最も重要な特徴や、よく知られた十種類の広葉樹の葉の形などだ。学年が上がるともっと多くの表があった。革命的状況の三つの決定的要因、社会主義の優越性を示す十の根拠、ＳＥＤの最初の党綱領の最も重要な五つのポイント。やる気のない教員が黒板に表を書き、やる気のない生徒がそれをノートに書き写し、やる気のない両親が署名した。それが、僕の中に残った社会主義だった。表形式の社会主義だ。

休み時間には『ブラーヴォ』誌のポスター〔西ドイツの若者向け雑誌制作のポスター〕やデュプロのシール〔西ドイツ製チョコバーについているおまけ〕を交換したり、「ガンスモーク〔アメリカの人気ＴＶドラマ〕」の一番新しい回の結末を話したりしていた。僕たちの誰も、このことすべてがどのように符合するのか、あれこれ考えたことがなかった。アメリカのテレビドラマシリーズ、ブラーヴォ・ポスターと社会主義の優越性。学校にはある一つの真実があり、実生活ではまた別の真実がある、ということは何となく当たり前だった。ただチャンネルを変えなければならなかっただけだ。テレビのように。

その後、プレンツラウアーベルクよりも静かで緑の多いカールスホルストへ引っ越した。小さな庭付き二世帯用住宅だった。二階には家主のカイザー老婦人が住んでいた。学校へ行くには道を一つ横切ればよいだけだった。これは僕の事故以来、アンネとヴォルフにとっては重要なことだった。転校した学校では月に一度、ＦＤＪ旗掲揚式があった。ＦＤＪ旗掲揚式開始直前に着たＦＤＪの青いシャツを、ＤＤＲ国歌の最後の一音になったときには、もう脱いでしまっていた。これはプロテストではなかった。単にＦＤＪのシャツを身につけていることがとても格好が悪かったということだけだ。

僕が祖父のゲアハルトに学校がどんな様子か話したとき、祖父が驚いていたことを思い出す。祖父は僕がＦＤＪのシャツを西ドイツ製のポリ袋に入れて学生鞄につっこんでいるのを見たので、その話になったのだ。祖父は僕に「赤い鷲」に入っていた頃のことを話してくれた。彼らも青いシャツを着ていたが、ほかの人たちと集会に行くと、すぐさま志を同じくする人たちにとりかこまれ、それがすぐに青い海のようになり、彼にはそれがすばらしく感じられた。青い海というイメージは気に入ったが、僕はそのような集会はむしろ僕に不安な気持ちを起こさせるということがわかっていた。

一九八二年一一月のある日、僕たちの女性校長ライヒェンバッハ先生が更衣室に駈け込んで来た。僕たちは体育の時間が終わったばかりだった。ライヒェンバッハ先生は目に涙を浮かべて言った。「大変なことが起こったの。ソ連の党書記長レオニード・ブレジネフ（一九〇六～八二年。在任一九六四～八二年」が亡くなったのよ」。一瞬の沈黙ののち、僕たちは裸のカイ・ペッツォルドがライヒェンバッハ先生の後ろで下着を必死に探す姿をみて、ついクスクス笑ってしまった。ライヒェンバッハ先生は何が起こったかわからず、クスクスという笑い声を聞いて、怒って更衣室を出て行ってしまった。次の授業は数学だったが、ライヒェンバッハ先生は僕たちの教室に来て、このような出来事があった後には全員レオニード・ブレジネフについて作文を書くようにと言った。さらにブレジネフのことが誰だかわからない生徒が何人かいたことが判明した。ライヒェンバッハ先生はまた泣き出し、このままではすまない、と叫んだ。でも数か月後、また次のソ連党書記長が死んだ時は、何も起こらなかったし、また学校でそのことを話す者は誰もいなかった。

僕たちのクラスで数人の生徒が毎週キリスト教の授業に参加していた。僕が淡い恋心を抱いていた女の子も加わっていたので、僕も行くことにした。教会には分厚い絨毯が敷きつめられた部屋があった。その部屋の中央には大きな五本のロウソクが立てられ、僕たちは床に円形に座り、イレーネ牧師によるイエスの話に耳を傾けた。すばらしい話で、学校とは違い全員が熱心に聞いた。授業の最後にはお祈りがあったが、そもそもそれまで僕は神様のことを信じていなかったため、お祈りにはいつも少し抵抗を感じていた。しかし、このお祈りは何か魅力的で秘密めいていた。僕が母にその話をしたら、母は僕がなぜ突然宗教に関心をもったのかわからなかったので驚いていた。僕はアンネがそのことを問題にしていることに気がつき、それがキリスト教の宗教教育に対する僕の関心を非常に強めることになった。一度は夜ベッドでお祈りまでした。何を祈ったかもう忘れてしまったが、どこかで神様が僕のお祈りを聞いているかどうかわからなかったため、非常に緊張したことを覚えている。

宗教の時間にイレーネ牧師は、自らを愛するように汝の隣人を愛さねばならないと話した。僕の横には併設クラスの太った女の子が座っていたが、彼女はいつもひどく汗をかいていて、いくらその気になってもこの女の子をどう愛せるか想像できなかった。イレーネ牧師が僕たちと議論したほかの教義にもなじむことができなかった。例えば誰かに殴られても、殴り返してはならないというのも。これは学校で習う社会主義の達成表と同じで、意味を感じとれなかった。キリスト教の授業は火曜日で、水曜日は「ＦＤＪの午後」だった。ライヒェンバッハ校長先生は、七年生の「ＦＤＪの午後」を火曜日に移すことを決定した。彼女は学校の生徒たちが教会かＦＤＪのどちらかに決めるべきだと考えていたからだ。その結果、僕たちのクラスの半分が火曜日にキリスト教の時間をとったため、以前の時間割が復活した。イレーネ牧師は信仰が勝利したと言ったけれど、僕は僕たちが勝利したということだと思った。

七年生から週に一度、「生産的労働」という授業があった。僕たちはガスボイラーの部品を製造している金属工場に行かされた。たぶんそこの人は僕たちに何をさせればよいかわからなかったのだと思う。そのため、僕たちは何時間もネジの仕分けをさせられ、僕たちが帰った後、次のクラスに同じことをやらせるために仕分けられたネジはまたいっしょくたにされた。ときどき何人かの仲間と僕は金属工場に行く代わりに、公園の裏に続く小さな森に遊びに行った。小さな森の端にソ連軍の兵営があった。兵営の塀の前でパトロール中の兵士たちは僕たちに吸い口が厚紙のタバコをくれたが、とても強くて僕にはふかすことさえできなかった。兵士たちは僕たちを見ると嬉しそうだった。「故郷遠い、子ども遠い、女の人遠い」と言っていて、僕たちは彼らがここでとても孤独を感じているのがわかった。カールスホルストにはロシア人がたくさん住んでいた。歩道でロシア人に出会うと、すぐにその人がロシア人だとわかった。女性たちはきついお化粧をし、春になっても分厚い毛皮の帽子をかぶっていた。男性たちはたいていの場合少し大きすぎるカーキ色の制服を着ていた。小さな森の兵士たちはときどき酔っ払っていた。彼らは僕たちにウォッカを差し出したが、僕たちは試してみようとはしなかった。カールスホルストの人たちによれば、ロシア人は目がつぶれるようなアルコールを飲んでいるということだった。以前、大晦日に酔った兵士たちが榴弾をキャンプファイヤーに投げ入れたことがあった。一人が両足と両手を失ったそうだ。ほかの人たちは上官にさんざん殴られた後、投獄された。みんな、ソ連兵はかわいそうな人たちだけれど、それでもソ連ではもっとひどい状況だから、おそらくカールスホルストにいることを喜んでいるのではないかと言っていた。僕は、ロシア人は勝ったのに、どうしてそうなるのか理解できなかった。テレビでは、赤軍の英雄的な闘いを扱った映画が放映されていた。僕は、ヒトラーはロシア人がいなければ負けることはなかったことを、また彼らが僕たちを解放したことを、知っていた。それでもカールスホルストの兵士たちは勝者には見えなかった。

一五歳のとき、僕たちの学年の男子は軍事訓練キャンプに行くことになった。女子は残ることが許され、救護コースをとった。母は僕がこんなに若いのにもう軍事訓練をしなくてはならないなんて、ひどいと思った。彼女は、医師から僕が肉体的に軍事訓練に不適格であることを証明する診断書を手に入れた。でも僕は女子といっしょに残ることなど嫌だった。僕はキャンプに行きたかったので、アンネから許しが得られるまで長い時間をかけて彼女を説得した。そして、僕たちはベルリン近郊の宿営地へ行った。最初の日は自分の所持品を戸棚に入れ、緑色の制服を受けとり、これからの二週間で僕たちを男にすると宣言されたが、僕はそれも悪くないと思った。もっともそのときはまだ男というのは朝七時に起き、朝食前に三キロ走らなくてはならない、ということを知らなかったのだ。ほかの時間は、森の中を匍匐前進し、歩調をそろえての行進や放射線から身を守るすべを学んだ。これは全く簡単だった。ただ地面に身を投げ出し、テントをかぶればよいだけで、そうすれば無事やりすごせるとのことだった。

軍事訓練への引率教員は技術担当のクリュック先生で、彼は規律と秩序を絶対視する人間であることが判明した。僕たちは毎晩黒の軍靴をピカピカに磨き、制服をきちんとたたみ、ベッドの前で点呼を受けなくてはならなかった。普段の生活では、クリュック先生は小柄で物静かな人間で、青い作業服姿で工作室に座り、誰も彼の邪魔をしなければ、それでよいという感じの人だった。ところが今や将軍のように威張ってあちこち歩き回り、乱暴な命令を出していた。僕はベルリンで女の子たちと過ごせたかもしれない気楽な生活を思い、これからはいつも母の言うことを聞こうと心に誓った。週に二度、人民軍の政治将校が来て、僕たちに軍事状況について説明をした。将校は戦線がどのように展開し、戦局がどのように推移するか予想してみせてくれた。その出発点は常に帝国主義的NATO軍の夜間の奇襲攻撃だった。弱さを見せた瞬間に僕たちを破壊しようとする敵がそんなにたくさんいることを僕はそれまで知らなかった。将校は、敵がこれまで攻撃をしかけてこなかった唯一の理由は、わが軍が強かったからだと説明した。しかしこの強さは自然に生じるものではなく、共和国はまさにこの困難な時期に、自分の国を守るという気概をもった若い人びとを必要としている、と言った。自発的にさらに長期の兵役をやりとげようとする生徒が記入するリストが配られた。軍服で付近を二週間匍匐前進したせいか、あるいは政治将校が非常に親しく、真剣に僕たちと話したせいなのかわからないが、実際僕は署名しようかと考えた。しかし、次の三年間の軍隊生活では国境に送られることもありうることを思い出した。僕はそんなことは嫌だった。

軍事訓練の最終日の前日、僕たちは小銃による実弾演習を許可された。全員が実弾五発を渡され、銃を単発式にセットして、五〇メートル離れたところにある兵士の図像を撃つのだった。僕は大変緊張し、全部外れてしまったにもかかわらず、得意だった。家に戻ったときヴォルフに射撃演習のことを話したら、ヴォルフはキャンプでそんな危険なことをさせているということを知らなかったので非常に憤慨した。僕はあの経験はとてもすばらしかったと言い、気を静めるように言ったが、ヴォルフは翌日、校長のライヒェンバッハ先生のところに行き、彼女にこのとんでもない学校は子どもに武器の使用を強制したとわめいた。今度はアンネが興奮した。ちょうどアビトゥーア〔大学入学資格試験〕の選抜が行われていたからである。「あなたは息子の将来を台無しにしたのよ」と彼女が言うと、ヴォルフは人の将来を台無しにするのは、クソ国家の方だと答えた。

両親を通して、僕は早くから物事がどう進んでいくのかわかっていた。ただ二人が一致することはめったにないので、ことは複雑になった。DDRは社会主義を裏切った党幹部の独裁であるとヴォルフは言った。アンネは、たしかに大きな問題はあるが、それは克服できるという意見だった。僕と政治の話をすると、たいてい両親は口論になり、またその喧嘩のなりゆきでヴォルフの立場はさらに過激になった。彼は「犯罪者国家」、「DDR監獄」と言い、アンネはそんなバカげたことを子どもに話すなんて、あなたはすべてを難しくしていると、警告するような口調で言った。僕はトラブルを避けるためには、何をどこで言うべきかかなりよくわかっていた。僕は公民の科目の成績は常に一だった。なぜならば、〔前に述べたような〕表があったからだ。僕はFDJの活動家集会に行ったし、母がときどき編集局から秘かに家にもち帰った『シュピーゲル』誌〔西ドイツの高級週刊誌〕を読んでいた。僕は先生たちに何も気づかせないで、両親の秘密を知っていることが誇らしかった。母は僕に、特に歴史的な関連を説明したが、それが彼女にとって最も重要だったからだ。ほかの人から嘘を教わる前にできる限り真実を知っておくことは、自分の頃よりも僕にはずっと簡単なことだと母は言った。例えば僕は、一九五三年六月一七日、東ベルリンで労働者の蜂起があり、ソ連軍によって残虐な形で弾圧されたことを知っていた。しかし学校の課題では、DDRの労働者階級に被害を与えようとした反革命的挑発と西ドイツのスパイがいたと書いた。僕は平気でそう書く自分がいやになったりしなかったし、自分を裏切り者だとか臆病者だと感じたこともなかった。なぜならば、それはほかの人たちが僕に言わせたかったことを言っていただけだったからだ。

もしかしたら、そういうことはどれも僕には重要なことではなかったからかもしれない。いずれにせよ、リスクをおかしたり、不利益を我慢したりするほど重要なことではなかったのだ。アンネはDDRに結びつきを感じる一方で何かを変えたいと思っていたので、いかなる屈服も妥協も大きな苦痛だったことを、今の僕はわかっている。彼女はこの国家のことを誠実に考えていたので、どんな嘘でも彼女にとっては敗北であった。父でさえ、状況が完全に絶望的であったことはなかったので、この国で何かが起こることを常に期待していたと語る。僕はそんな風には思わなかった。むしろ僕はこの国家に何の関係もないという気持ちだった。DDRについて両親が僕に話してきたことから、また僕自身が見てきたことから、DDRは僕にとってどうでもよいものになった。当時はそれを意識してなかったと思う。しかし今それについて考えてみると、この国に真剣な気持ちなどもっていなかったことに気がつく。憎しみも愛も、希望も失望もなかった。あったのは、どうでもよいという気持ちだけだった。

　これは奇妙に聞こえるかもしれない。そもそも人はみな自らの故郷に何かを感じるものだからだ。僕は故郷に対する感情をDDRから切り離しただけだ。バースドルフにある夏の小さな別荘の白樺、リープニッツ湖（ゼー）の水浴場、カールスホルストの湖公園（ゼーパルク）、僕が生まれた町の通りは、僕にとってこの国家とは関係がないものだ。DDRはほかの人たちのものだった。僕たちの校長ライヒェンバッハ先生とメーデーの集会で演壇に立つ党幹部とか、ザクセン訛りの警察幹部たちとか、テレビ局の番組「時事報道（アクトゥエレ・カメラ）」のキャスターとか。DDRとは禁止事項や馬鹿げた規則であり、通りにかかげられた「私

マクシムとヴォルフ（リープニッツ湖にて、1971 年）

の手がつくる私の物」とか「今日の労働は明日の生活」というスローガンが書かれた赤い横断幕だった。両親は、そのようなＤＤＲとはできるだけ関係をもたないようにして距離を保つことを僕に教えてくれた。それはあえて言わなくても明らかなことだった。僕はアンネとヴォルフがいかに生活し、いかに国家から距離を置いているかを見ていた。またどんなにアンネがＤＤＲにこだわっていたか、今ようやく理解できるようになった。彼女は自身が大変苦しい思いをしたので、この感情を僕が受け継ぐようなことはさせたくなかったと語った。

アンネはいつも僕に対してオープンで、真剣に話をした。大人と話しているようだった。彼女は僕を説得することなどは試みず、僕が知って理解した問題を整理できるようになることを望んだ。もう少しのところでもっと長期の兵役に志願しそうになった軍事訓練のときの気持ちを話したことがある。それは帰属することへの欲求という、慣れない感覚だった。今になってあれはＤＤＲに結びつけられたいという要求だったといえる。アンネは当時、この国に生きるにはさまざまな道があると語った。一緒にやっていくか、それに抵抗するかという道だった。少し一緒にやり、少し抵抗するという可能性もあった。アンネは僕がどう決断しようと常にその決断を支えるつもりだったという。ただし真剣に抵抗するためには、非常に強くなくてはならないことを僕ははっきり認識しなければならなかった。そして、ひとたび真剣に一緒にやったら、やめることは難しかった。彼女は悲しそうに僕を見た。たぶん彼女は、子どもにそのようなことを説明しなくてはならないなんて、尋常ではないと思ったのかもしれない。

こういったすべてのことは、今こうして僕がそれを語るときになって、それまでもってこなかったような意味をもち始めた。僕のそれまでの人生の大半は、実際ごく普通だった。その普通さといえば、ハンブルクやボンでの生活とおそらく変わりはしなかったし、ＤＤＲのことをあっさり忘れてしまう位だった。こういう生活は家で、庭で、海で、友だちのうちで、サッカー場で繰り広げられた。ジャングルジムから飛び降りたこと、魚を捕まえたこと、初めての煙草、公園での女の子とのキス。後になってＤＤＲのことを軽くかわすことができず、それが近づいてくるのを感じるようになって初めて、違う目でＤＤＲを見るようになったのだ。

第18章

小さな事

シュタージからの働きかけ

一九七六年冬、国家人民軍の調査部部員と称する若い男がアンネとヴォルフを訪ねてきた。ヴォルフは、ライナーというその男から感じのよい人間だという印象を受けた。ライナーは、僕の両親のことを調べ、ヴォルフは批判的ではあるけれど献身的な市民だということがわかっていると言った。だから尋ねたいことがあると言う。ライナーは自分の仕事のことについて、また西側で活動し、西ドイツの軍事情報を彼の所属する部署に伝える偵察員のことについて語った。DDRを攻撃から守るために、平和を守るためにこういった情報は重要だという。大変な危険を冒してこの仕事をする同志たちが援助を必要としていると、ライナーは話した。その援助自体は小さな事でも、それが積み重なれば、大きなものになる。要するに、彼が聞きたかったことは、西側の同志が重要な報告を伝えようとしたとき、アンネとヴォルフが自分たちの郵便受けを使わせてくれるかどうかだった。どうことが進むのかアンネが質問すると、ライナーの答えは、西ドイツから知らない人の葉書が届いたら自分に電話するだけで、それ以上のことは何もしなくてよい、ということだった。そうするとライナーがその葉書をとりにくるという。

この瞬間、アンネとヴォルフに、今になってもきちんと説明ができない何かが起こった。彼らはその話を断らず、躊躇したが、これからもライナーと会うことを考えてみる気持ちになった。ヴォルフがライナーを戸口まで送ったとき、ヴォルフは、それぐらいのことはできるだろうと言った。心のこもった別れは、彼らがこれから親しくなることを示しているかのようだった。

ライナーが次にやって来たときは、同僚の男と一緒だった。その男は二人の家から西側に電話ができるかどうか尋ねた。急ぎだということだった。アンネとヴォルフは突然のことで当惑したが、断ることができなかった。ライナーの同僚は長距離電話交換局に通話を申し込んだがうまく通じなかった。その後しばらくの間、ライナーから両親には何の連絡もなく、また葉書も来なかった。数週間後、ライナーが電話をしてきて、僕の両親がいない場合でも同僚が電話を使えるように家の鍵を預かることができないか聞いてきた。ヴォルフは、今振りかえってみると、遅くともこの時点で二人にはすべてのことがうす気味悪く思えてきたと言う。ライナーから鍵のことで再度連絡があったとき、アンネは彼に、最初の話と全く違うので、鍵を貸すようなことはしたくないと断った。驚いたことに、何の問題も起こらず、非難されることもなかった。ライナーはもう一度やってきた。二人はこの接触について秘密厳守の義務を守る旨の誓約書にサインさせられた。これでこの話は終わった。

一九七六年冬、僕の両親に何が起こったのだろう。そもそも二人は全くやりたくないことをしようとしたのだが、何がそうさせたのか。そのことは全く説明しようがなく、また彼らが自分たち自身についてもっているイメージとも合わないので、二人にとってこの出来事は居心地悪いものだった。特に、正しいと思ったことを行うのに不安をもつことなどなかった反逆者のヴォルフは、いまだにそのときの自分に驚いている。「ノーと言いにくいところから、彼らは僕を捉えたのだ」と彼は説明する。「この男は感じがよく控えめで、僕は敵とかかわっているという気持ちにはならなかった。西に逃げないとしたら、自分のいるところで何かしなくてはならないと僕は考えていた」。アンネは、特に彼らが自分たちにそれ以上何も求めなかったことに、ほっとしたと言う。もし彼らが誰かの身辺をさぐるようなことを言ってきたら、彼女はすぐに断っただろう。しかし西側で活動する情報収集者を助けることは、彼女にとって問題はなかった。「協力しないと、敵として見られるのではないかという不安もあったかもしれない」と彼女は語る。

両親が最初にこの話を僕にしたのがいつのことだったか、正確には覚えていないが、壁の崩壊後だったと思う。これはシュタージによる調査の問題にかかわっていて、自分のことについては受け身であってはならず、沈黙したままでいてはならないとアンネは感じた。アンネのシュタージ書類には、国防省調査部が最初の接触前に作成した、ヴォルフについて次のように記した人物プロフィールが入っていた。「彼はDDRに対してポジティヴな態度をとっている。彼は自分の居住地区での社会的活動に熱心に参加し、アパート自治会〔同じ家屋の居住者がつくる組合で社会主義的関係を形成するための機能が課せられていた〕の団結心形成に貢献した。特別な政治的社会的行事には、自発的に参加している。L.〔レオのイニシアル〕はまだ党員ではない。妻とは和やかな関係で、きちんとした家族関係にある。夫婦間に二人の子どもがいる。調査部は公的な指示によってL.のことを知った」。

明らかに彼らはヴォルフについて、ヴォルフ自身が認めたくない姿を見ていたようだ。彼らが捉えたヴォルフのそのような面は実際、表面をほんの少しひっかくだけで現れてきたものである。彼には、何かをしたい、何かにかかわりたい、いつも反対するだけではなく何かに賛成したいという欲求があった。もし同志がもっと巧みだったら、また彼らがその要求でヴォルフを驚かせなかったとしたら、彼

ヴォルフ（1976年）

は自分が思っていた以上の協力を喜んでしたかもしれない。

　郵便受けや電話の件はたぶん、彼らにとってはアンネとヴォルフがどこまで使えるかどうかの単なるテストだったのだろう。両親の文書は後に、対諜報担当のシュタージ中央局第二部門に移管された。シュタージはヴォルフに関心をもった。ヴォルフは「批判的だが敵対的ではない」考えをもっていると、書類のメモに書かれていた。彼を獲得するためのさらなる試みが行われた。「国防省調査部の経験に基づき、口実を作って夫婦と非公式の接触をとり始めることになった。コンタクトの期日を決めようとしたとき、この夫婦が国家保安省〔シュタージ〕と秘匿して話す用意はないことが明らかになった。夫婦は国家保安省の建物に出頭することにあくまでこだわった。その際ヴォルフ・レオは、管理局がコンタクトをとってきたことをオープンにし、そのコンタクトのことを〈不当な重荷〉とした。このような状況のもと、それ以上コンタクトをとる試みはなされなかった」。

僕は、もしヴォルフがシュタージの要求をはねのけなかったら、何が起こっていたかを想像してみた。一歩ずつ、また小さなことが積み重なって、深みにはまっていっただろう。多くの人たちはそうなったし、またたいていの人は、悪いことをしているような気持ちはもっていなかったのだ。いずれにせよ、おそらく重要ではない数枚のメモやちょっとした情報。例によって、みんな誰も傷つけないような情報だけというわけだ。シュタージのために働くことは必ずしも自分を歪めなければならないということではなかった。彼らは違った人間に特に関心を払った。何かを変えたいがどうやって始めてよいかわからない、小さな反逆者。何でも知っているつもりだが、普段誰からもその意見を聞いてもらえないような小さな事情通。ヴォルフはワナに落ちていたかもしれない。もしかしたら、彼は自分であり続けながらも、シュタージの一員になっていたかもしれないのだ。初めはすべてがうまく行っているように思えても、後になると誰にも理解できない状況に陥るのだ。

シュタージ文書には、ヴォルフとアンネが一九七七年一〇月と一一月に参加した「非合法討論サークル」のことも書いてあった。このサークルは、両親の知人のトレープトにある家で毎月一回集まっていたが、当時それが非合法だとは全く知らなかったと、今アンネは言う。アンネとヴォルフは二度そこに行った。「わが党と政府の政策に反対する内容のジャーナリズムの問題について議論された。その際ヴォルフ・レオは非常に消極的な態度を示し、このようなグループにシュタージが入り込んでくることについての警告までした」と報告書にある。つまりヴォルフはそのような議論サークルへの参加が危険につながりかねないとわかっていたのだ。そして彼は正しかった。両親は後にそのメンバー一〇人のうち、四人がシュタージの情報提供者だったことを知った。さらに、会場となったリビングルームのシャンデリアには盗聴器まで仕掛けてあった。ご苦労なことだ。しかし、アンネは、すべて完全に無害だと感じていた、そうでなかったなら彼女は行かなかっただろうと言う。ヴォルフにとってはただ退屈なだけだった。主催者が不安になったので、短期間でそのサークルは解散した。解散に際してパーティーがあって、びっくりするぐらいたくさん写真が撮られた。二、三週間後、シュタージがアンネに連絡してきた。そして「我われから逃げないように」身元を確かめるために何枚かの写真を彼女に見せようとした。シュタージは相変わらず両親が自分たちの味方だと思っていたのだ。

アンネはシュタージの写真を見なかった。討論サークルの主催者は二週間後、科学アカデミーでの仕事を失い、市立文書館に左遷されたが、そこには懲戒処分で転任させられた人たちが大勢いた。アンネとヴォルフには何も起こらなかった。この討論サークルは本当に無害なものであったため、二人はこのことすべてを驚きでもって受けとめた。ある女友だちが二人に、そのようなサークルで何が話されたかは問題ではないことを説明してくれた。グループを作ることがすでに非合法だったのだ。一〇人が家に集まることが政治犯罪だった。

アンネは当時、外交問題を扱う『地平（ホリツォント）』誌の編集局で働いていた。学業を終えたあと、どうしてもその編集局で働きたかったのだ。彼女はそこであれば、専門知識に裏づけられた何ものにも左右されないジャーナリズムという彼女の夢を実現できると考えていた。しかし、すぐに彼女はこの編集局にジャーナリストがほとんどいないことに気がついた。党や政府機関から送られてきた人たちがほとんどで、また秘密諜報機関に所属していた人も多かった。雑誌編集局の諸部門は、党中央委員会と外務省所轄の専門部門にそれぞれ直属していた。そこで、何を出すか、どう書くべきか決められた。ここでアンネは、『ベルリーナー・ツァイトゥング』紙の方がここよりは自由でリベラルな新聞だったことを知った。

彼女は一度、カンボジアのポル・ポト政権の犯罪について記事を書いたことがある。カンボジアは公式的にはなお革命的兄弟国家であったため、記事は中央委員会で差し止めになった。アンネは苦情を申し立て、ＤＤＲは自国民を大量虐殺する独裁者たちと連帯しようとするとはどういうことか問いただした。中央委員会にはその疑問はもっともだという声もあったが、記事はその後も何週間も差し止められたままであった。するとある日、電話が一本、ただちに記事を掲載せよ、それも大至急にという。アンネは喜び、犯罪を糾弾する誠実なジャーナリズムが貫徹されたと思った。ただしその喜びは、この掲載がそんなことでは全くないということがわかるまでしか続かなかった。その一週間前に中国がヴェトナムを攻撃し、カンボジアは中国側だったのだ。ヴェトナムとの連帯はカンボジアとの連帯よりも戦略上重要だったため、その記事が出されたのだ。アンネは再び政治的キャンペーンの一部に使われたと感じた。ヴォルフがこの国のすべては嘘とプロパガンダだといつも言っていたことを思い起こした。彼女はジャーナリズムから完全に去ることを真剣に考えるようになった。

編集局の党指導部を新たに選ぶという会議が、決定打となった。いつも通り、すべてがすでに決まっていた。集会の議長が候補者を推薦して下さいと言ったとき、事前に名乗り出るべきだと言われていた人が出た。突然、アンネは自分が高く評価していたある同僚を推薦しようと思いついた。そのようなことがこれまで起こったことはなかったので、全員があっけにとられた。会議の議長はその提案を採択してよいかわからず、それについて賛否の採択を行った。一三名の同僚がアンネの提案を自発的に支持した。しかし多数が反対し、すべて前もって決まっていた通りにことが運んだ。アンネにとって、ことは終わった。しかし一か月後、次の党会議に中央委員会から一人の男性がきて、アンネの提案に賛成した者全員が次々に立ちあがり、党規律欠如について自己批判した。自分を責め、自分の恥ずかしい態度に対する罰を求めた。最悪だったのが、アンネが推薦した同僚が見せた態度だった。彼は最も厳しい自己批判をし、許しを乞い、党よりも賢くあろうと望むようなことは二度としないと約束した。会議の最後に、一四人の打ちひしがれた人間が目を伏せ、汗でぬれたシャツ姿で部屋を出て行った。

アンネは後になって、党指導部選挙直後に、党中央委員会に査問委員会が設置されたことを知った。査問委員会は党の路線から逸脱した全員を長時間にわたって聴取した。これはクーデーターであり、党に対する反逆という言葉まであった。しかしなぜ彼女は聴取されなかったのだろうか。なぜ彼女はただ一人無傷のままだったのだろうか。そのような事情に通じている同僚が後になって、挑発者を孤立させるのが彼らの好むやり方だと説明してくれた。挑発者以外の全員が処罰されると、ほかの人たちは自分にそのような問題をもたらす人間と二度と何かを一緒にしていこうと考えなくなる。実際この日以降、処罰を受けた人のうち誰一人、彼女と口をきこうとはしなくなった。彼女はもう存在していないかのようだった。

第19章

異議申し立て

順応か抵抗か

このアンネの話はヴォルフには他人事にすぎなかった。アンネが夜台所で、自分が抱えている問題を話すと、彼は座りながらいぶかるようなまなざしをそそいではいたものの、彼女がいかに耐えているのかわからなかった。偽り、不安、奇妙な世界、ヴォルフは彼女の話を通してそうしたことを知るだけだったが、彼はなぜ妻がそのような新聞社、狂気を生み出すようなところに居続けようとするのか理解できなかった。彼は彼女を目ざめさせ、何か別のことをする勇気をどうにか引き出そうとした。しかし、それはうまくいかず、彼女を動かすことはできなかった。まるで彼らの間に壁、乗り越えられない境界があるかのようだった。アンネは今では、このようなヴォルフの圧力はすべてを余計つらいものにしたと語っている。彼女はもう自分でも信じていないことを彼に対して弁護したのだ。それは原則の問題だった。彼女は父親の意見を夫の意見と取り換えることはしたくなかった。彼女は何をすべきか自分で決断したかったのだ。ヴォルフは「僕はいつもベッドでDDRと寝ていた」と言う。

ヴォルフはカールスホルストの僕たちの家の屋根裏にアトリエをつくった。そこで机に向かって、DDRの夜のテレビ番組で子どもが寝る前に聴くお話の絵を描いた。愉快なカエルや金髪のお姫様、逆立ちするクマ。ロシアの童話の挿絵を描き、カール・マイ〔一八四二～一九一二年。ドイツの冒険小説作家〕原作の映画ポスターを制作し、またくるみ割り人形とサンタクロースが競って笑っている絵葉書を色彩豊かに描いた。

学校から帰ると、僕はよくヴォルフのアトリエに上がって行った。彼のアトリエはいつも同じだった。糊、絵の具、コーヒーの匂いがした。冬はラムスキンのベスト、夏は家具運搬人が着る青と白のストライプのシャツを身につけていた。そのシャツは作業着の専門店で買ったものだ。ときどき僕は上の階に行って、彼のそばで宿題をした。彼のそばにいること、金属製のペン先でカードの紙をひっかく音や、ラジオから静かに流れる音楽は、僕の気持ちを落ち着かせた。彼はこの日々に満足していたと思う。外で何が起ころうとも、屋根裏部屋の作業机では、すべてが彼が望んだ通りだった。

八〇年代はじめ、ヴォルフは自身の芸術プロジェクトを開始した。それは絵葉書を自分で印刷し、友人に送ることから始まった。その絵葉書は周りの世界に対する論評のようなものであった。それはやじのようなもの、灰色と黒で描かれた生きる証だった。一九八三年の絵葉書では積木の塔が描かれている。塔の脚の一つには、縄が巻きつけられ、塔の時計は一二時少し前を指していた。別の絵葉書では、一人の男性が頭蓋骨が砕けるまで壁にむかって頭を打ちつけている。キャプションは「思考のキックオフ」だった。一九八五年の年賀絵葉書はＤＤＲの寝台車だ。ヴォルフは「よい旅を」と書いた。新しく建設されたアパートの正面の窓が丸で囲まれていて、その絵には、「自宅監禁　Wohn-Haft」〔wohnhaftは「現住所」の意味。この単語を分け、別の意味を表現した〕というキャプションがついていた。

愉快なくるみ割り人形と砕かれた頭蓋骨の間には大変な違いがあった。華やかな色彩と、灰色という色彩の違い。しかしこれらすべてはほぼ同じ時期のもので、それぞれつながっていた。

初めての展覧会はカールスホルストの書店で開かれた。部屋の中央にはくるくる回る人型が下げられていた。壁には内側のドアノブがない扉に近づく旅行者たちのシルエットが見える。十字形をした窓の桟は影をつくり、黒いカラスが闇にむかって飛んでいた。格子の後ろにとがった帽子をかぶった

カールスホルストでのヴォルフの初の展示会（1986 年）

シュタージの人間が立っていた。展示会についてのシュタージの報告には「レオは現在を非常に陰鬱なものとして捉えている」と書かれていた。またパンコーのギャラリーで、ヴォルフは紙製の二つの人型で「会話なし」という展示を行った。若い男は脚を組んで無造作に椅子に座っていた。彼に向かってしかめ面をした父親がひざをかかえて座っていた。帽子をかぶり、角張った眼鏡をかけた老人は、自身の父親だったかもしれないし、ゲアハルトだったかもしれない。

いつしかヴォルフにとって、こうした間接的な表現では十分でなくなった。彼は何かを変えるようなことをしたかった。一九八六年五月、芸術家団体で各セクションのリーダーが新たに選ばれることになった。フリードリヒ通りの「ソ連芸術の家」で大きな集会があった。ヴォルフは何人かのグラフィックデザイナーたちとこの日、独自の候補者リストを提出することを約束していた。議長団が公式の選挙を提案しようとしたその瞬間、心臓をドキドキさせながら彼は壇上に上り、対案を読み上げた。彼は集会に集まった仲間の前で、我われも民主主義を自らのものにすることができると言った。彼は変化を語り、新たなことを新たな人間と始める必要性があると語った。全員が非常に驚き、その提案は満場一致で採決された。あまりに簡単にことが進んだので、ヴォルフも驚いた。「ちょっと息を吹きかけるだけですべてがひっくり返った。これはすごい体験だった」と彼は言う。

しかし、変化をもたらそうとするあらゆる試みは、危険をともなった。決定に加わろうとする者は、積極的な活動家にならなければならず、実際に誰が誰を変えていくのかという問題にすぐつきあたった。ヴォルフはベルリン誕生七五〇年祭の舞台を制作する仕事を受けた。この誕生祭は単なるイベントではなかった。西ドイツ側も祝うことになっていたため、彼は体制どうしの競争において一方の側のトップとなったのだ。DDR政府にとって、自分たちのベルリンが東ドイツ国家の堂々たる首都だということを示すのは重要なことであった。ヴォルフは東ベルリンのショーウィンドーのある種のチーフデザイナーのような位置についたのだ。彼はそれについてそれほど深く考えていなかったと言っている。誰かに口出しをされるわけでもなかった。彼はやりたいことができた。当時の下絵が残されている。舞台装置は野性的かつモダンに見える。赤、白、黒の形がからみあい、閃光のようにカンバスの上を走ったり、長い波のようにつながったりしていた。この力強いパフォーマンスは、ヴォルフが自分の展示会で示したような陰鬱なDDRの世界とは全く異なるものだった。彼が生きる国はどこかその中間にあったのだ。

ヴォルフは何もかも自由に制作できたわけではない。祝典のためにデザインしたポスターは印刷されなかった。そのポスターにはサングラスが描かれ、サングラスには分断された二つのベルリンが映っていた。それは行きすぎていると同志には受け取られた。祝典の二週間後、ヴォルフは彼の仕事に対し市長からベルリン賞を与えられることになっていた。しかし、ヴォルフは祝典には行かなかった。彼は自分が境界を越え、権力者たちに近づきすぎたと感じていた。彼は順応と拒絶の間で、微妙な立ち位置にいた。「誘惑の原理ともいえるものは常にあった」とヴォルフは言う。「どこまで行けるか、痛みを感じない程度にどれだけ順応することができるか、という問題が、しょっちゅうつきまとったのだ」。

第20章

同行者

アウシュヴィッツで死んだ母方の曽祖父

一九七八年五月、アンネはもうこれ以上我慢できなくなっていた。彼女は新聞社の編集局を退職し、フンボルト大学大学院の博士課程に出願した。歴史研究は外部から守られた領域のように思えたのだ。今彼女は、これは現実からの逃避だったのだと言っている。研究テーマはスペインの労働組合運動だった。それは自分で選んだテーマではなく、かなり無難なものに思われた。もう煩わしい思いはしたくなかった。彼女はマルクス・レーニン主義研究所の図書館で勉強した。あるとき、特別な許可があれば借りられると司書の女性から教えられた本を注文したことがある。それでアンネは、図書館にDDRでは禁書になっている本だけを所蔵している部屋があることを知った。彼女の指導教授は、入室許可手続きをとってくれ、一九七九年、冬の日の午後、アンネは初めてその「毒部屋（有害図書収蔵室）」に入ることを許された。そこには危険な本が分類されて所蔵されていた。驚いたことに、禁書となった著作はブルジョワ的歴史家の本ではなく、すべて左翼の逸脱者のものだった。トロツキストたちの全著作がここに集められ、加えて党によって「ユーロコミュニスト」、「日和見主義者」、「修正主義者」とされた労働運動の理論家の著作もあった。党がきわめて激しく闘い、党が最も不安を抱いていた書物だった。秘密の書庫はまるで裏切り者の墓室のようだった。

一度「毒部屋」に立ち入ることが許された人間は、そこで読みたい本を請求することができた。借りた著作について、請求者が従事している学問上のプロジェクトと関係があるかどうかというチェックはされなかった。アンネはそこで借りられるかぎりの本を借り出した。それまで名前だけしか知らなかった転向者、反逆者の本が突然彼女の机に置かれることになった。仲間も認めていたように彼女の博士論文執筆は非常に早く進んだので、彼女は、禁断の知を詰め込むことに時間を費やし、トロツキー〔一八七九～一九四〇年。ロシアの革命家〕、ブハーリン〔一八八八～一九三八年。ロシアの革命家〕、ソルジェニーツィン〔一九一八～二〇〇八年。ソ連の作家〕を読んだ。理念と思考の全宇宙（コスモス）が彼女の前に開かれたのだ。彼女はそれまで彼女自身がしばしば発していた問いと、それまでずっとなじんできたものと全く違う答えに出会って、言葉を失ってしまった。彼女が抱いてきた確信と教義は、マルクス・レーニン主義の単なる一つの解釈にすぎなかった。社会主義を考えるにあたっては、無限に多様な可能性があるのだ。自らの思想の対価をしばしば命で支払わざるを得なかった追放された理論家たちは、「現存する社会主義」のイデオローグたちよりもはるかに誠実で勇気があると思われた。彼らにとって社会主義は党の独裁ではなく、自由と矛盾しない新しい社会という夢のようなヴィジョンだった。本を一冊読むたびに、彼女は、本当はDDRが社会主義を妨げ、裏切り、ゆがめたのだという確信を強めた。アンネは気持ちが軽くなるのと同時に重い気分にもなった。なぜなら、自分は正しい大義を信じているが、誤った国に住んでいるのだということがわかったからだ。

アンネは自分の家族にも追放された人がいて、DDRの公式の歴史叙述で「右派の裏切り者」という烙印を押されていることを知っていた。それが彼女の母親の父、ダーゴベルト・ルビンスキー〔一八九三～一九四三年〕だ。ダーゴベルトはユダヤ人の共産主義者であり、デュッセルドルフで生活し、ドイツ共産党機関紙『自由（フライハイト）』の経済担当の記者として働いていたが、一九二八年、党の政策に公然と反対したとしてほかの人たちとともに党から除名された。家族の中ではこの祖父について、あまり話されたことはなかった。彼の写真は居間の大きな本棚に飾られていた。そこには、自信に満ちた様子でカメラのレンズに視線をむけ、ニッケルの丸眼鏡をかけ、タバコをくわえた頭の禿げた男の姿が写っていた。その彼について、アンネは少しずつ自分で組み立てなくてはならないいくつかの断片的な情報を得た。彼はデュッセルドルフで長期にわたって刑務所に入れられたのち、一九四三年、ナチによってアウシュヴィッツで殺害されたことがわかった。彼は一九二八年、「ドイツ共産党反対派」略してKPOというグループの共同創設者となった。そのグループはDDRの歴史書では「階級の敵陣営」に移行した「分派」とされていた。「日和見主義的転向者の敵対的陰謀」が語られ、彼らの力を奪い、彼らの仮面をはぐことによって、党の歴史の新たな章を開くことができたとされていたのだ。それがとりもなおさずアンネが歴史的進歩として教わった統一と団結の時代であった。

ダーゴベルトの話が出るとすぐ、アンネの母親は泣き出しそうになった。ゲアハルトはダーゴベルトのことに全く触れないようにしていた。ダーゴベルトの苦悩に満ちた話は家族の歴史の中で、暗い秘密に満ちた汚点のようなものだった。アンネは魔法をかけられたように彼女の祖父にひきつけられた。彼女はこの見知らぬ人物に何とも言えない結びつきを感じた。何度も彼女は真剣に彼の歴史と取り組もうと決意した。そして何度も彼女はその考えを放棄した。ダーゴベルトが自分の人生を変えてしまうことを彼女は感じていたかのようだった。

一九八〇年代の初め、アンネは母親からデュッセルドルフで収監中のダーゴベルトからの何通もの手紙を渡された。手紙はダーゴベルトの最終段階での思想を述べたものであり、彼の遺書ともいうべきものだった。彼は繰り返し「手紙をとっておくように」と書いてきた。おそらく彼は写真と手紙が、残せるもののすべてだということを、すでにわかっていたのだろう。

アンネはドイツ共産党反対派が『流れに抗して』という雑誌を発行していることを知った。禁書図書目録でそれを探したが、何も見つからなかった。アンネが司書の女性に尋ねると、「毒部屋」でも十分な安全が確保されないとして、封印された目録があることが判明した。その目録は館長事務室にあり、その目録に接するためには特別な許可が必要だった。彼女が目録を使う許可を得るには、数か月の期間といくらかの説得力が必要だった。ようやく年度ごとに綴じられホコリをかぶった雑誌が彼女の座席にもってこられたが、それを運んできた司書の女性は、この雑誌はかなり長い間誰からも閲覧請求されたことがなかったと言った。アンネは一九二八年末に出された最初の巻をめくってみた。文章だけで、写真もなく、雑誌が継続して発行できるように、枠で囲まれた読者の寄付を訴えた記事がところどころにあった。雑誌のモットーは「泉に戻ることを望む者は、流れに抗して泳がなくてはならない」というものである。アンネはこの文章がとても気に入った。

彼女はダーゴベルトの名前を索引で探したが、見つからなかった。経済分野で一番よく挙げられていた名前はしばしばE.L.と略されていたエーリヒ・レッシングだった。一度その名前の横に、デュッセルドルフの我われの経済専門家、と書かれていた。ダーゴベルトはペンネームで書いていたのだろうか。そこでアンネはダーゴベルトが党から除名されるまで働いていたデュッセルドルフのドイツ共産党機関紙『自由（フライハイト）』の一巻を注文してみた。経済記事にはほとんどすべてE.L.と記されていた。それは彼だった。

その雑誌を通してアンネは祖父の歴史について多くを知ることができた。ダーゴベルトとドイツ共産党との間で軋轢が生じたのは、社会民主主義が共産主義運動の主要敵であると宣言した一九二八年八月のコミンテルン（共産主義インターナショナル）のためだった。社会民主主義者は少なくともファシストと同じくらい危険で悪質である、とモスクワ会議で決議されたと新聞に書かれていた。共産党の労働者は、組合から脱退して自らの「革命的な組織」を創ることを求められた。ダーゴベルトはそのモスクワ会議に出席していた。後に彼は、党の決議は労働者階級を分裂させ、ナチへの道を整える「狂気と紙一重の政策」であると記事に書いた。多くの同志も同じように考え、何百人もの人びとが逸脱した意見に固執したとして党から追放された。反対派の指導者はハインリヒ・ブランドラー（一八八一～一九六七年）とアウグスト・タールハイマー（一八八四～一九四八年）だった。この二人は二〇年代初め、ドイツ共産党中央で働き、モスクワの路線から逸脱した行為のため解任されていた。彼らは、労働者の多くは社会民主党や組合に従っているのだから、ともに行動することが重要だと考えていた。そのような考えは一九二八年まで党内で許容されていたが、モスクワ会議後、党の「ボルシェヴィキ化」といわれる路線変更が行われた。これは党内民主主義の完全な廃止を意味していた。アンネは古い雑誌で、それまで党内では常に激しい議論が行われていたことを知った。分派がお互いに争ったが、相手に敵の烙印を押すことはなかった。彼女が記事を読んで驚いたのは、少数派の代表にも彼らの案件を詳細に説明できるように演説時間の延長さえ確保されていたことだった。

アンネは民主主義という形式がかつて党にあったことに驚いた。彼女は満場一致への強制だけしか知らなかった。彼女にとって反対することは敵対行為と同じ意味だった。ダーゴベルトはかつての党を知っていたため、彼と彼の共闘者は最後まで激しく自分の意見を主張したのだった。一九二八年一〇月、ダーゴベルトは『自由（フライハイト）』紙の編集部をやめさせられた。一か月後、同じ新聞で「同志ベッカー、ラウテンバッハ、ルビンスキー、シュトローブル指導下のブランドラー／タールハイマー派」に対するキャンペーンが始まった。アンネは祖父の失脚につながった記事を読んだ。一二月、一月とそのトーンは激しさを増し、彼らはもはや同志とみなされなくなった。「右派解党派」と呼ばれ、「有毒の武器を使い、地下で破壊活動を行う」とされたのだ。一九二九年一月八日、ダーゴベルトは『自由（フライハイト）』紙が太い活字で伝えているように、「党に敵対的な分派活動により共産党を除名された」。ちなみに戦後ゲアハルトがジャーナリストとしての最初の一歩を記したのはまさにこの新聞だった。

アンネには、党機関紙で「労働者階級の敵」を糾弾するこの語調、この激しさはなじみのものだった。ＤＤＲの新聞編集局で自身が体験した、憎しみに貫かれた否定のレトリックと同じ言葉づかいだったのだ。自分の家族の一人が突然さらし者にされたが、彼女はその人が敵ではないことを知っていた。わずか数年後、ドイツ共産党の戦略が実際に失敗であり、その人が正しかったことが証明された。ドイツの共産主義者が社会民主主義者に対してとった視野の狭い政策が、アドルフ・ヒトラー台頭の決定的な後押しになったのだ。彼らは共犯者ともいえた。後にこの失敗は過ちとして認識され、そう記されたが、初めからその政策を阻止しようとした人びとの名誉は回復されなかった。ドイツ労働運動についてのゼミナールで、教授がアンネにドイツ共産党反対派は党の決定にそむいたのだから、どのようなことがあろうと正しいとはいえないと言ったことを、アンネは思い出した。規律無視がほかのすべてのことよりも重要なこととされたのだ。

それ以降、祖父のことがアンネの頭から離れなかった。反対側に立っていても正しいことがありうるということを祖父は彼女に証明してくれた。裏切り者とされた人たちが、ときには、よりすぐれた同志であることもあるのだ。ダーゴベルトは、いつか自分自身が裏切り者になるのではないかという不安から彼女を解放した。ダーゴベルトは彼女にとって「忠誠の牢獄」からの解放を可能にする鍵となった。非常に長い間、彼女は、自分をこの国家に結びつけていた深い感情を、そう表現した。迫害された両親に保護と平安を与えた安全な港として、ＤＤＲを傷つけてはならないという感情である。

今アンネは、それまで彼女は両親の迫害の運命を自己のアイデンティティとしていたと語っている。それが彼女の従属の核となっていたのだ。ところが突然、同じ家族の一員であり、同じように迫害され、同じようによき共産主義者であるのに、それでもなお自らの信念に従った人間がもう一人存在していた。彼女の父親とは全く違う、別の英雄物語の男。彼女はこのもう一人の英雄が、それまでの従属から彼女を解き放ち、自由になることを可能にしてくれたのを感じた。歴史と家族という、それまで彼女をおさえつけてきたものが、今や彼女が自分の道を見つけるのを助けてくれるかもしれなかった。

一九三六年一一月三日朝六時、ダーゴベルトはデュッセルドルフの自宅でゲシュタポに逮捕された。非合法の共産主義グループ活動が理由だった。アンネの手元にある彼の最後の書類は、一九四三年四月にアウシュヴィッツⅡの登記所で出された死亡通知書だった。「ジャーナリストのダーゴベルト・イスラエル〔一九三九年以降、ユダヤ人男性に強制的につけられたミドルネーム。女性にはザーラ〕・ルビンスキーは一九四三年二月二二日六時四五分にアウシュヴィッツのカゼルネン通り〔「兵舎通り」の意。アウシュヴィッツで殺害された人の死亡地は常にこの地名で表記された〕で死亡した」ことを証明するものであった。

ダーゴベルトは、政治活動のためではなく、ユダヤ人であるという理由でアウシュヴィッツに送られた。アンネが彼の生涯に興味をもち始めると、ダーゴベルトの家族のこともわかってきた。彼らはブロツワフやプラハやハンブルクに住んでいたが、一九四一年秋、リッツマンシュタット・ゲットーで再会することになった。一九四二年五月、彼らは最初の移送の一つでヘウムノの絶滅収容所に送られ、そこで全員ガストラックで殺害された。このことを知って、アンネはショックを受けた。というのも父方のユダヤ人の親戚の多くが早くに安全な場所に行くことができたことを知っていたからだ。ダーゴベルトの妻のシャルロッテはアーリア人だったので生き延びたが、二人の娘ノーラとハンナは、「第一級混血児〔祖父母のうち二人がユダヤ人の場合。祖父母のうち一人がユダヤ人の場合は第二級混血児となる〕」ではあるが、かろうじて移送を免れることができていた。しかしアンネは初めて知ったのだが、母ノーラは一九四四年秋に移送リストに載せられ、移送への不安に押しつぶされながら数か月間生活していた。ヴェスターヴァルトの粘土坑の所有者がノーラを匿ってくれた。彼はノーラを粘土坑に入れ、必要な場合には食べ物をくれると約束してくれた。アメリカ軍がヴェスターヴァルトにやって来た翌日、彼はノーラを助けた証明を文書でほしがった。その男はナチ党員でSAでもあった。半ユダヤ人の少女を助けたということは彼を不快なことから守ってくれるかもしれなかったのだ。

初めてアンネは自分がユダヤ系の家族の一員であると感じた。それは奇妙な気持ちだった。彼女は歴史家として、出来事から距離をもって見ることに慣れていたが、自身が歴史に追いつかれてしまった。彼女は、この家族の中で自分をどう位置づければよいかわからなかった。何らかの形でつながってはいたとしても、死者たちと同列に並ぶのは、思い上がりのように思えた。彼女の両親はユダヤ的なものに背を向け、彼女の新たな英雄ダーゴベルトでさえ、自分がユダヤ人であることを重く見ていなかった。ドイツのユダヤ人にとって同化が唯一の道と彼は娘たちに語っていたのだ。アンネはユダヤ教団の図書館に行き、関連書を読み始めた。彼女はテーマを客観化しようとしたが、奇妙な感情にとらわれた。感情の吸引力から逃れられず、彼女はますます深く引き込まれていった。ユダヤ教団ではほかの生存者の子どもたちに出会った。彼女はすべてを簡単に押しのけることはできないこと、また客観的で距離を置いたものの見方をするには遅すぎることを理解した。彼女は自らの歴史のただ中にいた。あるとき、ユダヤ教団メンバーの一人がアンネにメンバーにならないかと誘ってくれた。彼女は、党というもう一つの信仰共同体から離れる準備ができたばかりで、「一度の人生にはもうあれで十分」と思った。

ある日、カールスホルストの通りでアンネと会ったことを覚えている。僕は一五歳ぐらいだったはずだ。彼女は僕を見て、泣き出した。僕たちは抱き合った。そして彼女は僕にパン屋のアウグスティンの義理の息子が学校で僕の弟を「馬鹿なユダヤ人」と呼んだと言った。どうしてパン屋のアウグスティンの義理の息子が、僕たちがユダヤ人だと思ったのか、わからなかった。アンネにもわからなかった。しかし、このことは彼女に仕事を与えた。数週間後、弟のクラスで彼女はアウシュヴィッツを生き延びた一人のユダヤ人の囚人の思い出を朗読した。教室は静まりかえった。これは僕がユダヤ人家庭出身であることの意味を初めて考えるようになった瞬間である。母は僕にユダヤ人は常に強い幻滅を味わってきた人たちで、そのためユダヤ人の血筋は母親のみによってつながっていて、本当にそうかどうかわからない父親のつながりによってではないと説明してくれた。ということは、彼女の家族では両方の祖父がユダヤ人だったのだから、僕の場合にはあまりつながっていないかもしれない。アンネが後に祖父について書いた本で、ユダヤ人であるということは彼女にとって何を意味するかという問いについて次のように述べている。「おそらくスティグマ（刻印）の感情、死者たちへの思い、世界中でちらばって生きる生存者たちへの思い、自身に対する少しの違和感」。僕はこの言葉をすばらしい表現だと思った。

一九八二年三月、党員の口頭審査があった。忠実な党員にとっては、それは型通りの信仰告白のようなものだった。彼女はフンボルト大学本館のゼミナール室に立った。彼女の前には党指導部の三人の同志が座っていた。彼女はすべてを話すつもりだった。もし党からの除名を避けることができなければ、それを甘受する決意もしていた。彼女は自分が同意していない多くのことについて話した。偽り、硬直化した考え、いつしか完全に凍りついてしまったイデオロギー。彼女は強い疑念を抱いていると語った。彼女は自らに耳を傾け、おさえきれず口から出てくる言葉を発した。彼女はそれから何か悪いことが起こるだろうと思った。しかし何も起きなかった。同志は彼女に好意的に微笑み、みんな疑問や問題を感じていると言った。重要なのは、ただ彼女の心の底で社会主義者であり続けるということだと言う。物事がかなり変わったように思えた。党は柔軟になったのかもしれない。誰も党から追放されることはないことは明らかだった。彼女は自分一人で歩んでいかなければならなかった。しかし、アンネはそれ以上考えなかった。彼女は自分の意見をもつことができ、またそれにもかかわらず同志としてとどまることが許されたことで、気持ちが楽になった。

博士論文を書き終えた後、彼女に『ノイエ・ベルリーナー・イルストリーアテ』という雑誌から就職の誘いがあった。そもそも彼女はもうＤＤＲのジャーナリズムでは働く気持ちはなくなっていたが、何かしなくてはならなかったので、これを最後にもう一度やってみることにした。しかし彼女の内面がすっかり変わってしまっていたので、うまくいかないことはすぐに明らかになった。一九八六年春、彼女はベルリンのテレビ塔近くのマルクス・エンゲルス記念碑について記事を書くように言われた。彼女はその記念碑が醜く、その作家はひどいと思った。彼女はどうにか記事を書き上げたが、彼女が興味深く思ったごくわずかな観点は削除されてしまい、見出しも変えられた。「労働者階級の記念物」

という見出しが彼女の文章につけられた。夜、編集局を出たとき、すでに妥協も限界に達したと思えた。彼女は退職を申し出て、翌日は家にいた。もうこれ以上はできなかったのだ。

カールスホルストの家には、全方角に大きなガラスがはめられているすてきなベランダがあった。窓の前には菩提樹の古木が数本あった。彼女はこのベランダで仕事をしようとした。ヴォルフは床板で棚と机を作ってくれた。ヴォルフはずっと以前から勧めていたように、彼女がとうとう自分と同じように家で働くことになったことを喜んだ。彼から「自由を感じるかい？」と言われると、アンネは強い喪失感から泣かざるを得なかった。彼女はとうとうアウトサイダーになってしまい、もう戻れないことがわかっていた。彼女は一人で、彼女の小さな世界の中、自分だけが頼りだった。もちろん、彼女は自分がしたいことができるようになったが、彼女のしたいこととはそもそも何だったのだろうか。しばらくしてから、彼女はダーゴベルトについて本を書くことを決めた。結局のところ彼女が外で仕事ができなくなった責任はダーゴベルトにあった。両親の書架にあった写真が今、彼女の机の上に置かれた。追放された祖父が彼女の新たな同行者となった。

第21章

信仰告白

西ドイツへの憧れ

小銃のことでヴォルフが学校長のライヒェンバッハ先生をどなりつけた二週間後、僕のアビトゥーア出願が却下されたという通知が届いた。ヴォルフはすべて自分の責任だと思い込んで、とても悲しんだ。地区の学校評議会からの手紙には、「志願者の中には、はるかに成績もよく、態度も模範的な生徒が多数いた」と書かれていた。上級高等学校に進学できたのは多くの場合、それぞれのクラスでわずか二人の優秀な生徒だけで、僕のクラスの場合、僕より本当に上だったクリスティアーネとスヴェンだった。ロシア語と数学では僕は三の成績しかとれず、態度については「不可の上」という評価が下されていた。それにもかかわらず、アンネは不服申し立てをした。この国家が自分の息子を労働者にすることを認めることはできないとアンネは言い、僕がアビトゥーアを受けられないならばエーリヒ・ホーネッカーに訴えると学校評議会に手紙を書いた。しかし学校評議会が、手紙に特段の印象を受けた様子はなく、拒絶されたままだった。僕は母にエーリヒ・ホーネッカーに手紙を書かないように頼んだ。僕に勉強する場所を確保するよりもずっと重要な仕事が書記長にはあるのではないか、と思ったからだ。

アビトゥーアをめぐるこの出来事は僕たち全員に重くのしかかった。僕は、卒業後何をすればよいかわからなかったし、アンネにはこの国家が彼女の子どもたちによいものではないことがはっきりした。またヴォルフはすべては自分のせいだとずっと思い続けた。僕は初めて、誰がいかなる人生を歩むかを決定する国家権力というものを感じた。そして僕は今どの道が自分の歩むべき道なのか、初めてよく考えてみた。それまではすべてが決まっていて、はっきりしていたが、決めなくてはならないことが突然立ちはだかってきたのだ。

アビトゥーアを受けられないということは、一六歳で職業教育を受けなくてはならないということだった。ただ何もしないということはDDRではありえなかった。化学がおもしろかったし、政治とは関係ないので、僕は化学者になりたかった。ただし僕の友だちのスヴェンが化学者になりたかったから、僕もこの仕事に興味をもったということだけだったのかもしれない。アンネとヴォルフはあちこちに問い合わせ、僕に科学アカデミーの化学実験助手の見習いのポストを確保してくれた。先々実務から研究へ移るという計画だった。しかし、まずは養成専門教育を受けなくてはならなかった。実習はアドラースホーフにあるベルリン化学工業で行われたが、朝七時に始まるため、六時には家を出ていかなくてはならなかった。カールスホルストからシェーネヴァイデに行く電車はこの時間満員で、力ずくで乗り込まなくてはならなかった。それまで僕はそんなに早い時間にそれほど大勢の人間が通勤していることを知らなかった。大部分はオーバーシュプレー・ケーブル工場で働く労働者だった。彼らの顔色は悪く、目はうつろだった。立ったまま眠っている人も何人かいた。僕も一年後には立ったまま眠れるようになった。最悪だったのが冬で、朝はまだ暗かった。工場のゲートから工場への道は完全に安全であるとはいえなかった。錆びたパイプから嫌な臭いがするガスがシューシューと音をたてて漏れ、道には刺激性の液体が幾筋も流れていた。糖尿病患者のためのインシュリンを製造するときは、ブタの胎盤の腐った匂いがした。僕たちのマイスターは時間厳守に固執する人間だったが、僕はたいてい時間通りにできないので、罰として大きな攪拌槽（かくはんそう）を磨かされた。

守られた子供時代からDDRの現実に投げ込まれたこの変化は僕にはショックだった。僕は行き先を見失い、完全に場違いなところにいると思えた。僕はアビトゥーアが許されたほかの人たちのこと、暖房の入った清潔な教室、書物、優秀な人間の一員であると感じる誇りのことを思った。綿入りのグレーの上着を着た同僚、石灰の粉塵をあびて白くなった樹木、工場の上に立ちこめる排煙を見ると、その現実が全く非現実的で、極度に悲惨でひどいものに思えた。僕はこの工場で働きたくない、もう化学者などなりたくないと思い、ただ消え去りたい気持ちだけがつのった。僕は、自分で道を歩かなくてはならないが、歩き始めの第一歩ですぐさまつまずいてしまう甘やかされた子どものようだった。突然僕は、両親の世界はこの国で起こっていることすべてとほとんどかかわりがないことに気がついた。風通しのよい温かい知識人家庭の中で、僕は現実からどれほど守られてきたことか。僕は、父親にとって家で働くこと、独立した仕事であることがなぜそんなに大事だったか、僕が労働者にさせられることを母親がなぜ絶対にやめさせようとしたのか、ようやく理解できた。両親の友人は写真家、画家、デザイナー、建築家、医師たちだった。彼らは全員DDRの日常からかけ離れ、この国家を支えている労働者たちからかけ離れた生活を送っていた。僕は追放された人間、現実へ放逐された人間のように感じた。

職業学校でも僕が想像していたこととは別のことが起こっていた。僕たちの公民のトゥム先生は、髭をはやし、がっしりした男で、副教科として体育を教えていたが、彼は確固とした階級的観点をもつことを重視した。彼が説明した馬鹿げたことを僕たちが暗記するだけでは十分ではなかった。彼は生徒に信仰告白を要求し、それがうまくできない生徒は、学校での立ち位置が難しいことになった。なぜならば、トゥム先生は党書記で、同僚は彼に異を唱えることができなかったからである。トゥム先生は、僕が情報を得るために西側テレビを見たことを白状すると、すぐさま敵であると決めてかかった。あるとき、彼は僕が裏切者的な考えをもっていることを明らかにせざるを得ないような議論に、僕をたくみに引きずり込んだ。そして彼は、たった今窃盗犯を現行犯逮捕したばかりの警官のように、勝ち誇ってうなずいてみせた。彼は眼を細め、いつか僕を小さく丸めてやると言った。「このくらいの大きさにな」と彼は言い、肉づきのよい親指を指し示した。今になってもなおときおり、この会話のことを思い返し、もう一度その会話をして、今度は僕の鍛えられた議論を彼の髭づらに投げつけてやることができないかと考えることがある。僕の空想では、僕の鍛え上げた論証から逃げることができないトゥム先生が、最後には言葉もなくそのまま座りこんでいる。しかし当時、それどころか僕が最後には黙ったまま座って、涙を必死にこらえていた。彼は僕に恐怖心を抱かせることに成功した。そして、僕は少しちっぽけな人間になった。

アンネは僕に夜間の成人学校に通いアビトゥーアを受けることを勧めてくれた。それができるのはそもそも、すでに職業訓練を終えている人だけだった。例外として、見習いも許可された。トレープトウの成人学校の女性校長は僕に、同時に両方をやり遂げるためにどのような計画をたてたのか質問した。職業学校とアビトゥーア。「最後までやり通すのは無理でしょう」と彼女は言った。でも僕は少なくとも試みてみたかった。僕の見習い訓練は七時から一六時までだ。一七時から二二時までアビトゥーア・コースが行われる。全く正直なところ、どうやって三年間この生活ができたか今でもわからない。僕はどんな代償を支払っても、僕の古い世界に戻りたかったのだ。それはすべてアビトゥーアにかかっていた。

一九八七年春、成人学校の最初の日、教室は一杯で机の数が足りなかった。物理学の女性教師が、遅くともひと月後にはベンチ式の椅子に各自一人ずつ座れるようになるので、心配する必要はないと言った。すぐに生徒数は減っていった。毎週毎週減っていき、一五人になった。僕たちの公民の先生はエッキという名前で、僕たちにエッキと呼ぶように言った。エッキは髭をはやし、小さな物静かな目をし、分厚い毛糸のソックスにサンダルを履いていた。最初の時間に彼はハイネ〔『冬物語』〕からの引用を黒板に書いた。「我われにとり、外からも内からも統一されたドイツが必要である」〔詩の原文と多少異なるが、レオによる引用に即す〕。授業全部を使って、僕たちはこの文章について議論した。この文章はとても危険に思え、ノートに書き写すことはあえてしなかった。僕はそれまでただの一度も再統一がありうるなど考えたこともなかった。これはDDRが何らかの形で消滅してしまうことを意味し、想像できないことだった。エッキは、哲学では、考えられないことを考えることが重要である、なぜならば、そうしないと常に思考が現実に結びつけられたままになってしまうからだと説明した。「それでは、しばらく哲学者になってDDRがなくなった後はどのようなことが起こるか考えてみよう」。こんなことを公民の時間に経験したことがある者は僕たちの中には誰もおらず、僕たちの体に電流が流れたようだった。エッキは黒板に表を書いた。僕たちは一分以内に思いついたDDRの長所と短所を彼に言うことになっていた。奇妙なことに、この瞬間に思いついたのは長所だけだった。僕たちは長所を常に暗唱していたからだ。短所の欄は空いたままだった。「完璧な国家のようだ」とエッキは言い、短所の欄に「生徒が、自分たちが考えていることを思い切って言うことができないでいること」と書き入れた。これに僕たちは黙っているつもりはなく、かなり多くの欠点を列挙し始めた。言論の自由がないこと、旅行の自由がないこと、報道の自由がないこと、果物が非常に少ないこと、自由選挙ではないこと、ちゃんとしたジーンズがないこと。これは僕の記憶ではもっとも重要な点だった。僕たちは興奮し、顔を燃えるように熱くして座っていたが、これは僕たちが本当に考えていたことを初めて学校で口にすることができたときだった。

成人学校のほかの先生たちも、これまで習ってきたような先生たちとは違っていた。何人かの先生は高等学校で教えることが許されなくなり、そのため嘱託として配置されていたことがわかった。僕たちのドイツ語担当の女性教師ビーツ先生はブルガーコフ〔一八九一～一九四〇年。反ソ的とされた作家〕の本をもち込み、その文章を読んで聞かせてくれた。ロシア語の女性教師は僕たちが誰一人としてロシア語を話そうとしないのを残念がったが、理解があり、試験監督のときには教室を僕たちだけにして、落ち着いてカンニングペーパーを書き写せるようにしてくれた。二年後、僕たちは八人だけになっていた。人数が少なくなればなるほど、団結が強くなった。僕たちは週末に会って、一緒に宿題をした。僕は化学とドイツ語で助け、数学とロシア語を助けてもらった。僕のクラスメートはかなり愉快なタイプの人たちだった。一人は養護施設の用務員で、どうしても音楽を学びたがっていた。もう一人は劇場でお針子として働いていたが、テキスタイルデザイナーになりたかった。僕たちはみんな、ある時点でＤＤＲの学校システムのふるいで振り落とされたが、やりたいことがあったのだ。

一九八六年のクリスマス直前、ゲアハルトから夏にフランス旅行に一緒に行く気があるかと聞かれた。彼が抵抗運動で闘った場所を孫全員に見せたいが、僕が最年長なので一番先にすると言った。僕はとても驚いたので、最初何と言ってよいかわからなかった。一六歳で西側へ旅行に行けるなんて、パンク・ヘアーのエーリヒ・ホーネッカーのようなもので、ＤＤＲではありえないことだった。ゲアハルトは、政治局の知人が許可をとれるように世話をしてくれると言った。その間、僕はゲアハルトが僕のせいで恥ずかしい思いをしなくてすむように、フランス語のブラッシュアップに努力しなくてはならなかった。一か月後、僕はアレクサンダー広場の警察本部に呼び出された。一階では旅行申請を出すために長蛇の列ができていた。僕は特別旅行受付のある三階にエレベーターで行くようにゲアハルトに言われていた。三階は板張りの床で、列などもなかった。待合室にはＤＤＲの人気流行歌手で、明らかに有力なコネをもつフランク・シェーベル〔一九四二年〜〕が座っていただけだった。少ししてから僕が呼ばれ、赤いユニホームを着た愛想のよい女性警官が僕のパスポートに署名するように言った。警官は僕にどのくらいフランスに滞在するつもりか、国境をどこで越えるのが一番よいか聞いた。夏をフランスで過ごしたいと思うのが、世間ではごく普通のことであるかのようだった。一〇分後、ビザつきの濃紺のパスポートを手にしてもう一度エレベーターに乗っていた。本当なら、喜びのあまり叫ぶところだろうけれど、僕の体はマヒしてしまったかのようだった。この待合室、この愛想のよい警官、このすべてがあまりにもいつもの現実と乖離していたからだ。いやな国境を越えるのが、どうして突然こんなに簡単になってしまうのだろうか。一本の電話でゲアハルトは僕に壁を開いてくれたのだ。

僕が通っていた職業学校は、僕がもうすぐフランスに旅行するという連絡を中央委員会政治局から受けた。その連絡に女性校長はすっかり混乱したが、僕を呼び出し、二週間休みを延長することを許可してくれた。一番おもしろかったのは、公民教師トゥム先生の表情で、世界が理解できなくなったという顔だった。なぜ、僕のような人間が西側に行けるのか。トゥム先生は気づかれないようにしていたが、おそらく彼の人生で初めて政治局の決定を疑ったことは明らかであった。

七月初め、僕たちはゲアハルトの栗色のシトロエン・GSA・パラスで出発した。僕たちがマーリエンボルンの国境に近づけば近づくほど、アウトバーンはすいてきた。看板があり、DDRの最後の出口と書かれていた。僕たちがさらに進むと、まだ東にいるにもかかわらず、東側の自動車は走っていなかった。僕たちは歩くような速度で鉄条網の柵と対戦車バリケード、小銃を携えた兵士と可動式防御柵の横を走りすぎた。ゲアハルトはカーラジオをクラシック音楽に合わせ、メロディーを口ずさんだ。彼は普段そのようなことはしたことがない。この国家がどれほど厳重にバリケードを築いてきたかを僕が見るのは、彼にとってつらいことだったのかもしれない。彼の夢見た社会主義のなれの果てを。

国境守備兵が僕たちのパスポートをチェックし、僕たちは入国許可をもらった。僕はゲアハルトにもう西に入ったのか尋ねると、ゲアハルトは僕に、我われの空気と全く違う匂いがするのがわからないかと言って笑った。たぶん僕は初めて彼の口からDDRに対するジョークを聞いた。

僕たちはまず、アンネが生まれた都市デュッセルドルフでハンナ叔母さんを訪ねた。ハンナは五〇西ドイツ・マルクをくれ、僕は少し通りを散歩し、「キャメル」のタバコを一箱買った。とてもよい気持ちだった。翌日、アーヘンを通り、ブリュッセルに行った。僕はベルギーへの国境で出入国審査が全くなかったことに驚いた。ゲアハルトはどうやって両親とアーヘンで国境を越えたか説明してくれた。彼の話を聞きながら、僕は多くの新たなことを摂取するのに大忙しだった。色彩、匂い、自動車。ベルギーで貝とつけあわせのフライドポテトを食べたとき、ゲアハルトは当時彼も両親と貝を食べたことを話してくれた。

今になってようやくはっきりしたのは、これが「ルーツを訪ねて」という旅行だったことだ。西側に行くということが重要なのではなく、ゲアハルトの歴史が重要だった。当時僕が過去にほとんど興味をもたなかったため、彼は少し失望したかもしれない。「第三帝国」は僕にとってかなりどうでもよいことだった。僕が初めて西にいる、ということの方が重要だったのだ。

続いてフランスに入ると、ゲアハルトは別の人間になった。突然彼は緊張が解け、ウィットに富むようになった。彼はひっきりなしに話し、おかしなほど若返った。DDRにいるよりずっと幸せそうだった。

フランスで（1987年）

　当時はそれ以上のことを考えなかったけれど、今の僕には、彼がフランスの方で本当にくつろいだ気持ちになったのだと思える。フランスは彼にとって、かつての出来事や冒険にとりかこまれ、歴史的真実がもっと単純だった時代の青春の地だった。彼が何度も外国で生活し、いつも外に出ようとしたのも、決して偶然ではない。東ドイツ国家は反ファシズム的であり、歴史的優位に立つと確信していたが、DDRにもヒトラーに歓声を上げた人たちが住んでいることを、彼は知っていた。そして彼はDDRの思考の画一性から何かを連想しなかっただろうか。松明をもったFDJがスターリン大通りで行進しても、彼は不気味に感じなかったのだろうか。

　ゲアハルトはDDRの対イスラエル・プロパガンダに見られるイスラエルに対する強い憎悪にも冷静でいられなかった。彼についてのシュタージ文書の覚書に、一九六七年六月〔この六月五日に第三次中東戦争（六日戦争とも）が起こった）の東ドイツのテレビ放送でのある出来事について報告がある。ゲアハルトは毎月一回放送される「オブエクティーフ」という外交問題の時事解説番組の司会をしていた。「本日の「オプエクティーフ」番組で、攻撃的なイスラエル国家の背景についての原稿が用意されていた。この原稿はイスラエルがアラブ世界における西側帝国主義の前哨基地として、石油独占のために組織的にその機能を強めていることを指摘するものだった。彼はこれは反セム主義的だと主張した。同志レオは、自分はできないと言い、この記事を放送で話すことを拒否した。彼はこれは反セム主義的だと主張した。周知のように、ゲアハルト・レオはユダヤ系であり、しかも彼の親戚はイスラエルにいる。一九六七年六月一五日、ドイツ・テレビ放送の「オプエクティーフ」番組は放送中止となり、その代わりにライプツィヒにおける同志ヴァルター・ウルブリヒトの選挙集会についての報道の一部が使われた。その集会でもイスラエルの攻撃的政策が重要なテーマとなっていた。このように「オプエクティーフ」番組が流れるということはこれまでなかったことで、どうにも説明しようがない出来事だった。レオはただちにテレビ局での職務を解かれた」。

突然また自分がユダヤ人であることを示すとは、一体彼に何が起こったのだろうか。彼はむしろすべてを払いのけたいと思っていたにもかかわらず、誰もイスラエルに味方しようとしなかったので、そうしなければならなかったのだ。彼以外の誰もユダヤ人敵視を不快に感じなかったからだ。ユダヤ人である彼は反セム主義に耐えられず、そして処罰された。たぶん彼はすべてを心の中に抑え込んできたのだろうが、それを完全に忘れたのではなかった。彼とDDRとは理性で結ばれた結婚生活のようなものだったと思う。彼が愛していた相手はフランスだった。

ゲアハルトの青年時代の国を車で走った数週間、この愛人は彼を魅了し続けた。コレーズで僕たちはレジスタンスの同志とシャンパンを飲み、少し酔うとゲアハルトは、彼らと一緒に古い歌を歌い、すてきな女性たちやどんちゃん騒ぎの酒盛りのことを話した。自分が解放されたアラサックの駅に立ったときには、彼の頬を涙が伝わった。彼は突然とても人間的になり、とても傷つきやすくなった。そしてとても幸せそうだった。マルセイユの古い港のレストランで、彼はカキと白ワインを注文した。彼は、僕が学校で資本主義は崩壊する直前であると教わったはずだと言った。少し間をおいて彼は「それがすばらしい死であると君は認めざるを得ないな」とほほ笑んだ。僕は祖父がわからなくなった。家では、鋼のベルトが彼の胸のまわりにまきつけられているのではないかと思っていた。ここでは彼は陽の光を浴びて、学校の生徒のように笑っていた。

僕たちは彼の友人のジル・ペロー〔一九三一年〜〕のところに泊めてもらった。彼はフランスの有名な作家で、アヴィニョン近くに別荘をもっていて、そこにはプールまであった。ブドウ畑に囲まれたこの家にはほかの客もいた。例えばレジス・ドゥブレ〔一九四〇年〜。政治活動家〕は小太りの小柄な男で、夕食のとき、ボリビアでチェ・ゲバラ〔一九二八〜六七年。キューバ革命の指導者〕と一緒に闘った話をしてくれた。また彼はＤＤＲ出身で当時チェのそばにいた女性、タマラ・ブンケ〔一九三七〜六七年〕の話もした。「注目すべき女性だ、闘士だ」と彼は話してくれたが、僕はフランス語が特にできたわけではないので、全部はわからなかった。でも僕がわかったのは、この家にいる全員がＤＤＲを非常に高く評価していたことだ。ジル・ペローは僕が革命的国家に生きることができて、誇りに思うだろう、革命だけが人間を真に解放するのだと言った。僕はあえて彼に反論しなかった。この言葉を聞いたゲアハルトがとても嬉しそうだったからだ。しかし僕には全く理解できなかった。このような邸宅に住むことができているのに、どうしてDDRのことを夢中になって話すことができるのだろう。それともそんなことができるためには、邸宅に住んでいなければならないのだろうか。この人たちがDDRにどんなイメージをもっているのか、そもそもDDRに行ったことがあるのかどうか、僕は知らない。レジス・ドゥブレは僕たちに秘密を教えてくれた。彼は外交政策顧問としてフランソワ・ミッテラン〔一九一六〜九六年。在任一九八一〜九五年〕大統領のもとで働いていて、そしてミッテランもDDRを非常に高く評価していると言う。「DDRがなければ、ドイツは大きすぎただろう」とドゥブレは言った。ジル・ペローは作家のフランソワ・モーリヤック〔一八八五〜一九七〇年〕が、ドイツをとても愛しているので、ドイツが二つあってとても嬉しいと言っていた言葉を思い出した。男性たちは笑い、乾杯していた。僕は南フランスで革命家であるということは心地よいことだと思った。

帰りは、デュッセルドルフから一人で列車に乗り、革命的DDRへ向かった。つまり西ベルリンで途中下車することができるということだ。僕は壁が見たかった。それは僕にとってこの旅行のハイライトだった。一度、壁を反対側から眺めてみるということだ。僕は国境にそって一日中歩き、冷たいコンクリートに触れた。壁の西側は色とりどりに塗られていた。展望塔に登り、向こう側を見た。何時間も。地面がきちんとならされた立ち入り禁止地帯、双眼鏡をもち見張り塔に立つ国境監視員。テレビ塔の丸屋根が太陽の中で光っていた。すべてが非常に近く、また非常に遠かった。

Sバーン〔都市鉄道〕でレールター駅とフリードリヒ通り駅の間を五回か六回往復した。フリードリヒ通り駅は東にあるが、ホームにとどまっている限り、西に戻ることができた。東に入っては、すぐまた出るという反復の感覚に飽きることはなかった。緊張していて息苦しかった。混乱していて幸せだった。すばらしかったが悲しかった。Sバーンがシュプレー川の架橋を走り、大きな黒赤金の国旗が翻る国会議事堂を通るたびに僕は心臓が早鐘のように打っているのを感じた。僕は自分がどちらに走って行きたいのかわからなかった。東、すなわち故郷の監獄か、あるいは西、異郷での自由か。このまま戻らないということ、西に留まるということはどのようなものか考えた。今なら僕はこれができる、誰も邪魔できない。僕が成人になるまで、もしかしたら数か月未成年者保護施設に入らなければならないだろう。でも西のアビトゥーアができ、西の女友だちもできるかもしれない。もし戻れば、何も変わることはない。しかし西でたった一人何をすべきなのだろう。亡命者として、もう家には戻れないし、僕の家族はどこにも行くことができない。ゲアハルトは問題にされるだろうし、アンネとヴォルフも同じだ。そこまでする価値があるだろうか。僕はわからなかった。

一二時少し前、すなわち僕のビザが切れる数分前、結局僕はフリードリヒ通り駅に行った。今度は戻ることはなかった。僕はタイル壁の長い通路を歩いたが、そこには西側からの浮浪者たちが犬と一緒に座っていた。彼らはシュナップスを大きな瓶から飲んでいた。酒は駅にあるＤＤＲのインターショップ〔高級品・外国製品を外貨で売る国営商店〕で西より安く買えた。僕はパスポートを〔国境のパスポートの検査所窓口の〕ガラス板の下から入れ、国境監視員は僕をじっと見た。スタンプがポンと押され、僕は内側だけにドアノブがついている金属製の扉までさらに進んだ。扉は僕の後ろでネズミ取りのように閉まった。僕はまた戻ってきたのだ。

僕はまた戻ってきたのだから、もちろんそれは正しい決断だった。他方、新たな居場所を探すのに十分な年齢になったら僕はすぐさま西に行きたいのだということもわかった。これは思いつきではなく、僕がしっかり考えた計画だ。

ある日の夕食後、アンネとヴォルフにこのことを話すと、突然食卓が重い沈黙につつまれた。たぶん両親は僕が真剣に言っているのを感じたのだろう。いつか僕が二人のもとから去る気持ちがあるということを。アンネはたとえ東で何が起ころうとも彼女自身、西に行きたいなどと一度も考えたことはないと言った。しかし彼女は僕を理解できると言い、ただ無分別なことだけはしないように、僕にはまだ時間があると言った。ヴォルフは、かつて彼自身テルトーの鉄条網の柵の前で立っていたときのことを話してくれた。初めて聞いた話だった。彼は母親を一人にしたくなかったと言ったが、これは行かないでほしいという頼みなのかどうか、僕にはわからなかった。

ゲアハルトとはこのようなことを話すことができなかった。おそらく彼はこのフランス行きで僕に何が起こったか全く気がつかなかっただろう。彼は僕に自分が戦った場所を見せたかったのだが、僕は彼のDDRを裏切ることを考えていた。しかし、いったい彼は僕が何を感じると思ったのだろうか。

東で成長した人間がやがて西に行きたいと思うようになるということが、彼には全く想像できなかったのだろうか。

帰国後、ＤＤＲはこれまで以上にみすぼらしく見えるようになった。数日間、僕はたぶん西の人びと（ヴェストラー）がいつも見ているような視点で東を見ていた。誰かが突然世界から色彩を奪ってしまったようだった。カールスホルストの文房具屋で写真の焼きつけを頼んだフランスでの写真さえ、東の印画紙では何か白っぽくみえた。すべてが馬鹿らしく、醜く見えた。僕は、世界を旅する人間の役を演じて、地元のあわれな田舎者を軽蔑していると相手に少し感じさせるのが、とても気に入った。唯一の問題は、それで事態が一向に改善しなかったことだ。自分が扮している役からどうやって抜け出せるかわからなかった。僕は普通に戻ることを拒絶していた。それはおそらく僕にとって、逆戻り、敗北のように感じられたからであろう。

このとき僕は一七歳。おかしな遊びを始めた。この遊びでは、夢と現実がまじりあい、自分自身でも両者を区別することができなくなった。僕は西を夢見るだけでなく、もうすでに西ドイツ人（ヴェストラー）になったかのように行動していた。東の西ドイツ人だ。西ベルリンからもち帰ったファルク社製の地図を使った。帰国してから数か月後、ミュンヒェンから来た知人に東ベルリンを案内した。僕はカラフルな地図を手にもち、人びとがいつもと全く違う目で僕を見ていることがとても気に入った。彼らは明らかに僕を西側の旅行者だと考えていた。とてもよい気分だった。東ドイツ人（オストラー）が好奇心に満ちて横目でそっと僕を観察する様子は僕を幸福な気持ちにさせた。

でもそれは、一緒に歩いていた本物の西ドイツ人のせいかもしれないと、僕は自信がなかった。それで職業学校の友だち二人に、いつか午後の時間に西ドイツ人になってみる気があるかどうか聞いた。その一人は数年前おばさんがもってきてくれた『フランクフルター・アルゲマイネ』紙までもっていた。僕たち三人全員が西側のジーンズをはいたが、これは物事をかなり簡単にした。それから僕は地図と新聞をもち、ブランデンブルク門にむかって歩き、東側からは国境が全く違うように見えると大声で話した。するととたんに、お定まりのまなざしで見られ始めた。僕たちはフランスドームに行き、地元の人に道を聞いたりした。僕はずっと西ドイツ人の話し方、すなわちベルリン訛りのない、普通よりも少し大きな声で話した。さらに、ときどき西で聞いた「ゲレ?（相手の同意をもとめる言葉）」と言った。オペラ・カフェーで僕たちは西ドイツ・マルクでも払えるかと聞いた。そのあと、ボーイたちの間で誰が僕たちにサービスをするか小さな諍いが起こった。そして僕たちが実際に持っていたのは、いわゆる強制両替（DDRに入国する際、強制的に一定の金額を東ドイツ・マルクに両替させられた）でまだ少し残っていた東ドイツ・マルクだけだったので、ボーイたちはとてもがっかりした。

僕たちは何回もこの遊びを続けた。週に一度、僕たちは西ドイツ・デーを設けた。僕たちはサン・スーシやヴァイセン湖(ゼー)のユダヤ人墓地に行き、テレビ塔に登り、ペルガモン博物館に行った。西ドイツ人が東ドイツで行動するように。東ドイツ人と話しているとき自分自身混乱しないように、僕たちそれぞれが西での人生を創作した。例えば僕の母親は『シュテルン』誌で働き、父親はシャルロッテンブルクでギャラリーをもっているということにした。僕自身はシュテーグリッツの人文系ギムナジウムでアビトゥーアの準備中ということにした。ラテン語の集中コースで、いずれにせよ東ではラテン語を話せる人などいなかったのだ。僕の家族は左翼的市民層だ。観音開きの扉のある旧築住居（アルトバウ）（1949年以前に建てられた住居。天井が高く人気）、フランスでの休暇。オーストリアでのスキー。

僕たちは東の知り合いに、西での生活、洗練されゆるやかで、だれもが何をすべきか自分で決定する社会について話した。僕たちの西は、人びとの身なりがよく、快適な車が走り、どこもインターショップのような匂いがしているところだ。これらは灰色の貧困の正反対、アンチＤＤＲだ。東ドイツ人に向かって、こんな風に西のことをうっとりと話せるのは、おそらく偽物の西ドイツ人ぐらいだろう。僕たちは東ドイツ人の憧れをよくわかっていたが、これはまさに僕たち自身の憧れだったのだ。話せば話すほど、僕たちの夢の世界に深く入っていった。

東の女性の気を引くのは僕ら西ドイツ人にはいともたやすいことだった。もっとも、大したことは起こらなかった。深夜になると再び「向こう側」へ戻らなければならないからだ。一度イエナの二人の女の子がフリードリヒ通り駅の「涙のホール」までついてきたことがある。そして本当に涙を流した。僕たちは出国の列に並び、女の子たちにいくらか別れが楽になるからと帰るようにと言い、こっそり列を離れた。そのあと僕たちはとても嫌な気持ちになった。僕たちはこの遊びをやめ、僕は初めて真剣に出国について考えるようになった。

この時期、一九八八年春には、僕の知っているほとんどの友人たちは、どうやったらこの国をできるだけす早く、また巧妙に脱出できるだろうかと、程度の差はあれ真剣に考えていた。このことが話題にならないパーティーなどなかった。みんな、それに成功したばかりの人のことか、今試みている最中の人のことを話していた。僕の二人の女友だちは、出国できるように西側の男と結婚することを望み、ほかの人たちは西側の祖母の七〇歳の誕生日に出国の運をかけた。西に秘かに送ってもらうために東ベルリンの西ドイツ代表部に行ってみる人もいた。プラハの西ドイツ大使館には東ドイツからの亡命者が寝るための場所があると言われていたからだ。公式のルートでの出国申請をした人たちは、その自動車のアンテナに白いリボンを結んだ。一人また一人と消えていった。残った人たちは自分を無能な人間のように感じた。DDRでは当時「残ったうすのろ（Der Dumme Rest : DDR）」と言われていた。僕には、出国問題について、その可能性を何度も考えてみることだけで十分だった。それについて考えると、気持ちが高ぶった。

東がこの頃、また本当に面白くなったということもある。突然、それまで聞いたことのないすばらしいバンドが現れ、クラブでは西側の音楽ばかりが演奏され、ありとあらゆる奔放なパーティーが開かれた。それは当時少なくともプレンツラウアーベルクに蔓延していたこの世の終わりといった気分とも関係していたと思う。これが最後のパーティーであるかのようだった。いずれにせよ、将来に何も期待できず、人びとは刹那的に生きていた。オーダーベルガー通りにある昔のプールでのファッションショーを思い出す。デザイナーのグループが風変りですばらしいショーを演出し、その後、水が抜かれて乾いたプールで踊った。僕の知人の一人は西側とよいコンタクトをもっていて、そのためいつも家に相当な量のハシッシュ〔大麻〕があった。彼はマリエンブルガー通りに大きな家をもっていて、週に一度そこでパーティーが開かれていた。テレビ画面にはピンク・フロイドの『ザ・ウォール』という映画が流れ、僕たちはマリファナを吸い、抱き合いながらテレビの前で寝転んでいた。常任代表部の外交官の子弟もいつも数人いた。一度、イギリス大使の息子が両親を連れてきた。それは夏で、僕たちは屋根の上でパーティーをしていた。大使にとって、眼にした野放図な行状すべてが彼の抱くＤＤＲのイメージと全く違ったので、非常に印象深かったようだ。

しかし、いつしかこのパーティーも魅力がなくなった。この数時間だけは残りのすべての時間を忘れることができたが、しかし酔いがさめれば、残りの時間は厳然として存在していた。羽目を外せば外すほど、幻滅も大きい。僕はこのようなパーティーで、オーストリア人と結婚して二重国籍をもっていた映画女優と知り合った。ＤＤＲはオーストリア人との結婚の場合は二重国籍を認めていたからである。彼女は東ベルリンに住み、行きたいときに西側に行くことができた。僕にとってこれは西に行く自由と家族の安全を両立させる完璧な道のように思えた。それにゲアハルトの姉はウィーンに住んでいるので、僕と結婚してくれそうな遠縁の女性を探してもらおうと考えた。その女優は僕に、彼女の結婚のときにも仲介者になってくれたローター・デメジエール〔一九四〇年〜。ＤＤＲ最後の首相〕弁護士のところに行けばよいとアドバイスをしてくれた。一週間後の一九八九年三月、一年後の自由選挙でＤＤＲ首相に選ばれることになる男のショセー通りの事務室で、僕は彼の机の前に座った。デメジエールは窓際に立ち、僕の計画を聞いてくれた。彼は「愛の話なのか、パスポートの話なのか」と聞いた。僕は質問に対する答えを用意していなかったので、口ごもってしまった。デメジエールは、この問題には少なくとも二年はかかるが、僕の問題はこの時期、ほかの方法で自ずと解決してしまう問題だと言った。彼が何を言っているのか僕は理解できなかった。デメジエールは彼の机に向かって座り、微笑んで、二重国籍は二つの国家の存在が前提となると言った。オーストリアの方はおそらく心配はないが、将来が不安定な国家もあるだろう。「結婚は本当に愛している人としなさい。これが私のアドバイスだ」と言って、僕を帰した。

第22章

春の兆し

DDR体制終焉の気配

一九八六年一〇月、ヴォルフは南太平洋へ向かった。といっても市立図書館に行って、数冊の本を借りてきたということだ。彼はできるだけ遠くに行きたかった。思いついた一番遠いところが南太平洋だったのだ。それは頭の中の冒険、空想旅行だった。この旅行で絵を描き、後で展覧会を開こうと思った。それは憧れ、ささやかな挑発であり、また楽しみでもあった。彼は何か月もあちこち旅し、ほかの世界にはまりこみ、物語の世界に閉じこもった。青い海、白いサンゴの砂浜、彫刻が施された木製の小船、胸をあらわにし、髪に花を挿した女たちを夢想した。南太平洋を描いた彼の絵は、おそらく実物よりもずっと美しいものだった。ヴォルフは旅行ルートの地図を描き、最も重要な体験を航海日誌に書いた。彼のスタイルはすっかり変わり、テレビのための砂男〔DDRで人気の人形アニメ・シリーズ〕の話もヤシの木の下での話になった。ヴォルフは絵葉書に珍しい植物や色とりどりの模様を描いた。絵葉書は「ポリネシア」というタイトルがつけられて市場にも出回った。同時にヴォルフはまた灰色の絵葉書も描いた。アンネと彼はソファーに座り、彼らの前には小さな室内用のヤシの木があり、窓のブラインドは下げられていた。

DDR最後の数年間、国家や自分自身との駆け引きがますます面白くなったとヴォルフは言う。明確な規則はなくなり、境界が消し去られた。自由行動の余地やさまざまな可能性が現れ、そしてときどき消えた。何がまだ許されていて、何がすでに禁じられたか、誰にもわからなかった。試してみるほかなかった。ドレスデン近くの小都市コスヴィヒで開催された、ある週末の芸術活動について、ヴォルフが話してくれた。ベルリン出身の画家の友人がコスヴィヒの「芸術の家」を何か口実をつけて借りた。突如全国から数百人もの人がやってきた。二日間音楽が演奏され、ダンスがあり、絵が描かれ、パーティーが開かれた。そのとき警察は手一杯だったし、シュタージは全く知らなかった。数か月後、ウッカーマルクの農場で盛大な夏祭りが開催された。農場にすきまなくテントが張られ、バーベキューをしたり、裸で泳いだり、毎晩バンドが音楽を演奏したりした。暴力的な言語を使うアーティスト、ヴォルフガング・クラウゼ＝ツヴィーバック〔一九五一年〜〕が出演する風刺劇のプログラムがあった。彼はＤＤＲでは公演禁止となっていたが、その晩はそんなことには誰も関心をもたなかった。翌日警察が来て、全員リストに名前をひかえられたが、何も起こらなかった。ヴォルフが感じたところでは、当時国家というものの正面玄関はまだ存在していたものの、ときにその後ろには何も存在していないかのようだった。

しかし、ある日再びカールスホルストの家に一人の男がやってきて、ヴォルフにどちらの立場に立つのか決めるように言った。その男は話がしたいと言ったが、ヴォルフはシュタージと話したくなかった。そのときちょうど同じ建物に住んでいた女性が階段を降りて来たが、その男は彼女に見られたくなかったのでヴォルフの住居に押し入ろうとした。ヴォルフは彼の上着をつかみ、階段から突き落とした。少しすると家の前に四人が乗った白いヴァルトブルクが止まり、僕たちを黙って観察した。そのヴァルトブルクが去ると、すぐに別の四人が乗った灰色のラーダが止まった。僕は当時、天体観察のキットをもっていて、望遠鏡でその男たちを観察した。ラーダの男たちはかなり太っていた。男たちは何時間も車に乗ったままだった。車から降りることはおそらく許されていなかったのだ。数日後、もうヴォルフにはこの遊びは面白いものではなくなった。消えていた不安が再び頭をもたげてきた。

同じ頃、一九八八年三月に造形美術家連盟が同志ヴォルフ・レオにパスポートを交付し、年に三日、西ベルリンに派遣する決定をした。家の前のシュタージの車とポケットの中のパスポートと関係があるのかどうか、はっきりわからなかった。彼らはヴォルフに西にいてほしいのだろうか。ヴォルフにとって、それはどうでもよいことで、彼は西ベルリンの日々を満喫した。彼はそこで、ニール・アウスレンダーというザヴィニー広場にギャラリーをもっている画家と知り合いになった。ニールはがさつなタイプで、意識的にプロレタリアート風に振る舞った。彼のギャラリーには実在しないユダヤ人の親戚たちの絵が掛けられていた。ヴォルフは家族を新しく創り出すという考えが気に入った。二人はお互いに好感をいだき、ニールはヴォルフに展覧会を自分のところで開こうと提案した。これは最初かなりユートピア的に聞こえた。しかしヴォルフは、翌年あらためて西ベルリン行きの三日間のビザを得ると、とにかくそれをやってみようと決心した。一九八九年五月一四日、ヴォルフはわが家のくり色のトラバント601で国境を越えるためにハインリヒ・ハイネ通りを走った。車には絵画と人形が詰め込まれていた。車の上の荷台には西側で初めて公開されるダンサーの姿をした三メートルの長さの段ボール製の人形が載せられていた。DDRの国境守備兵は事前に届け出のなかった芸術作品の輸送に驚いたが、彼を通してくれた。問題はなかった。国境ではニールが赤いフォルクスワーゲン・ポロで待っていた。彼らは大通りをシャルロッテンブルクへと走った。交差点で段ボール製のダンサーを載せた段ボール製の車〔東ドイツ車トラバントの自嘲的ニックネーム〕が止まると、通行人は驚いて車を見た。

夜、展示のオープニングには、赤ワインの入ったグラスをもったシャルロッテンブルクの市民たちが、東ドイツの芸術展へと押しよせてきた。ニールは、これはＤＤＲの個人の芸術家作品の西側における初めての展示だとおごそかに告げた。シャルロッテンブルクの市民たちはすべて新鮮で刺激的と受け止め、多くの人たちが何か作品を買いたがった。ヴォルフは売ってよいのかどうか、わからなかった。彼は下手なことはしたくなかったので、やめておいた。ニールは馬鹿なことだと言いながらも面白がっていた。

夜遅くまたクロイツベルクのある工場のフロアでお祝いをした。一人の男がマリファナ入りの手製紙巻きたばこを差し出したが、ヴォルフはそれが何であるかわからなかった。彼は数回吸ったところで、意識を失って倒れた。朝三時ごろ、彼は重い頭でどうにかハインリヒ・ハイネ通りの国境通過点にたどり着いた。しかしそこではすでにすべてが真っ暗だった。ヴォルフはドアをノックし、叫んだ。国境警備兵が彼を通し、東に戻すまで、少々時間がかかった。

アンネはますます頻繁にユダヤ教団へ通うようになり、そこで穏やかな気持ちになることができた。党にも再びより強いシンパシーを感じるようになった。時おり彼女はカールスホルストの住宅地域の集会にも行き、ずっと家にいるので少し話をしたいという年金生活者たちにそこで出会った。彼女は初めて不安な気持ちになることなくこの集会に参加することができた。友好的になった党、彼女がコートを脱ぐのを手伝ってくれた老人たち。体制が彼女に対して力を失ったかのようだった。国家の手は彼女のガラス張りのベランダには届かなかった。アンネは自分自身の中に閉じこもってしまった女性詩人の詩を読んだ。詩人は冬眠になぞらえて彼女の隠遁生活をうたっている。「死の外観、内には生命、静かに動きを増す心臓の鼓動。春を待ち望みつつ」。

アンネは少し春が感じられるように思った。国全体がますます穏やかになり、変化が進んでいるように感じた。新たな旅行法ができ、西側の親戚を訪ねやすくなった。アンネはデュッセルドルフ、ハンブルク、ウィーン、エルサレムに行った。彼女はフリーのジャーナリストとして記事を書いた。以前のように勝手に削除されなくなった。そのうちの一本が一九八八年九月に発行された文化雑誌『ゾンターク』に掲載された。それは、DDRの創設者たちとその子どもたちとの関係をめぐるものだった。彼女は戦後ずっと国を統治してきた反ファシズムの闘士たちの歩みを書いた。「反ファシズムの闘士は、一九四五年に収容所から解放され国民に対する責任を引きうけたとき、自分たちの憤りをどのように葬り去ることができたのだろうか？　反ファシズムの闘士のうちのどのくらいの人が、自分たちと同じ運命をたどらなかった人びとを信頼することができたのだろうか？　彼らは私たち子ども世代に対しても、当然のごとく私たちの幸せだけを考えている厳しい父親のように振る舞わなかっただろうか？　彼らは非常にしばしば、私たちの幸せがどのようなものか、私たち抜きに決めようとしなかっただろうか？」。このような質問はこれまでオープンに出されることは許されなかった。それは核心をついていて、また今なお責任ある立場にいる老人たちに向けられていたからだ。

アンネ（1988年）

この記事はアンネにとって、まずもって自分の父親との対話ともいえるものだったのかもしれない。ゲアハルトは彼女に対話の機会を与えなかったため、彼女自身父親と対話ができなかった。何度もアンネは、父親を硬直した気持ちから解放するために何かを始めようとした。しかしその試みはたいてい仲たがいで終わった。一九八八年一〇月、アンネとヴォルフは久しぶりに連れだってアンネの両親を訪ねた。友好的でおさえ気味な雰囲気だった。みんな喧嘩はしたくなかったのだ。ゲアハルトは、しかし、いつの間にか喧嘩が始まった。ゲアハルトは、ソ連でまさに今行われているグラスノスチやペレストロイカがDDRにとっても重要だと語った。するとそれに対してヴォルフが家族におけるグラスノスチやペレストロイカはどう考えるのか、と言いだした。また昔の喧嘩が再燃した。ヴォルフはゴルバチョフ〔一九三一～二〇二二年。ソ連最後の最高指導者〕がモスクワで始めようとしていることは、自分がすでに二〇年前に要求したことだと言った。だから、ゲアハルトから敵だとみなされたのだと言った。最後にはみんなおし黙って座っていた。一緒に歩める道はないように思われた。

それでもやはりアンネは父親から自分を解き放つことができなかった。父親と彼女を結びつけていたのは、彼女をかつての人生に縛りつけ、彼女が完全に自分自身であることを妨げる縄のようなものだった。ゲアハルトとの関係は彼女がおかれてきた従属的関係の中で最後まで残ったものであり、後に彼女自身が語っていたように、DDRの崩壊によって初めて、彼女は最終的に彼の子どもであることから解放された。数か月後、彼女はもう一つの縄を断ち切った。党から脱退したのだ。当時所属する党組織の指導者に彼女が書いた手紙が彼女のファイルにあり、重要な書類のようにクリア・ポケットに入れてあった。彼女は次のように書いていた。「私は現実を否定する我われの指導部ともうこれ以上ともに歩むことができません。現実を排除することは社会生活の麻痺をもたらします。それは遺憾な状態であるばかりでなく、危険でもあります。生命力を発散していない、この完全に硬直化した組織にこれ以上とどまり続けることは、私にとって意味のないものに思えます」。

ますます多くの人が西に消えていった。おかげで僕は最初のアパートを手に入れた。そのアパートはコーミッシェ・オーパー〔ベルリンの国立歌劇場〕のダンサーだった僕の女友だちのもので、彼女は西ベルリンでの客演から戻ってこなかった。夏、ブタペストやプラハやワルシャワの西ドイツ大使館は亡命希望者であふれかえっていた。同時にDDRではある事態が生じていた。最初は気づかれないぐらいだったが、毎週その力は強くなっていった。それはゆっくりと作り出され、錨でしっかりと固定されていないあらゆるものをのみこむ巨大な波のようなものだった。それは表面からはあまり見えないが、深いところではすでにすべてをぐいぐいと引きずり込んでいた。僕は一九八九年八月にアンネと行ったリヒテンベルク救世主教会（エアレーザーキルヘ）の夕べのことを思い出す。そこには公民権運動の活動家と称する人びとがいた。彼らは変わった髪や髭のスタイルをしていたが、その話し方は誠実で明快だったので、僕は強い印象を受けた。彼らは何が自分たちを動かしているかを、聴衆の面前ではっきりと語った。これは僕には新鮮だった。僕は巧みな暗示や言いさしの文章やニュアンスから何かを捉え、隠されたメッセージをかすかに感じ取ることに慣れていた。劇場ではしばしばそうだった。短い文章、キーワードは人びとを感激させることができた。暗示された思想を自分で結論にもっていき、言葉に出さずに頭の中でその考えを完成させ、それから声に出して楽しんだ。批判を隠すこのような技術、反論をカモフラージュする技術はもう必要がなくなったように思われた。救世主教会の公民権活動家たちは、今や基本的自由を守ること、自分たちをこれ以上子ども扱いさせてはならないことが重要なのだ、と語った。お願いと物乞いの時代は終わった、今や我われは自覚のある市民としての権利を要求しなくてはならない、と彼らは訴えた。

　僕はすぐに何かが起こり、即座に彼らが逮捕されるか、少なくとも発言が禁止されると思った。しかし何も起こらなかった。教会にいた人たちは拍手し、叫んでいた。「全くその通りだ」、「いますぐやろう」と。まるで禁止事項や重苦しい不安が一気に吹き飛んでしまったようだ。アンネと僕は、教会にみなぎるこの新たな話し方、勇気、力に驚いた。突然僕は、ＤＤＲの国境を越えるためにブタペストやプラハに行くよりも、ここに残っていた方がずっと刺激的だとはっきり感じた。波は僕を捉え、僕を引きずり込んでいった。数日後、僕はプレンツラウアーベルクのゲッセマネ教会にいた。そこでも人びとは自信にみち、喜ばしげで、熱狂的な気分になっていた。みんなが何かが起こること、遠くで国境が崩れるだけでなく、まさに自たち自身の境界線も新たに引き直されると感じた。僕は教会の前の通りで声を振り絞って何度も叫んでいる男を見た。彼はそのとき初めて自分の声を見つけたかのようであり、自分自身を感じることに限りない喜びを覚えているかのようだった。教会からさほど離れていないところに警官たちが立っていた。通りには護送車が停まっていた。教会の前には自分たちがいることを人に意識させたいシュタージたちがうろつきまわっていた。彼らは自分たちがいることを示してはいたものの、何もしなかった。

教会や集会から戻ると、毎回エネルギーに満たされた気持ちになった。実際彼らはいつも同じことを言い、また同じことを要求した。しかしそれは常に新しくもあった。醒めない酔いのようだった。集会に行かなくても、この恍惚感を感じることができた。地下鉄でお互いを見つめ、微笑みかけるだけで、ほかの人たちがまさに全く同じことを考えていると知るのに十分だった。町は異様な雰囲気で、大規模な決起の直前のような緊張感がみなぎっていた。これだけ人数が多いのだから僕たちに何か起こることはないだろうと感じた。しかしそれは、この時点ではまだはっきりしてはいなかった。

北京では天安門広場でのデモに対して発砲があった。この「中国式解決」は、首脳部がとる可能性

救世主教会から帰る途中のマクシム（1989年）

があるシナリオとして僕たちの脳裏に浮かんだ。僕たちはDDR政府がどのように反応してくるかわからなかった。政府はこの運動に押し流されるのだろうか、それとも暴力でこの流れを断とうとするのだろうか。

一九八九年九月、カールスホルストでは一人の女性がドアの前に立っていた。彼女は「ノイエス・フォーラム〔民主主義的改革を求めたDDR初の市民運動〕」への署名を集めていた。アンネは署名し、自分も署名を集められるように数枚の署名用紙をもらった。彼女は友人や知人とウンター・デン・リンデンのカフェー、エスプレッソで会った。署名リストは机の上に広げられていた。「ノイエス・フォーラム」はまだ禁止されていて、そのような署名が結局何を意味することになるか誰もわからなかったが、彼女はもう恐れてはいなかった。一九八九年一〇月六日、アンネは救世主教会での最初の反対派集会に行った。蜂起を記録しようと全世界からテレビ局が来ていた。反対派グループは自分たちの綱領を示した。一人の女性が、ＤＤＲでも国連監視下での自由選挙が必要だと言った。アンネには、それは行きすぎに思えた。自由選挙。彼女には党がほかの意見に耳を傾けるということだけで、十分だった。集会の後、ベルギーのラジオ・ジャーナリストが、インタヴューがしたいのでフランス語を話す人がいないか探していた。アンネはただ通訳すればよいのかと思って申し出た。しかし、彼女自身がインタヴューを受けるということがわかった。彼女は当惑し、何か間違ったことを話してしまうのではないかと心配したが、断るには遅すぎた。そのジャーナリストは、彼女が自分のことをＤＤＲの敵対者と思っているのか、質問してきた。アンネは、この国家の敵は政府や政治局の中にいると答えた。彼女は自分の言葉に驚き、まるで空飛ぶ絨毯の上に乗っているような気持ちに襲われ、強くまた幸福に感じた。

　ヴォルフは数人の友人とライプツィヒへ行き、パンク・コンサートのための舞台の背景を描いた。舞台はライプツィヒ東地区の取り壊し地域にあった。そこで見えたのは、人の住まなくなった家並や人気のない道路だけだった。夜、コンサートが始まったとき、けばけばしい舞台照明の中で、壊れた建物のファサードが光を放った。ゴーストタウンにいるような感じがした。リング〔環状大通り〕のカフェーで、酔っぱらったボーイがフランス語のように聞こえるがでたらめの言葉でお客を罵っていた。西側からのグループがおびえた様子で座っていた。ヴォルフは、すべてまともに取り合う必要はない、いずれにせよすべてがまもなく終わるのだから、と言った。西ドイツ人（ヴェストラー）たちはヴォルフが言ったことの意味がわからなかった。彼らはおなかをすかせていた。

アンネはほかの人たちと一緒にカールスホルストに「ノイエス・フォーラム」を創設した。最初の集会で彼女はスポークスマンに選ばれた。毎日、西側からジャーナリストや歴史家たちがアンネとヴォルフの家にやってきた。彼らは台所に座り、コーヒーを飲み、煙草を吸い、そして議論した。この会話の中にはかつてのDDRはもう存在しなかった。それに代わっていたのは、複数政党による民主主義、しかし私的所有のない、すべてが本当に国民に属するという別の国家だった。資本主義と社会主義の中間のような「第三の道」が話し合われた。このようなことが起きていた日々には、国民に任せておきさえすればすべてが可能のように思われた。

ヴォルフは休みなく働いた。彼にはアイディアがたくさんあったが、時間がなかった。民衆劇場のために革命的横断幕を作り、救世主教会での抗議の夕べには木綿の布地に絵を描いた。夜にはアレクサンダー広場にルーマニアとの団結を呼びかけるポスターを貼った。朝、勢いよく出て行ったものの、その日に何が起こるか、想像がつかなかったと言う。毎日が非常にあわただしく過ぎていった。この時期に制作されたと思われるグラフィックアートが二点ある。一点は内側にむいてためらっている人の姿。もう一点は肩幅が広く頭を上げている人の姿だった。ヴォルフはこの二つの作品を「不安」と「誇り」と名づけた。それは彼の内に宿る二つの魂だった。

第23章

シュプレヒコール

壁崩壊前夜

ライプツィヒの月曜デモの映像がテレビで流れていた。それに比べ、ベルリンはまだかなり平穏な状況だった。DDR建国四〇周年にあたる一〇月七日、最初の大規模なデモがベルリンで行われるという噂が流れた。集合は一七時で、アレクサンダー広場の「世界時計」〔世界主要都市の時間を示すモニュメント時計〕の前だった。僕は一〇月三日、一か月前に申請していたハンガリーのビザを受け取りにリヒテンベルク警察署に行くことになっていた。この間ハンガリー首相がオーストリアとの国境を開放し、ハンガリーまでいけばDDR国民の誰でも問題なく出国できるようになったにもかかわらず、なおビザが交付されるということに驚いた。このドイツ語とロシア語で書かれた緑色の小さな申請書類で僕は西に行くことができる。もし一〇月七日にベルリンで中国の〔天安門事件の〕ような状況になった場合にだけ、西に行くつもりだ。この日が決定的な日となることだけは、なんとなくなぜかはっきりしていた。

一〇月七日、僕は朝から興奮していた。ラジオはゴルバチョフやほかの社会主義国の指導者たちがすでにベルリンに到着したことを伝えていた。アレクサンダー広場一帯には警備の警官たちが配備されていた。僕たちは「世界時計」まで行けるだろうか。建国記念日の祭典を邪魔するようなことをしたら、彼らはどんな反応を見せるのだろうか。午後、僕はつきあっていたクリスティーネと一緒にアレクサンダー広場に向かった。四時半だった。「世界時計」のあたりにいたのはたった数人のデモ参加者と無数の警官だけだった。僕はがっかりして、ライプツィヒの人たちがやり方をせっかく示してくれたのに、なぜベルリンではうまくいかないのかと思った。僕たちは「世界時計」に近づいて初めて、アレクサンダー広場が開始を待ちかまえている人びとであふれかえっていることに気がついた。五時を過ぎるとすぐに隊列が動き始め、その瞬間にあらゆる方向から人びとが流れ込んできた。すぐにデモの隊列全体を見わたすことができなくなった。僕たちは市庁舎通りから共和国宮殿へ進んだ。突然こんなに多くの人と一緒になることができて、とても高揚した気分だった。不安は吹き飛んだ。今、誰が僕たちを阻むことができるだろうか。

共和国宮殿は、警察のトラックが壁のように並べられていた。明らかにデモ参加者を排除するために、大きな金属製のネットがトラックの運転席の前に装着されていた。共和国宮殿ではちょうどエーリヒ・ホーネッカーが兄弟国の首脳を迎えていた。僕たちはゴルバチョフを見たかったので、「ゴルビー、ゴルビー」と叫んだ。しかし、彼を見ることはできなかった。その代わり、警官たちは僕たちを排除しようとした。トラックが動き始め、デモの大衆を後方へ押し戻した。シュタージたちがデモ参加者を一人ずつ引きずり出し、連行していった。不穏な状態となり、誰もこれからどうなるのかわからないようだった。一人、メガホンをもっている人がいて、プレンツラウアーベルクに行進しようと叫んでいた。デモの隊列が新たに整えられ、カール・リープクネヒト通りを上がっていった。シュタージの人間や警官、ＦＤＪメンバーは僕たちの行進を阻もうとした。彼らはお互いに腕を組み合って通りをブロックしたが、崩されてしまった。ＦＤＪのシャツを着た若い女性が取り乱して、泣きながら通りに立って、「なぜあなたたちはこんなことをするの？」と大声で叫んでいた。

僕たちのすぐ隣で、二人のシュタージが一人の男を連行しようとしていた。デモ隊の三人がそこにさっと割り込んできて、シュタージを殴った。一人は後ろに倒れ、道に横たわったままになった。もう一人は一瞬考え、そして逃げ去った。逃げ出したそのシュタージの男の顔が今も目に浮かぶ。彼の目には恐怖が宿っていた。こいつらが自分の身を守るなんて！　道端にいた警官はじっと見ていたが、何もしなかった。デモ隊の一人が「やつらは怖がっている！」と叫んだ。「おまわりがおじけづいているぞ」。

歩けば歩くほど、僕たちは自分自身を力強く感じた。シュプレヒコールが人気のない通りにこだました。家から飛び出して隊列の後ろからついてくる人たちもいたし、窓から僕たちに手を振ってくれる人たちもいた。気持ちが高まり、緊張と不安は消し飛んだ。僕たちはゲッセマネ教会まで行進し、そこでデモの隊列は解散した。数百人のデモ参加者は道路に座り、ロウソクに火をつけ、歌を歌った。金属製のネットが装着された警察のトラックがあらゆる方向から近づいてきた。一人の警官がメガホンをとり、これは違法な集会だから、今すぐ立ち去らないと逮捕すると叫んだ。突然、また不安が頭をよぎった。クリスティーネと僕は、どうすべきか考えた。僕たちは逮捕されたくなかった。逮捕されることにどんな意味があるだろうか。デモは成功だった。そしてまた別のデモも行われる。だから僕たちは帰ることにした。ロウソクをもっている人たちを置いて行ってしまうのは、気が咎めた。彼らは僕たちよりも勇気があった。

クリスティーネは壁のすぐ近くのアンクラマー通りに住んでいた。僕たちがエーバスヴァルダー通りを歩いて行くと、何百人もの兵士たちが壁の前で肩を並べて立っているのがみえた。彼らは、小銃を背にし、お腹の前で手を組み、前方をじっと見据えて押し黙り、街灯に照らされそこに立っていた。通りの至るところに彼らがいた。そのときになって初めて僕は、この国家が今どれほど恐れを感じているか、そしてデモ隊についてどれほど考え違いをしているかわかった。なぜなら、この晩には誰も壁を崩壊させるという考えには至っていなかったからだ。人びとにとって重要なのは、まさに国家内部の変革だった。一人の将校が、本当に家に戻るためにここを通り抜けるのかどうかと、僕たちの身分証明書を調べた。僕たちはおし黙った人の列にそって歩き、湿った石畳に自分たちの足音を聞いた。たった今まで僕たちは歌い、叫び、ベルリンを行進していた。たった今まで通りは僕たちのものだった。しかし、今また僕たちは将校に大人しく礼を言い、家に帰らせてくれれば喜ぶ、規律正しい市民になっていた。

　翌日にはすべてが再び完全に平常に戻っていた。階段で買い物から帰って来たばかりの近所の女性に会ったが、彼女は僕たちのデモについて何も知らなかった。壁のある通りでは、兵士たちはすでに撤退し、子どもたちが歩道でゴム跳びをしていた。まるで何事もなかったように、生活は続いていた。東の報道ではデモについて何も言及されていなかったが、西側のテレビでは昨夜の映像が流されていた。デモ隊に殴りかかる警官や、血を流しながらも微笑んで勝利を語る若い女性の姿が伝えられていた。午後、僕はクリスティーネと一緒に両親の友人の女性の家を訪ねた。アンネとヴォルフはもう来ていて、僕たちは昨晩のことを話した。それはもうすっかり前のことのように思えた。アンネは心配し、国家は今何でもやりかねない状態であるから気をつけるように言った。彼女は警官が殴っている姿をテレビで見ていた。僕は彼女が僕たちのことを少し誇りに思ってくれていると感じた。ヴォルフはデモのことを知らなかったので、機嫌が悪かった。知っていれば彼は喜んで参加していただろう。アンネは、自分にはこのデモは刺激が強すぎただろうと言った。国家に対して、その誕生日にデモをする。これは挑発のようなものだ。「まさにそうだ」とヴォルフは言い、頭を振った。

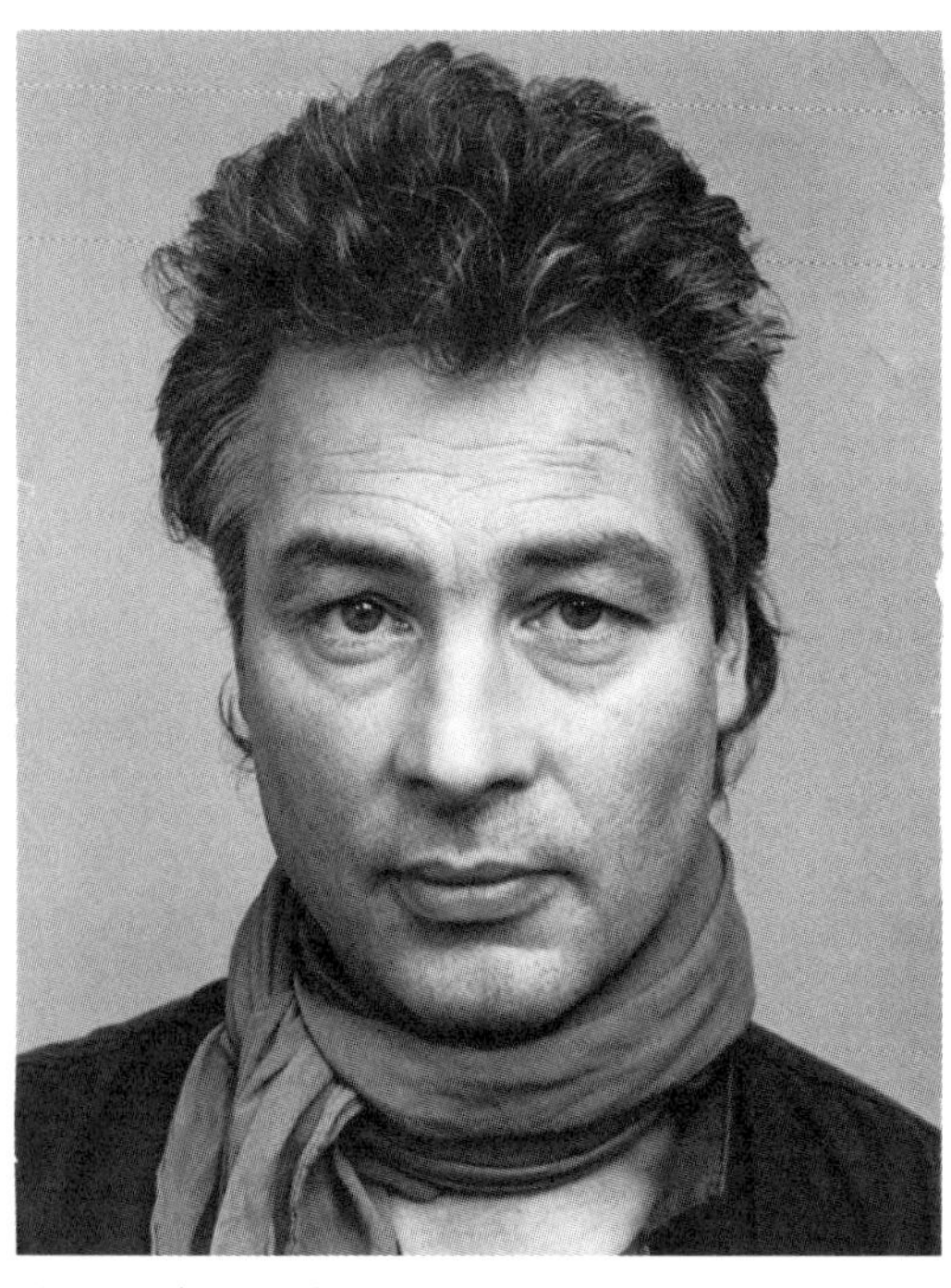

ヴォルフ（1989 年）

両親の友人の女性は、なぜ今自分が党を脱退したかを書いた非合法の教会新聞をくれた。僕の服にはポケットがなかったので、クリスティーネがその新聞をポケットにしまった。僕たちは家に戻るのに、アレクサンダー広場駅で地下鉄に乗ろうとした。ホームで私服の男が僕たちに近づいてきた。僕たちの後ろにももう一人男がいた。その男は僕たちに身分証明書を見せるように言ったので、僕はなぜかと聞いたが、返事はなかった。身分証明書は取り上げられ、男は同行するように言った。ほかの若い人たちもホームで連行されていくのが見えた。おそらく、彼らは僕たちがゲッセマネ教会方向の路線に乗ることを阻止したかったのではないかと思う。僕たちは地下鉄の出口に乱暴に押し出された。階段を上ると、アレクサンダー広場に警察のトラックが停まっているのが見えた。僕たちは身体検査されたが、僕はクリスティーネのコートのポケットに入っている教会新聞のことが心配になった。僕は彼女にそっと話しかけたかったが、すでに遅かった。警官が新聞を手にし、どこでこれを手に入れたのか聞いてきた。「Sバーンで見つけた」とクリスティーネが答えた。彼女は連れていかれ、僕はトラックに乗せられた。トラックの荷台の後ろのベンチに若者たち二〇人くらいが座らされていた。僕にとって、すべてが悪夢のように思えた。まだ何もしていないのに僕たちが逮捕されたことが、僕には理解できなかった。

トラックは走り出し、僕は隣に座った若い二人の青年にここで実際何が起こったのか知っているか聞いた。二人は僕と同じでほとんど何も知らなかった。彼らは映画館にいて、そのまま捕まったということだった。女の子が泣きながら、これからみんな刑務所に入れられるのかと聞いてきた。僕はクリスティーネのことと新聞のことをずっと考えていた。トラックには幌がかけられていて、僕たちがどこに運ばれているのかわからなかった。トラックの幌の裂け目からディーゼルと汗のにおいのする冷たい風が流れこんできた。三〇分ぐらい走った後、車が止まった。トラックの幌が上げられ、一人の警官が僕たちに降りるように、そして頭の後ろに手を組んで並ぶようにどなった。僕たちが立っていたのは有刺鉄線が上部に張ってある壁に囲まれた中庭だった。僕たちはもう刑務所にいるのだろうか。僕たちを三〇人ほどの武装した警官が囲んでいた。黒い革のブーツを履いた一人の小柄で痩せた男が、お前たちはなぜここにいるのか、みんなわかっているな、と叫んだ。彼は僕たちを「ならず者」、「下らんやつら」と呼び、もし僕たちの一人でも、彼の命令にそむくような気を起こしたら、どうなるかわかっているだろうなと脅した。僕たちは照明が明るい大きなガレージに「前後左右の人間と一メートルずつ間隔をあけ、前を向き、口を閉じた」状態で三列に並ばされた。

一晩中、僕たちはガレージに立たされていた。床を見ることは許されていなかったので、数時間僕は前の人の肩を見ていた。僕の前に立っている人は茶色の髪をし、紺色のジャケットを着ていた。僕は今でも彼がどんな顔をしていたかわからない。僕はこれから僕たちに何が起こるのか、僕たちの何を彼らが非難することができるのかを考えた。あの教会新聞のことさえなければ、何も心配することはなかった。考えれば考えるほど、心配になった。僕たちは何週間も、あるいは何か月も、外部とのコンタクトを断たれて刑務所の中に姿を消してしまうのではないか。これ以上失うものがなくなった政府は、一〇月七日のデモの後、ひょっとしたら厳しいやり方、中国式のやり方をとることにしたのではないだろうか。追いつめられたと感じた独裁は何だってやりかねない。僕は次第に最悪のシナリオに強くとりつかれていった。僕は不安になるといつもそうだ。しかしたぶんそこまで悪いことにはならないと自分に言い聞かせることもできた。そして、ゲアハルトのことを思い、もし必要だったら、彼が僕を救出してくれると考えた。ゲアハルトがここで無実の孫が逮捕されていることを知ったら。それでも彼はこの国家を擁護するのだろうか、それとも恥じるだろうか。いずれにせよ、彼は僕を助けてくれるだろう。この考えが僕の気持ちを少し落ち着かせた。

そのうち駐車場に立たされていた一人がへたり込んでしまった。彼はもう立ってはいられないと言った。二人の警官が床から彼を引っ張り上げ、どこかへかはわからないが、連れて行った。明け方、僕は一人の警官にトイレに行かせてもらった。途中、僕は周りを見まわした。僕たちは警察宿舎にいるようだった。刑務所でないことは確かだった。僕は警官に、僕たちの誰もなぜここにいるのかわからないと言った。「まあ今にわかるさ」と警察官はそう言い、僕をガレージの元の位置に戻した。数時間後、僕たちの中で最初の人たちが、「尋問」のために、本館に連れ出された。僕が呼ばれたとき、このいまいましい待ち時間が終わるのかと、ほっとした気持ちになった。僕が通された部屋には事務机があり、その上にはホーネッカーの写真がかかっていた。ホーネッカーは微笑んでいたが、机の後ろに座っていた男は、僕に座るようにぶつぶつと言っただけだった。彼は少し歳を取っているようで、かろうじて頭の横の部分には白髪が残っていたものの、あとは禿げ上がっていた。彼は怒っているようには見えなかったものの、これらすべてのことにいらだちを感じているようだった。「早く本当のことを言ってしまえば、君も楽だよ」と彼は言った。彼は前夜逮捕される前に僕が何をしていたか聞いてきた。僕は両親の女性の友人のところでの会合を説明し、ただそこから家に帰ろうとしただけだと言った。男はクリスティーネがもっていた教会新聞をどこで手に入れたのか聞いてきた。僕はクリスティーネが言ったように、Sバーンでその新聞を見つけたと答えた。男は僕に向かって、「馬鹿にするな！」と叫んだ。「君の彼女はもうすべて認めているんだ。だからそんな態度をとるな」。僕は自分の手が震え始め、顔が紅潮してきたことに気がついた。「さあ、吐いてしまえよ」と男が言った。僕は自分がどうすればよいかわからなくなった。彼が僕をはめようとしただけで、クリスティーネが認めなかったということもありうる。しかし、僕は彼に全部話してしまいたいという気持ちにもなった。そうすれば、少なくとも終わる。彼は僕にタバコを勧めてくれた。タバコを吸った途端、すべてが噴き出してきた。僕は両親の女性の友人からその新聞をもらったこと、クリスティーネは全く関係ないことを説明した。これで尋問は終わり、僕は待合室に連れて行かれた。ここで、僕は体中が汗びっしょりになっていたことに気がついた。僕は惨めだった。僕は勇敢でありたいと思っていたが、そうはいかなかった。僕は失敗者で、能無しだった。

二時間後、僕は帰宅が許された。両親に電話ボックスから電話をすると、アンネが、すぐ帰宅するように、またクリスティーネもう来ていると言った。僕はカールスホルストに向かい、駅から家へ歩いて帰った。あたりは静かで、数羽の烏が鉄道の築堤の上をカアカア鳴きながら飛んでいるだけだった。僕はずっと長い間家をあけていたような気持ちになった。家で昨夜のことを説明しようとすると、アンネはカセットレコーダーをもち出し、全部記録しておかなければならないと言った。今、アンネは母親というよりもむしろ歴史家だった。おそらく歴史家である方が、こういう状況を楽にしたのだろう。僕がこの本を書き始めたとき、アンネは当時のカセットテープを僕に渡してくれた。長い時間をおいた後で自分の声を聞くのは、何か変な感じだった。まるで自分のことではないような静かな声で、突き放した感じの話し方だった。犠牲者であるということは僕にとってばつの悪いことだったのだと思う。彼らは僕にショックを与え、僕は傷ついた。僕は教会新聞のこと、僕の不安のこと、僕の敗北のことは話さなかった。そのため僕は長い間罪悪感を抱いていた。この尋問は僕の汚点となった。僕はその後、何度も頭の中でそれを反復し、僕がそもそも自分に期待した答えを言ってみた。公民の授業のディスカッションでもしているように。僕は自分に失望し、駐車場の夜よりももっと惨めな気持ちになった。

後になって、クリスティーネは彼女の父親がシュタージのために働いていたことを話してくれた。彼女はあの晩、警官よりも父親の方が怖かったと言う。それにもかかわらず、彼女は僕よりも勇敢だった。ずっと後になって、教会新聞を渡してくれた両親のあの女友だちもシュタージのために働いていたことを知った。善と悪を見抜くこと、すなわち区別することは難しい。

このすべてが当時、毎日毎日次から次へと起こる出来事の下に埋没していった。突如としてあらゆるところで、人びとは何の躊躇もなしにことを起こすようになった。自然発生的にデモがおこり、党や組合が創設され、アピールが起草され、署名が集められた。国中が混乱していた。初めて議論がオープンかつ自由に行われた。僕はアレクサンダー広場の「教師会館」での夕べを思い出す。何百人もの教育者、生徒、父兄が集まり、学校で何年もの間、何が起こっていたかを話し合った。嘘、強制、僕たちがやっていた「ゲーム」のことを話した。一人の歴史の女性教師が立って、自分が犯してきた過ちをみんなに謝罪したいと涙ながらに語った。しかしそのあと彼女は突然倒れ、救急医の手当てを受けなくてはならなかった。ドイツ座〔ベルリンの劇場〕では俳優が舞台の上から「勇気と変化を」と声をそろえて一斉に叫んだ。ベーベル広場ではＳＥＤの宣伝担当者がやじり倒された。何週間も何か月もかけて盛り上がった波はダムを決壊させ、不安や慎重さをわきに押しやり、深いところから渦を巻き上げ、沈殿した過去を掘り起こしていった。今や確信も真実もなくなり、永遠であるとずっと信じてきたことや神聖な教義は崩れ落ちてしまった。崩れる音さえないまま、コンクリート製のように堅固だと考えられていたものでさえ、すべてが静かに崩壊した。あらゆることが急速に進行し、それに驚きと理解をもって本当に追いつけた人などいなかった。数日間で四〇年間が洗い流されてしまった。よりしっかりとした地盤が得られたと思ったときはいつも、次の破滅の淵にさらされていた。

今でも、当時どれほど速く人びとが自らの尊厳と力を認識するに至ったか、どれほど本能にめざめたか、どれほど自由と真実に対する彼らの渇望が大きかったかということに、感銘を覚える。当時は、こういう大上段の言葉が突然再びその意味を取り戻していた。それを理解するためには、少しだけまわりを見回せばよいだけだった。円卓会議で、破産国家の代表と将来について話し合った男女の目にはこの誇りがあった。救世主教会では一四歳の女の子が立ち上がり、高い声で、どうやって小さな妹と手書きのビラを配ったか話した。ホーエンシェーンハウゼンのシュタージの監獄から釈放された女性たちの涙があり、また政治局で解任された後のエーリヒ・ホーネッカーの生気を失ったまなざしもあった。

一一月九日の夜、クリスティーネと一緒に『今日のテーマ（ターゲステーメン）』〔西側のニュース番組〕を見ていると、司会者のハヨ・フリードリヒス〔一九二七〜九五年〕がベルリンの壁が開いていると言った。僕たちは急いで服を着て、通りに飛び出した。そこにはもう『今日のテーマ』を見た人たちがいた。一人の男性が僕たちを車でハインリッヒ・ハイネ通りの国境の通過地点に連れて行ってくれた。出国ホール前の柵には数百人が集まっていた。国境監視員は壁の開放について何も聞いていないと言った。そこに、将校がやってきて、アレクサンダー広場の「旅行の家」が今出国書類を発行しているので、僕たちはそこに行ったほうがよいと言った。人びとは走り出し、車に飛び乗った。僕たちは一組の夫婦の車に乗せてもらった。運転する御主人の手は興奮で震えていたので、事故を起こすのではないか、僕たちは壁の開放を逃してしまうのではないかと、心配になった。「旅行の家」は閉まっていて、暗かった。ここでようやくあの将校は単に時間稼ぎをしたかっただけだということがわかった。こんな状況でまだ出国書類が必要などと思うなんて、僕たちはなんと愚かだったのだろうか。

僕たちはチェックポイント・チャーリー〔東西ベルリンの間の検問所〕に行ったが、壁が開いていることが遠くからでもわかった。人びとは歓声を上げ、叫んでいた。一人の女性は僕たちの横で泣きながら立ちすくんでいた。彼女は壁が作られたとき、二〇歳だったという。「壁は突然現れて、今また突然なくなった。壁は、そして私の人生も、その間に過ぎ去ってしまった」。彼女は怒りと喜びで泣いていた。僕も泣けたらと思った。しかし、いつもそのような状況に直面して感動しなければならないと思うと、僕はそれができなくなってしまう。このすべての感情が僕に向かってきたが、僕に届きはしなかった。僕はそこに立ち、まるで全く関係ないかのように、すべてを眺めていた。クリスティーネもそうだった。僕たちは手を握り合い、開放された門に向かって押し流されるままに進み、そして何も言うことができなかった。国境監視員は僕たちの身分証を見ようともしなかった。彼らは僕たちに通るように合図し、僕たちは監視哨舎の横を走り、明るい照明の立ち入り禁止地域と二〇メートルぐらい離れたところにある壁を見た。壁の上には人びとが座って手を振っていた。僕たちは東と西を隔てた白い線を越えた。一人の男が僕と抱き合おうとしたが、僕には迷惑だった。僕がこのすべての出来事についていくには、僕の頭の回転が遅すぎるという気持ちがしていた。僕の前で繰りひろげられていることは、まるで映画のようだった。クリスティーネは泣き、僕たちは抱きあい、そして僕はタバコが吸いたくなった。

アンネとヴォルフはその晩『今日の話題(ターゲスシャウ)』〔西側のニュース番組〕で政治局員のギュンター・シャボウスキー〔一九二九〜二〇一五年〕が声明を読み上げるニュースを見た。西への旅行の新たな規則についてだった。政治局の発表が何を意味するかにアンネは慣れているので、それが国を出たいDDR市民に関することだとわかった。ヴォルフは壁まで車で行ってみようと言ったが、アンネは疲れていたし、西へは行きたくなかった。「壁に行ったからって、どうなるの」と彼女は言い、ヴォルフに家にいるように説得した。彼らは一〇時半にベッドに行った。翌朝起きてみると、DDRはほとんど消滅していた。

エピローグ

ベルリンの壁崩壊後の月曜日、僕はベルリン・クロイツベルク〔西ベルリンの東端の地区〕の警察署に向かい、西側のパスポートを申請した。これは用心のためだった。もし再び壁が閉じられた場合のことを考えて、何かしらをもっていたかったのだ。僕がＤＤＲの身分証明書を提示すると、警察署の役人が椅子から立ちあがり、僕と握手し、そして僕がとうとう自由になったのが嬉しいと言った。彼は同僚を何人か呼び集めた。彼らは顔を輝かせ、僕と握手した。僕はすべてがやりきれなかった。僕は文明社会で白人に歓迎されたブッシュマンのような気持ちだった。君は生まれたときからドイツ連邦の市民だったのに、不都合な事情があったため、今ようやく自分のパスポートが得られることになったのだから、パスポートの件はすぐすむと、その役人は言ってくれた。彼がいう不都合な事情とはＤＤＲのことだった。三〇分後には、緑の地に金色の文字で僕が正真正銘の西ドイツ人(ヴェストラー)であることを示すパスポートを手にした〔西ドイツは国民の一体性を主張する立場から、ＤＤＲの国籍を認めることはなく、西側へ移住や逃亡してきたＤＤＲ市民に自国の国籍を自動的に付与していた〕。

数週間後、僕は西側のパスポートで東に入国した。僕はこのことをずっと夢見ていたのだが、今はすべてが全く違うので、奇妙な事態だった。ＤＤＲは表向き存在しているだけで、東ドイツ人(オストラー)は全員西ドイツ人でありえた。しかし西ドイツ人は早くも僕の癇に障るようなことを言い始めた。彼らはDDRについて、コレラ汚染地帯のように語るのだった。我われは独裁体制によって堕落し、性格的に弱く、ひどい教育を受けてきていると言われた。僕はもともとDDRとはかかわりたくなかったので、それを僕に対する個人攻撃のように受け止め、それがいっそう僕を不安な気持ちにさせた。しかし突然僕は今まで知らなかった感情を抱くようになった。僕には口に出すのも難しかった「我われ」という感情だ。DDRをこれほど身近に感じたことは、DDRの終焉までなかったことだった。

壁崩壊後しばらく、アンネは家にとどまっていたいと思ったようだ。お茶のポットと一冊の本をもって、彼女はベランダにある安楽椅子に座っていたかった。まるで全く何も起こらなかったように、彼女の心地よい書斎と同じく外の世界も全く変わらなかったかのように。しかし、弟がどうしても西に行ってみたいと言うので、彼女は外出せざるを得なくなった。ヴォルフは背中を痛め、数日間寝ていなくてはならなかった。それで壁崩壊の最初の週末、アンネは弟とオーバーバウム橋を渡った。まるでDDR中の人たちが西ベルリンに集まったかのようで、なかなか前に進めなかった。通りは人波が途切れず、人混みを避けることは不可能だった。アンネは、あれは彼女の人生で最悪の日の一つだったと言う。彼女はそこにいた大勢の幸せそうな顔をみて、まだきちんと始まりもしなかったことが、終焉を迎えてしまったことを感じた。改革、「第三の道」、すべてが夢物語にすぎなかった。数百メートル西に入ったところで、彼女は口がきけなくなったことに気がついた。ただ弱弱しいかすれた声が喉から発せられただけだった。彼女は話す力を失っていたのだ。

アンネはＤＤＲの終焉とともに彼女の人生の意味も消え去ってしまうのではないか、不安だったと言う。ずっと存在していたこの国家がなくなったところで生きていくということが想像できなかった。彼女は、まさにたった今まで古い世界だったところに突然新しい世界が登場する回り舞台の上に立っているような気持ちだった。すべてが非常に早く進んだ。しかしそれが全く悲しくなかったことに、また泣くこともなかったことに、彼女自身驚いた。むしろ彼女は重荷をおろしたような気持ちだった。若き日の不幸な恋の対象、ＤＤＲはもう必要なくなったのだ。今や彼女は大人になったのだ。

彼女は、再び声を取り戻したとき、リヒテンベルク地区の「ノイエス・フォーラム」の報道官になり、その後、東ベルリン地区の市議会の「同盟90／緑の党」の報道官になった。しばらくの間はこの仕事に興味をもったものの、彼女はほかの人のために話すのではなく、今こそ自分自身のために語りたくなった。これからどうやっていけばよいかはっきりわからなかったが、彼女をとりまく状況は開け、新たな可能性が与えられていた。彼女には十分長い間の思考の蓄積があった。彼女は引き出しからＤＤＲの最後の数年間に書き記した文章を取り出した。その文章から数冊の本が書かれ、アンネは歴史家としての評価を獲得した。彼女が愛し、彼女を苦しめたこの国家を彼女は分析した。彼女はこの国を学者の冷静な目でじっくり観察した。このまなざしが距離を生み出し、別れを容易にさせた。ＤＤＲは彼女にとって歴史となった。

ヴォルフは新たに得た自由を享受することができず、自由は彼を疲弊させた。幾晩も眠れず、将来について心を悩ませた。彼の仕事の依頼元は整理されてしまい、カールスホルストの家は、その家を相続したビーレフェルトの警察官から明け渡しを要求され、西ベルリンの相続人団体からは、バースドルフの別荘の返還を求められた。夜、床についても眠れずにいるとき、彼には自分が橋のたもとに住むホームレスの芸術家、東の敗残者のように思えた。あれほど窮屈に感じていた「保障」というものがなくなってしまっていた。彼が摩擦をひき起こしてきた国家はもう存在しなかった。西には角（かど）もなく、したがって抵抗もなかった。今や何でもできるが、何の返答も何の反応もなかった。新国家はスポンジゴムのブロックのように、殴りつけることはできても、何の痕跡も残らなかった。今、誰のための芸術なのだろうか。そして何よりも誰に対抗しての芸術なのだろう。

壁崩壊後に彼が描いた絵はますます悲しげになっていき、彼の制作する彫像は頭を垂れ、ひざまずいていた。あるいは、カラスが旋回している下で、胸をはだけて横たわり、遠くにブランデンブルク門が長い影を投げかけているといった作品もあった。絵の下には「壁開放」とあった。一九九三年の信徒大会の日、ポツダムで行われたインスタレーション〔空間芸術〕のため、彼は短い文章を書いた。「進歩信仰が揺らぎ、字義通りの未・来〔Zu-Kunft　近づいてくるもの、すなわち未来〕、生の意味と生態系の破壊と結びついた成長率への問いがタイタニック精神を生み出した。救命ボートに隙間をもとめて乗り込もうとする闘いが進行中だ。冷たい水への不安が広がっている」。

彼はザヴィニー広場の画家仲間のニールとプロジェクトを開始した。一九九〇年秋、シャルロッテンブルクのギャラリーの扉に小さな黒い表札がかけられた。表札には「ニール・西、レオ・東」と書かれていた。これは実験だった。両者は東ドイツ人と西ドイツ人が一緒に何かを動かせることを示そうとした。しかし全く何も進展せず、プロジェクトは破綻した。ヴォルフはゆっくりと何かを育て上げ、多く語ることを望んだ。ニールはすぐに走り出し、芸術市場全体をかきたてようとした。ヴォルフは、お金だけをほしがっているとニールを非難した。ニールは、大人しすぎて慎重すぎるとヴォルフを非難した。アヴァンギャルドでありたかった二人は、東西それぞれの決まり切った型の中で硬直した。ニールは数か月後、ギャラリーの扉の黒い表札を取り外した。これで終わった。ヴォルフはDDRに失望したのと同様に西側に失望した。彼は何か新しいことがしたかった。とにかく彼は走り出したかったのだ。彼の創造性は不安の中に落ち込んでいった。彼はABMプロジェクト（労働創出プロジェクト）で働き、職業安定所が受講料を支払うコースをとった。彼は突然野生に戻らなくてはならなくなった動物園の狼のようだった。動物園は閉園となったのだ。

ヴェルナーはそれまでと同じような生活を続けていた。夏には彼が一九七〇年にツェーゼン湖（ゼー）のスポーツ連盟の敷地に建てた掘立小屋で過ごした。四メートル四方の簡素な木造の小屋で、電気も水道もなかった。一九九二年に色鉛筆で描かれた絵の下には「僕のパラダイス」とあった。〔その絵では〕あたたかな夕陽のもと、彼は小屋の前でテーブルクロスをかけた机に座っていた。ドアから現われた女性がお盆をもって彼に微笑みかけていた。その絵はベルリンの彼の寝室に、娘カローラのポートレートと亡くなった二人目の妻ヒルデガルトの写真の横に掛けられていた。

ヴェルナーが祖母のジークリートと知り合った一九二〇年代末に、二人はツェーゼン湖の岸辺でよく寝そべっていた。湖で泳いだり、ほかの人たちとファウストバル〔ドイツ式バレーボール〕で遊んだりした。ときにヴェルナーは、きらきら光るおだやかな水面を眺めた。そして彼はすべてがずっとそのまま続いたらと願った。ヴェルナーは、彼はその気持ちを「一九八九年一二月の眠れぬ夜に」という湖についての詩でうたっている。詩の最後の数行は次のように終わっている。「すばらしき、唯一の誠実なる友よ。我われはいかなるときも決して互いを失うことはなかった。今これから何が起ころうとも、汝は我に幸運をさずけることを選んだ」。

僕はヴェルナーがこの一九八九年一二月の晩、なぜ眠れなかったのかわからない。彼は自分の人生を振り返ったのだろうか。将来への不安があったのだろうか。このツェーゼン湖の詩は、人生の最後にすべてはむなしかったと悟った男の総決算のように思える。詩の第二節は次のようになっていた。「すべてを信じてきたが、その後あらゆる希望を失った。しかし汝よ、我の老いたる友よ、汝は我を失望させなかった。汝はそこにいて、我が必要なとき、決して逃げなかった」。

二〇〇八年一二月三〇日、ヴェルナーが死んだ。僕がようやく見つけたばかりの祖父が永遠に去ってしまったのは、奇妙な感じがした。僕は葬儀に参列し、彼の灰壺に砂をかけたが、何の感情もわかなかった。葬儀場の演奏者は「小さなトランペット奏者の歌」〔第一次世界大戦期からの歌で、DDRでは歌詞を変えて、よく歌われた〕を演奏した。この歌は学校で習った。この歌の最後は「小さなトランペット奏者よ、陽気な赤衛兵の血よ」という歌詞だった。

ヴェルナー（1985 年）

ゲアハルトは脳卒中の発作を起こし、その後彼にフランス人女性言語療法士がついた。彼にはドイツ語よりもフランス語の方が理解しやすかったのだ。医師たちは、ゲアハルトの脳は彼にとって大切な感情的経験と関係する単語だけに反応できると説明してくれた。おそらくフランスはいつのまにか彼の本当の故郷となっていたのだ。ＤＤＲが終焉したとき、まだ彼の言葉は失われていなかったのだが、何を言うべきかもはやわからなくなってしまったとき、少なくともフランスは彼の避難場所であったのだ。ＤＤＲが終わりをむかえた時、何週間も彼はフランスで朗読会のための旅行をしている最中だった。ちょうど彼のフランスのパルチザン時代の本がフランス語で翻訳出版され、当時ドイツ国内で起こっていることよりも、この時代のことを話す方が、おそらく彼には好ましいことだった。ドイツ統一はゲアハルトにとって、身の毛のよだつような嫌悪すべきものだった。あっというまに、再び大ドイツが出現したのだ。彼の小さな反ファシズム国家DDRは永遠に失われた。彼は僕に、フランス人がこのすべてを彼と全く同じように懐疑的に見ていたことが、どれほど心地よいものだったか話してくれたことがある。フランスで彼は、自らの不安や幻滅から解放されたように感じていたのだ。

それ以降の数年でDDRは次第に彼の思考から消えていったように思われる。僕がDDRについて聞くと、彼はしばらく考えなくてはならないような感じだった。一度僕がふざけて、一〇月七日、彼に共和国建国記念日おめでとうと言ったら、彼は僕が何を言っているかわからなかった。重要な同志や知人たちの名前さえ忘れてしまった。その代り、ますます自分の青年時代、すなわちパルチザンの日々に戻っていった。彼は再び学校に行き、ファシストに対する闘いについて話し、時代の証人として、集会や会議に登場した。テレビクルーを従え、彼は何度も何度も闘いの地を訪れた。それは、彼が一貫して最も大切にしてきた数年間に彼の全生涯が集約されたかのようだった。

先日、フリードリヒスハーゲンに彼を訪ねた。フランス人の言語療法士の女性もいて、彼はちょうどパリの子ども病院でのように、単語を習っていた。彼はいきいきとして、集中し、ときに笑った。おそらく彼はあのすてきな女医、最初の恋を思い出していたのだろう。彼をフランス人にした、あの女性のことを。

広い庭のついた小さな家があるバースドルフに僕はまたしばしば行くようになった。数年前、僕は子ども時代の楽園がどうなっているか見に行ってみた。庭はすっかり荒れ果てていたが、家は以前のままのようにみえた。僕は西ベルリンの相続人の一人に電話をした。その相続人は壁建設以前の土地所有者で、壁崩壊後にその土地が返還されたのだ。その人は電話口で、小屋をどうするか考えていないと言った。それは僕たちの家のことだ。僕はその土地を賃貸にしてくれないか頼み、二週間後には鍵を受け取った。ドアを開けると、ベランダには僕が四歳のときにヴォルフが作ってくれた机があった。子ども部屋の格子縞のカーテンもそのままだった。匂いも昔と同じだった。

今僕たちは週末よく自転車でブナの森からリープニッツ湖に行く道を走る。もう大型動物はおらず、壁や標識もなくなった。森では政治局員たちが住んでいた家々を見ることができる。正面がグレーの簡素な建物だった。エーリヒ・ホーネッカーの水泳の場所があったリープニッツ湖の岬には、日光浴用の芝生がある。太陽のもと、僕は子どもたちと遊び、かつて兵士たちが小銃をもって立っていた小桟橋から水に飛び込んだ。時おり、僕は子どもたちに当時の様子を説明するが、子どもたちはもう何度も聞いたと言う。僕はまるで早く歳を取ってしまった老人のような気がした。人生をとっくに終えた人間のような。

バースドルフの週末はとてもすばらしいが、僕を困惑させる。この地のすべてはすっかり変わってしまったが、この家とベランダの机と格子縞のカーテンは残っている。子ども時代をつめこんだ博物館のようで、すべてを乗りこえて生き残ったＤＤＲの一部である。僕が昔よく登った家のうしろに生えている白樺の木でさえ、変わっていない。おそらく僕も木も両方が成長したからそう思うのだろう。

訳者あとがき

第一次世界大戦後、ドイツで帝政に代わって成立したヴァイマル共和国(一九一九年)は一四年間しか続かなかった。この短命な共和国に続き、「第三帝国」(一九三三年)が一二年間存在し、第二次世界大戦後(一九四五年)の四年間の占領を経て、東西分裂国家が成立(一九四九年)した。東ドイツは社会主義国家(ドイツ民主共和国、以下DDR)となったが、建国から四〇年後にはベルリンの壁が崩壊し、翌年のドイツ統一(一九九〇年)にいたった。二〇世紀のドイツは、めまぐるしい政治体制の変換を経験した国家であった。

本書はこの激動の時代のドイツを生きてきた家族の四代目、マクシム・レオによる家族史(ファミリーヒストリー)である(巻頭家系図参照)。マクシムの曾祖父からの四世代がそれぞれの体制をいかに生きたのか、彼らにとってドイツが、そしてDDRが何を意味していたのかが、生き生きと描かれている。生身の人間を通したすぐれたドイツ現代史であるといってよい。

マクシムは二〇歳でドイツ統一を迎え、その後大学に進学、さらに留学もし、新聞社での編集者(その間テオドア・ヴォルフ賞受賞)としての仕事のほか、エッセイや小説の執筆など活発な活動をしてきた。

統一ドイツは彼に多くのチャンスを与えたが、彼はDDRが消滅した時にはじめて、それまで距離をとってきたDDRに一体感をおぼえるようになった。それが本書執筆の出発点となっている。マクシムは、DDRを建国当時からささえ、誇りにしていた二人の祖父たちの姿勢や、社会主義体制をめぐる両親の軋轢を、鋭くシニカルでなおかつユーモアをまじえた温かい文章で叙述している。特筆すべきは、このファミリーヒストリーが、思い出や家族に伝えられた話だけでなく、数多くの史資料を用い、それを深い洞察力で捉えていることである。それがこの作品をすぐれたものとしている。

本書はドイツでベストセラーとなり、さらにイギリス、オランダ、フィンランド、ノルウェー、スウェーデン、ハンガリーの他、中国語やアラビア語に至るまで世界各国で飜訳出版されてきている。英語版はアメリカでもよく読まれているという。本書は二〇一一年にヨーロッパ出版賞を受賞している。その際著者は「DDRについて書かれたものの多くはシュタージか民主化運動がテーマとなっているが、DDRには普通の家族生活もあった。自分はそのことを書きたかった」と述べている。そのようなねらいも成功しているといえよう。彼の母方の家族はとても「普通」とはいえないDDRのエリートの一家であり、他方小ナチであった父方の祖父は、DDRでは労働者階級から社会的上昇をとげている人間である。その息子ヴォルフ（マクシムの父）は、DDRに「批判的だが、敵対的ではない」姿勢で、さまざまな制約があったにもかかわらず、たくまずして芸術家として自由に生きてきた。そのような家族を通しても、DDRに生きる人びとのさまざまな様相が伝わってくるのである。

DDR終焉の過程で、西への出国を選ばずDDRに留まり、「第三の道」をもとめた人びとの模索の姿、それまでＤＤＲの批判にあけくれた父ヴォルフのように、統一後今度は何をすればよいか分らなくなってしまった人びとの姿なども、よく捉えられている。私の知人のＤＤＲ出身者も、マクシムがＤＤＲ体制下の人びとの姿をよく描いており、まさにあの通りだったという感想を抱いている。

ここで本書を知ったきっかけを記しておきたい。私は二〇〇四年から一年間、勤務先の大学の研修期間にベルリンの反セム主義研究所に客員研究員として在籍する機会が与えられた。そこで親しくなったのがマクシムの母親のアネッテ・レオ（本書ではアンネ）だった。彼女はＤＤＲのユダヤ系の共産主義者や彼女の祖父ダーゴベルトの伝記を執筆し、またベルリン近郊のラーベンスブリュック強制収容所の近隣住民の聞き取り調査をしていた。その彼女が、息子が本を出したから、と本書を送ってくれたのである。私はここで初めて彼女の詳細なファミリーヒストリーに触れることになった。彼女は現在なお、ＤＤＲやＤＤＲの共産主義者などを主な研究テーマとして精力的に歴史研究を行っている。

彼女と知り合う少し前のことだが、「反ファシズム抵抗運動家ゲアハルト・レオ」という講演会のチラシに惹かれ、聴きに行ったことがある。彼について何の知識もなかったが、フランスのパルチザンで闘った人物の話を直接聞けるなど貴重な機会だと思われたからだ。小柄な彼は当時八〇歳という高齢であったが、精悍な老人という印象を受けた。講演の最後に会場から質問を受けたが、学生とおぼしき一人の聴衆がＤＤＲの終焉についてどう考えるか質問した。それに対しゲアハルトが「ＤＤＲは改革可能な社会主義国家だった」ときっぱりと言い切っていた姿が印象的だった。この人はＤＤＲ出身で有名な人物らしいと初めて彼の存在を認識した。同時に共産主義者としての信念を貫いて生きてきた自負をもつ人のこの言葉が、聴衆にどのように届くのか強い関心をもった。ほかのシンポジウムで、旧ＤＤＲを擁護するＤＤＲ出身者の発言に対する「まだそんなことを言っているのか」というあからさまな批判を聞いたことがあったからである。しかし、この時の聴衆の受け止め方は残念ながら分らなかった。

この「改革可能な社会主義国家だった」という言葉は、その後私が行ったＤＤＲ出身者とのインタヴューで何度か聴くことになった。私がインタヴューしたのはキンダートランスポート（一九三八年末からドイツでユダヤ人迫害が強まった時期、戦争開始までの一〇か月間で、約一万人の子どもを救出したイギリス市民による活動）でイギリスに渡り、亡命ドイツ共産党員の影響を受けて共産主義者となり、ドイツの地での「民主主義国家」の建設を助ける、という理想をもって戦後ソ連占領地区（ＤＤＲ）に戻った人びとである。

アネッテはインタヴュー対象者を紹介してくれたり、私が理解しにくいＤＤＲ社会の問題について教えてくれたりして、随分研究を助けてくれた。私のインタヴュー対象者は、子ども時代ユダヤ人として差別・迫害を受け、イギリスに救出されたが、出国できなかった家族は殺害されたという苦しみを背負った人びとであった。それでも、共産主義者たちの「ナチとドイツは違う」という言葉を支えに帰国した。彼らはスターリン時代に「西側」からのユダヤ人の帰国者として家族が逮捕されたり、失職したりするなどの苦難を経験しながらも、それでも社会主義をドイツに根付かせるという信念をいだいて東ドイツにとどまった。彼らはＤＤＲ体制の問題点はそれぞれ十分認識しつつも、統一ドイツの社会について強い不公平感を抱いていた。詳しくは、木畑和子『ユダヤ人児童の亡命と東ドイツへの帰還　キンダートランスポートの群像』（ミネルヴァ書房、二〇一五年）を参照されたい。

この人たちへのインタヴューを行うに際して、心にひっかかったのは、オーラルヒストリーの問題性、すなわち話者が「記憶で話す」、「話したいこと伝えたいことを話す」ということだ。それぞれの個人の発言について本人があまり話したくなさそうにしている話題に突っ込んだ質問はなかなか難しかった。「二度の敗北（ファシズムよって迫害を受けたことと、期待した社会主義体制が崩壊したこと）」をかみしめつつ静かな老境を生きている私人たちから聞かせてもらった話について、何か論評めいたことを言うことに、強い抵抗を感じた。

本書では、著者は母親が泣いても、「主人公の一人に質問する家族史研究家」として、質問を継続している。彼は厳しい質問もできたし、また家族ならでは語ることができる人間的側面にもメスを入れている。そして本書の素材として、すでに述べたように日記や手紙の他、ＤＤＲの記憶（Erinnerung）史料、シュタージ記録など「公式」史料も用いている。家族に伝えられた「物語」に近いのではないかと思われる記憶も含まれるが、さまざまな史料にも依拠したことで確かな情報に基づいた家族史となっている。この家族にとって、社会主義がもった意味、ＤＤＲがもった意味が見事に描かれており、筆者はこのファミリーヒストリーを一読して、ぜひ日本でもひろく読んでもらいたいと翻訳を考えた。日本人の手によるＤＤＲ研究も進み、基本的な通史も手に取ることができるようになっているが（例えば河合信晴『物語　東ドイツの歴史』中央公論新社、二〇二〇年など）、それに加え、ＤＤＲのファミリーヒストリーもＤＤＲの歴史理解に資することは大きいと思われる。

　このようなファミリーヒストリー、足跡さがし（Spurensuche）は近年ドイツで盛んである。ナチの高官の息子や孫娘が書いた本が出ているし、本書にも登場するトーマス・ブラッシュの妹マリオン・ブラッシュもファミリーヒストリーを書いている。しかしマクシムによれば、ＤＤＲに関しては本書が最初の作品だそうだ。

　マクシムは祖父ゲアハルトの姉、いとこの代からの親戚たちについての家族史も出版している（Maxim Leo, *Wo wir zu Hause sind. Die Geschichte meiner verschwundenen Familie*, Köln, Verlag Kiepenheuer & Witsch, 2019）。一族はユダヤ人迫害から逃れるため、ベルリンから国外に脱出し、その子孫たちは今ウイーン、ロンドン、ハイファに住んでいる。この新著は脱出していった彼らの人生を追い、離散した家族・故郷に対する思いを扱ったものである。この本もベストセラーとなった。また彼の最新作はこれまであまり取り組んでこられなかったドイツ再統一をめぐる東ドイツ人と西ドイツ人とのかかわりあいを真摯にかつユーモラスに書いた小説である。この本も評判がよいようだ（*Der Held vom Bahnhof Friedrichstraße*, Köln, Verlag Kiepenheuer & Witsch, 2022）。

　本書はMaxim Leo, *Haltet euer Herz bereit. Eine ostdeutsche Familiengeschichte*, München, Karl Blessing Verlag, 2009として出版された。二〇一一年にはMünchen, Wilhelm Heyne Verlagからペーパーバック

版が出版され、現在はペーパーバックのみ入手可能である。本翻訳作業はKarl Blessing版で行ったが、ペーパーバックにはいくつかの修正箇所があり、それに従った。さらに英語版*Red Love. The Story of an East German Family*, London, Pushkin Press, 2014も参照した。

さて、本書の原題を直訳すると、『心構えをせよ。ある東ドイツのファミリーヒストリー』となる。マクシムによれば、この「心構えをせよ」とは、「心構えがきちんとしていれば未来は自分たちのものだ」という賛美歌の一節であるが、この歌は「第三帝国」時代でも歌われ、さらにＤＤＲでも歌われたという。この歌が異なる体制でも同じ機能を果たし得たという事実は、信念や絶対的希望というものは体制をこえて常に同じであることを示している。このことから、マクシムはこの言葉をファミリーヒストリーのタイトルに使ったという。

本書の翻訳にあたり、多くの方々の協力を得たが、ここでは限られた方への謝辞にとどめざるを得ない。理解しにくい箇所をアネッテ・レオ氏とマクシム・レオ氏に尋ねたが、快く答えてもらった。その他、ＤＤＲについて該博な知識をお持ちの下村由一先生(千葉大学名誉教授)、井村行子氏、バーバラ・ティルマン氏、渡辺玲氏の協力を得た。これらの方々と、出版状況が厳しい中、本書の出版に尽力して下さったアルファベータブックスの春日俊一氏に、心よりの御礼を申し上げたい。特に、下村先生にはドイツ語表現についてもこまかなご教示をいただくなど大変お世話になったことをここに記しておきたい。

本書はゲーテ・インスティトゥートから「翻訳支援」の助成をいただいた。

二〇二二年九月　ドイツ再統一から三二年目の秋に

木畑和子

【著者略歴】
マクシム・レオ(Maxim Leo)
1970年東ベルリン生まれ。作家。脚本家。ジャーナリスト。ベルリン自由大学とパリ政治学院で政治学を学び、1997年より2017年まで『ベルリーナー・ツァイトゥング』紙編集者。同紙に20年近くコラムを連載。2002年に独仏ジャーナリスト賞、2006年に優れたジャーナリストに授与されるテオドーア・ヴォルフ賞を受賞。2011年、本書出版に対しヨーロッパ出版賞受賞。現在ベルリン在住。

【訳者略歴】
木畑和子(きばた・かずこ)
1947年東京生まれ。成城大学名誉教授。1970年東京女子大学卒業。1975年ミュンヒェン大学留学。1981年東京大学大学院人文科学研究科博士課程単位取得満期退学。専門はドイツ現代史。著書に『ユダヤ人児童の亡命と東ドイツへの帰還　キンダートランスポートの群像』(ミネルヴァ書房、2015年)、共著に『価値を否定された人々　ナチス・ドイツの強制断種と「安楽死」』(新評論、2021年)、訳書にヴェラ・ギッシング『キンダートランスポートの少女』(未來社、2008年)、共訳書にウォルター・ラカー『ホロコースト大事典』(柏書房、2003年)などがある。

東(ひがし)ドイツ　ある家族(かぞく)の物語(ものがたり)
激動(げきどう)のドイツを生(い)きた、四代(よんだい)のファミリーヒストリー

発行日　2022年11月7日　初版第1刷発行

著　者　マクシム・レオ
訳　者　木畑和子

発行人　春日俊一
発行所　株式会社 アルファベータブックス
〒102-0072 東京都千代田区飯田橋2-14-5 定谷ビル
Tel 03-3239-1850　Fax 03-3239-1851
website https://alphabetabooks.com
e-mail alpha-beta@ab-books.co.jp
印　刷　株式会社エーヴィスシステムズ
製　本　株式会社難波製本
用　紙　株式会社鵬紙業
ブックデザイン　春日友美

ISBN 978-4-86598-089-9　C0022